Ruth Rendell

Unidos para sempre

Tradução de Leila de Souza Mendes

www.lpm.com.br

L&PM POCKET

Coleção **L&PM** Pocket, vol. 247

Publicado anteriormente em formato 14x21 pela L&PM Editores, no inverno de 1988.
Primeira edição na Coleção **L&PM** Pocket: 2003
Esta reimpressão: junho de 2007

Título original: *Shake Hands Forever*

Capa: Ivan Pinheiro Machado
Revisão: Jó Saldanha, Renato Deitos e Larissa Roso

ISBN 978-85-254-1150-1

R397u Rendell, Ruth, 1930
Unidos para sempre / Ruth Rendell, tradução de Leila de Souza Mendes. – 2 ed. – Porto Alegre: L&PM, 2007.
208 p. ; 18 cm – (Coleção L&PM Pocket)

1. Ficção inglesa-Policiais. I. Título. II. Série.

CDD 823.872
CDU 820-312.4

Catalogação elaborada por Izabel A. Merlo, CRB 10/329.

Porto Alegre: Rua Comendador Coruja 314, loja 9 - 90220-180
Floresta - RS / Fone: 51.3225.5777
Pedidos & Depto. comercial: vendas@lpm.com.br
Fale conosco: info@lpm.com.br
www.lpm.com.br

Impresso no Brasil
Outono de 2007

RUTH RENDELL

RUTH RENDELL nasceu Ruth Barbara Grassmann no dia 17 de fevereiro de 1930, em Londres, filha de professores de origem humilde. Sua mãe era sueca e desenvolveu esclerose múltipla logo após o nascimento da filha. Ruth foi educada no condado de Essex, ao leste da Inglaterra, onde, a partir de 1948, trabalhou como repórter e subeditora em vários jornais. Em 1950, aos vinte anos, casou-se com Donald Rendell. A década de 1950 foi, para ela, um período de tarefas domésticas e tentativas ficcionais, até se encontrar um tanto por acaso com as histórias de detetives. Finalmente, em 1964, foi lançado o seu primeiro romance, *From Doom With Death*, trazendo ao público a figura do detetive de polícia Reginald Wexford, que cativou de imediato a simpatia dos leitores e que reapareceria em vários outros livros da autora. Sua obra ficcional chega a cinqüenta romances, divididos em três tipos principais: histórias policiais com Wexford, histórias de um suspense sombrio e os livros que começou a publicar na década de 80 sob o pseudônimo de Barbara Vine.

Suas obras se passam em ambientes suburbanos, com descrições que exploram o insólito e o assustador, e nelas sobressaem personagens que não conseguem escapar ao seu destino e personagens psicologicamente perturbados. A maestria do estilo da autora é especialmente visível nos seus diálogos, e seus enredos surpreendem sempre pelo inusitado dos desenlaces.

Ruth Rendell ganhou vários prêmios: três Edgar Allan Poe concedidos pela Mystery Writers of America (dois por contos, em 1975 e 1984, e um pelo romance de Barbara Vine *A dark-adapted eye*, em 1986), um Punhal de Prata da British Crime Writers Association por *The tree of hands*, em 1985, e três vezes o Punhal de Ouro (por *A demon in my view*, em 1976, *Live flesh*, 1986, e *A fatal inversion*, em

1987). Recentemente recebeu o Crime Writers' Association Cartier Diamond Dagger (Punhal de Diamante) pela sua contribuição ao gênero. Seus livros estão traduzidos em vinte e duas línguas. Foi declarada par da Câmara dos Lordes do parlamento inglês e recebeu o título de Baronesa Rendell of Babergh.

Livros da autora na Coleção **L&PM** Pocket:

Um assassino entre nós
Uma agulha para o diabo
Unidos para sempre

Para minhas tias, Jenny Waldorff,
Laura Winfield, Margot Richards e
Phyllis Ridgway, com amor

1

A mulher parada sob o quadro de horários de partidas da estação Victoria tinha um corpo achatado e retangular e um rosto também retangular, duro como o ferro. A cabeça estava enfiada num chapéu de feltro castanho-claro e enrugado, que mais parecia uma noz; usava luvas de algodão castanho-claro e a seus pés estava a mala de couro marrom, durável mas pouco usada, que ela havia levado em sua lua-de-mel quarenta e cinco anos antes. Seus olhos observavam os passageiros apressados e sua boca ficava cada vez mais cerrada, os lábios se reduzindo a uma fenda estreita.

Ela esperava pelo filho. Ele estava um minuto atrasado e sua falta de pontualidade começara a lhe proporcionar um intenso prazer. Ela mal se dava conta desse prazer, e se fosse acusada de senti-lo, negaria, da mesma forma que negaria o prazer que lhe causavam todos os fracassos e reincidências dos outros. Mas o sentimento estava lá, sob a forma de uma sensação indefinida de bem-estar que iria desaparecer quase ao mesmo tempo em que surgira, sendo substituída, assim que Robert chegasse apressado, por seu habitual mau humor. Ele foi quase pontual, de modo que qualquer comentário sobre seu atraso seria absurdo; assim, ela se contentou em oferecer seu rosto duro a seus lábios e dizer:

– Até que enfim.

– Já pegou sua passagem? – disse Robert Hathall.

Não pegara. Ela sabia que o dinheiro andava curto para ele desde que se casara pela segunda vez, há três anos, mas isso era culpa dele mesmo. Se ela pagasse sua própria passagem, ele se sentiria incentivado.

– É melhor ir pegar as passagens – disse ela –, a menos que você queira que a gente perca o trem. – E agarrou com mais força ainda a sua bolsa.

Ele demorou para conseguir as passagens. Ela notou que o trem para Eastbourne, que parava em Toxborough, Myringham e Kingsmarkham, sairia às seis e doze, e já eram seis e cinco. Não chegou a se formar em sua mente a idéia de que seria bom perder o trem, assim como não chegou a dizer conscientemente a si mesma que seria bom encontrar sua nora em prantos, a casa imunda e o jantar ainda por preparar, porém mais uma vez as sementes de um agradável ressentimento começavam a germinar. Ela aguardara ansiosamente por esse fim de semana com uma profunda satisfação, certa de que tudo daria errado. Nada lhe seria mais conveniente do que se começasse a dar errado por eles chegarem atrasados, sem que fosse por culpa dela, e que o atraso deles resultasse numa briga entre Robert e Angela. Mas tudo isso fermentava no silêncio e na inconsciência, por trás do pensamento imediato de que Robert estava fazendo a maior confusão de novo.

Apesar de tudo, eles pegaram o trem. Estava lotado e ambos tiveram que viajar de pé. A sra. Hathall nunca se queixava. Preferia desmaiar a mencionar sua idade e suas varizes como razões para que lhe cedessem o lugar. O estoicismo dominava sua vida. Em vez disso, instalou seu corpo volumoso, que dentro de um casaco castanho e rígido todo abotoado tinha a aparência de um guarda-roupas, em tal posição que impedia o passageiro do banco junto à janela de mexer as pernas ou ler o jornal. Ela só tinha uma coisa a dizer a Robert, mas aquilo podia esperar até que houvesse menos gente por perto, e ela achava improvável que ele tivesse qualquer coisa a dizer-lhe. Não haviam eles, afinal, passado juntos todas as noites de todos os dias úteis nos últimos dois meses? Mas as pessoas, ela havia notado com certa perplexidade, eram propensas a tagarelar quando não tinham nada a dizer. Até mesmo seu próprio filho. Carrancuda, ouviu-o discorrer sobre a linda paisagem pela qual eles logo passariam, as maravilhas de Bury Cottage, o quanto Angela estava ansiosa por vê-la. Ao ouvir esta última afirmativa, a sra. Hathall se permitiu uma espécie de bufo, um grunhido de duas sílabas produzido nas profundezas de sua glote, que poderia ser interpretado como uma risada. Seus lábios não se moveram. Ela estava se lembrando da única vez em que estivera com a nora, naquele quarto em Earls Court, quando Angela ousara se referir a Eileen como uma vaca gananciosa. Muitas coisas teriam de ser feitas, muitas satisfações teriam de ser dadas, para que aquele comentário imprudente pudesse ser esquecido. A sra. Hathall lembrava que havia saído direto daquela sala e descido a escada, decidida a nunca – sob qualquer circunstância – se encontrar com Angela novamente. Se agora estava indo a Kingsmarkham, era porque ela era muito tolerante.

Em Myringham o passageiro junto à janela, com as pernas dormentes, saiu cambaleando do trem, e a sra. Hathall se sentou. Robert, ela percebia, estava ficando nervoso. Não era de espantar. Ele sabia muito bem que essa Angela não podia competir com Eileen enquanto cozinheira e dona de casa, e estava tentando determinar o quanto sua segunda esposa estaria abaixo do nível da primeira. O que ele disse a seguir confirmou a convicção da sra. Hathall de que isso o estava preocupando.

– Angela passou a semana limpando a casa para torná-la agradável à senhora.

Para a sra. Hathall, era chocante uma pessoa ter a coragem de fazer tal afirmação em voz alta e em um vagão cheio de gente. O que ela tinha vontade de dizer era, primeiro, que ele devia falar mais baixo, e, segundo, que qualquer mulher que se prezasse mantinha a casa limpa o tempo todo. Mas se contentou em dizer:

– Garanto que ela não precisa se incomodar comigo – e acrescentou, tirânica, que estava na hora de ele tirar a mala dela do bagageiro.

– Ainda faltam cinco minutos – disse Robert.

Como resposta, ela se levantou pesadamente e foi tentar pegar a mala. Robert e um outro homem intervieram para ajudá-la, a mala quase caiu na cabeça de uma moça que estava com um bebê nos braços e, quando o trem parou em Kingsmarkham, fazendo todos cambalearem e se agarrarem uns aos outros, no vagão havia se formado um pequeno tumulto.

Na plataforma, a sra. Hathall disse:

– Aquilo podia ter sido evitado se você tivesse feito o que lhe foi pedido. Você sempre foi teimoso.

Ela não entendeu por que ele não revidou. Devia estar mais nervoso do que ela pensara. Para irritá-lo mais, disse:

– Imagino que vamos pegar um táxi.

– Angela está nos esperando no carro.

Então não havia muito tempo para ela dizer o que tinha de dizer. Empurrou sua mala para ele e agarrou seu braço de modo possessivo. Não que ela precisasse do amparo ou do apoio dele, mas achava essencial que aquela nora – como era exasperante e vergonhoso ter duas noras! – os visse, logo de saída, unidos e de braços dados.

– Eileen esteve lá em casa hoje pela manhã – disse ela enquanto eles entregavam as passagens.

Ele deu de ombros.

– Não sei por que vocês duas não moram juntas.

– Facilitaria a sua vida. Você não teria que sustentá-la. – A sra. Hathall segurou com mais força o braço que ele tentara desvencilhar. – Ela manda lembranças e mandou perguntar por que você não aparece uma noite quando estiver em Londres.

– A senhora deve estar brincando – disse Robert Hathall, mas vagamente e sem muito rancor. Ele estava correndo os olhos pelo estacionamento.

Prosseguindo em seu tema, a sra. Hathall começou:

– É uma pena que... – e então parou no meio da frase. Tivera uma idéia maravilhosa. Ela conhecia aquele carro de Robert, seria capaz de reconhecê-lo em qualquer lugar, pois já o tinha há bastante tempo graças às dificuldades que as mulheres lhe tinham causado. Também ela deixou seus olhos penetrantes vagarem pela praça asfaltada e disse então num tom satisfeito: – Pelo visto, ela não se deu ao trabalho de vir nos encontrar.

Robert parecia embaraçado:

– O trem estava adiantado uns dois minutos.

– Estava três minutos atrasado – disse a mãe. Ela suspirou feliz. Se fosse Eileen, na certa estaria lá. Eileen estaria na plataforma com um beijo para a sogra e uma alegre promessa de um chá a esperá-los. E sua neta também... A sra. Hathall comentou como que para si mesma, mas alto o suficiente para ser ouvida: – Coitadinha da Rosemary.

Era muito pouco típico de Robert, sendo filho de quem era, ouvir aquela espécie de afronta sem comentários, mas de novo ele não reagiu.

– Não faz mal – disse ele. – Não é muito longe.

– Eu posso andar – disse a sra. Hathall, no tom estóico de quem compreende que provações piores virão e que a primeira e mais leve deve ser suportada com coragem. – Estou acostumada a andar.

Subiram o acesso à estação e a Station Road, cruzando a Kingsmarkham High Street e seguindo a Stowerton Road. Era um agradável fim de tarde de setembro, o ar incandescente à luz do pôr-do-sol, as árvores carregadas de folhas, os jardins radiantes com as últimas e mais vistosas flores do verão. Mas a sra. Hathall, que poderia dizer, como o homem apaixonado daquela velha balada: "O que são as belezas da natureza para mim?", desprezou tudo aquilo. Sua melancolia tinha cedido lugar à certeza. O desânimo de Robert só podia significar uma coisa. Aquela esposa dele, aquela ladra, que destruíra um casamento feliz, ia desapontá-lo e ele o sabia.

Viraram na Wool Lane, uma ruela estreita sem pavimentação sombreada pelas árvores.

– Isso é o que eu chamo de uma boa casa – disse a sra. Hathall.

Robert olhou de relance para a casa de campo isolada, construída no período de entre guerras.

– É a única aqui além da nossa. Uma mulher chamada Lake mora aí. É viúva.

– Pena que não é a sua – disse a mãe, cheia de subentendidos. – Ainda falta muito?

– Depois da próxima curva. Não posso imaginar o que aconteceu com Angela. – Ele olhou para ela constrangido. – Desculpa, mãe. Sinto muito, mesmo.

Ela ficou tão espantada por ele ter se distanciado tanto da tradição familiar a ponto de se desculpar por qualquer coisa, que não conseguiu responder e ficou em silêncio até o chalé surgir à vista. Um leve desapontamento estragou seu prazer, pois aquela era uma casa decente, embora velha, de tijolos marrons com um bonito telhado de ardósia.

– É essa?

Ele fez que sim com a cabeça e abriu o portão para ela. A sra. Hathall notou que o jardim não estava cuidado, os canteiros de flores estavam cheios de ervas daninhas, a grama alta demais. Sob uma árvore que parecia abandonada havia ameixas estragadas espalhadas. Ela disse "hum", um ruído evasivo característico que significava que as coisas estavam saindo do jeito que ela esperava. Ele enfiou a chave na fechadura da porta da frente e a porta se abriu.

– Vamos entrar, mãe.

Agora ele estava claramente transtornado. Sem dúvida. Ela conhecia aquele seu jeito de comprimir os lábios enquanto um pequeno músculo se contraía na bochecha esquerda. E havia algo de ríspido e nervoso em sua voz quando ele chamou:

– Angela, chegamos!

A sra. Hathall o seguiu até a sala de estar. Mal podia crer no que via. Onde estavam as xícaras de chá sujas, os copos de gim com marcas de dedos, as roupas espalhadas, as migalhas e a poeira? Ela se plantou no centro do carpete imaculado e se virou lentamente, examinando tudo minuciosamente, procurando teias de aranha no teto, nódoas nas vidraças, uma ponta esquecida nos cinzeiros. Foi dominada por um estranho e incômodo abatimento. Sentia-se como um campeão que, certo da vitória, certo de sua própria superioridade, perde o primeiro set para um novato.

Robert voltou e disse:

– Não imagino onde Angela se enfiou. Não está no jardim. Vou até a garagem ver se o carro está lá. A senhora quer subir, mãe? Seu quarto é o grande nos fundos.

Tendo verificado que a mesa da sala de jantar não estava posta e que não havia sinais de preparativos para o jantar na cozinha imaculada, onde as luvas de borracha e as luvas de limpar a casa estavam ao lado da pia, a sra. Hathall subiu a escada. Correu o dedo pelo friso do patamar. Nem uma marca; o madeiramento parecia pintado recentemente. O quarto reservado a ela estava tão primorosamente limpo quanto o resto da casa; a cama exibia lençóis listrados de cores vivas; uma gaveta da penteadeira, aberta, era forrada com papel de seda. Ela notou tudo, mas nem uma vez, à medida que as descobertas se sucediam, permitiu que estes indícios da excelência de Angela abrandassem seu ódio. Era uma pena que sua nora houvesse se munido com essa arma, uma pena, e mais nada. Sem dúvida seus outros defeitos, como aquele de não estar aqui para recebê-la, mais que compensariam essa pequena virtude.

A sra. Hathall entrou no banheiro. Superfícies esmaltadas, toalhas macias e limpas, sabonete novo... Apertou os lábios, rancorosa. Não era possível que o dinheiro andasse tão curto quanto Robert dera a entender. Ela disse a si mesma apenas que estava ressentida por ele havê-la enganado, não formulando, nem mesmo em pensamento, que havia outro motivo para seu ressentimento, o fato de que ela não podia jogar a pobreza e a razão dessa pobreza na cara deles. Lavou as mãos e saiu para o patamar. A porta do quarto principal estava ligeiramente entreaberta. Hesitou. Mas a tentação de dar uma espiada e talvez encontrar uma cama desarrumada, uma bagunça de cosméticos baratos, era grande demais para resistir. Entrou no quarto cuidadosamente.

A cama não estava desarrumada e sim caprichosamente feita. Sobre as cobertas, deitada de bruços, uma moça parecia dormir profundamente. Seu cabelo escuro, meio desalinhado, estava espalhado sobre os ombros e o braço esquerdo estava caído em direção ao chão. A sra. Hathall disse "hum", todo seu ardente prazer brotando novamente. A esposa de Robert estava dormindo, talvez até bêbada. Não tinha se dado ao trabalho de tirar os sapatos de lona antes de desmoronar sobre a cama e estava vestida exatamente como naquele dia em Earls Court, provavelmente como sempre se vestia, com um surrado jeans desbotado e uma camisa xadrez vermelha. A sra. Hathall se lembrou dos bonitos vestidos de passeio e dos cabelos curtos com permanente de Eileen, da Eileen que só dormiria de dia se estivesse às portas da morte, e então se aproximou da cama e olhou fixamente para a moça, fechando a cara.

– Hum – disse ela novamente, mas dessa vez foi um "hum" de advertência, com o propósito de anunciar sua presença e obter uma imediata reação envergonhada.

Não houve reação. A cólera típica de quem se sente insuportavelmente desprezada dominou a sra. Hathall. Ela colocou a mão no ombro da nora para sacudi-lo. Mas não chegou a fazê-lo. O pescoço estava frio como gelo e quando ela levantou o cabelo viu uma face pálida, inchada e azulada.

A maioria das mulheres teria gritado. A sra. Hathall não emitiu um som. Seu corpo ficou um pouco mais rígido e mais parecido com um armário quando ela se endireitou e colocou a mão grossa e grande sobre o seu coração em disparada. Muitas vezes ela tinha visto a morte, a dos pais, do marido, tios, tias, mas nunca vira antes o que aquela marca arroxeada naquele pescoço indicava – uma morte violenta. Não lhe veio nenhum pensamento de triunfo, nem medo.

Ficou chocada, só isso. Arrastou-se pesadamente pelo quarto e começou a descer a escada.

Robert estava esperando no pé da escada. Na medida em que era capaz de amar, ela o amava, e, ao se aproximar dele e colocar a mão em seu braço, ela lhe dirigiu a palavra com a voz abafada e relutante, a coisa mais parecida com compaixão de que era capaz. E usou a única forma que conhecia para dar esse tipo de má notícia.

Houve um acidente. É melhor você subir e ver você mesmo.

– É... é tarde demais para fazer qualquer coisa. Tente enfrentar a situação como um homem.

Ele ficou imóvel, em silêncio.

– Ela morreu, Robert, sua esposa morreu. – Como ele parecia não ter entendido, ela repetiu: – Angela está morta, meu filho.

Ela teve um vago e incômodo pressentimento de que devia abraçá-lo, dizer algo confortador, mas há muito tempo que não sabia mais fazer isso. Além do mais, agora ela estava tremendo e seu coração batia descompassadamente. Ele não tinha nem empalidecido nem ruborizado. Com firmeza, passou por ela e subiu a escada. Ela ficou esperando, impotente, horrorizada, contorcendo as mãos e arqueando os ombros. Então ele chamou, com voz áspera mas calma:

– Chame a polícia, mãe, e conte o que aconteceu.

Ela alegrou-se de ter o que fazer e, encontrando o telefone numa mesinha sob uma prateleira de livros, discou o número nove.

2

Ele era um homem alto, de corpo largo e descarnado. E tinha uma aparência doentia, a barriga um pouco caída, a pele manchada. O cabelo, embora ainda estivesse preto, estava ficando ralo e seco, e suas feições eram atrevidas e duras. Estava sentado numa poltrona, curvado como se o tivessem machucado e depois jogado lá. Contrastando com ele, sua mãe estava toda empertigada na cadeira, com as pernas rijas muito juntas, as mãos com as palmas voltadas para baixo sobre as pernas, os olhos duros fixos no filho com mais severidade do que compaixão.

O inspetor-chefe Wexford lembrou-se daquelas mães espartanas que preferiam ver seus filhos serem trazidos para casa sobre seus escudos do que sabê-los capturados. Não se surpreenderia se ela tivesse mandado o filho se controlar, mas ela ainda não tinha dito nada nem feito qualquer gesto para ele ou para o inspetor Burden além de um lacônico aceno com a cabeça quando abriu a porta para eles. Ele achava que ela parecia uma guarda penitenciária antiquada, ou uma diretora de asilo de pobres.

Ouviam-se os passos de outros policiais andando de um lado para o outro no andar de cima da casa. O corpo da mulher tinha sido fotografado onde fora encontrado, identificado pelo viúvo e removido para o necrotério. Mas os policiais ainda tinham muito a fazer. Estavam revistando a casa, procurando impressões digitais, a arma e alguma pista que indicasse como a moça tinha sido morta. E a casa era grande para um chalé, com cinco cômodos grandes além da cozinha e do banheiro. Eles estavam lá desde as oito e já era quase meia-noite.

Wexford, de pé junto à mesa sobre a qual estavam a carteira de motorista, a carteira e o resto do conteúdo da bolsa da morta, examinava o passaporte dela. Segundo o passaporte, era cidadã britânica, nascida em Melbourne, Austrália, tinha trinta e dois anos, era dona de casa, tinha cabelos castanhos-escuros, olhos cinza, um metro e sessenta e cinco de altura, e não tinha marcas de nascença. Angela Margaret Hathall. O passaporte fora expedido há três anos e nunca tinha sido usado. A fotografia do passaporte guardava tanta semelhança com a morta quanto qualquer outra foto de passaporte se parece com o original.

– Sua mulher ficava aqui sozinha durante a semana, sr. Hathall? – perguntou ele, afastando-se da mesa e sentando-se.

Hathall fez que sim com a cabeça. A resposta veio em voz baixa, pouco mais que um sussurro.

– Eu trabalhava em Toxborough. Quando arranjei um novo emprego em Londres, não podia ficar viajando para lá e para cá. Isso foi em julho. Tenho ficado com a minha mãe durante a semana e vindo para casa nos fins de semana.

– O senhor e sua mãe chegaram aqui às sete e meia, não foi?

– Sete e vinte – respondeu a sra. Hathall, falando pela primeira vez. Ela tinha uma voz metálica, áspera. Por trás do sotaque do sul de Londres havia um indício de que nascera na região norte do país.

– Então o senhor não via a sua mulher desde... quando? Domingo passado? Segunda?

– Domingo à noite – disse Hathall. – Fui para a casa da minha mãe de trem domingo à noite. A minha... Angela me levou de carro até a estação. Eu... eu telefonei para ela todos os dias. Telefonei para ela hoje. Na hora do almoço. Estava tudo bem. – Ele respirou ruidosamente, produzindo um som que lembrava um soluço, e seu corpo pendeu para frente. – Quem... quem faria isso? Quem iria querer matar... Angela?

Soou falso, teatral, como se ele tivesse aprendido aquela fala em algum espetáculo de televisão ou filme de segunda categoria. Mas Wexford sabia que a dor às vezes só consegue ser expressa em lugares-comuns. Somos originais em nossos momentos de alegria. A tristeza tem apenas uma voz, um som.

Ele respondeu com outro lugar-comum:

– Isso é o que temos que descobrir, sr. Hathall. O senhor esteve no trabalho o dia todo?

– Marcus Flower, Consultores de Relações Públicas. Half Moon Street. Sou contador. – Hathall limpou a garganta. – Pode verificar com eles que estive lá o dia todo.

Wexford não chegou a levantar a sobrancelha. Coçou o queixo e olhou para ele em silêncio. O rosto de Burden não revelava nada, mas ele podia ver que o inspetor estava pensando o mesmo que ele. E durante esse silêncio, Hathall, que proferira a última frase quase com ansiedade, deu um soluço mais alto e escondeu o rosto nas mãos.

Dura como pedra, a sra. Hathall disse:

– Não se entregue, meu filho. Seja homem.

Porém tenho que sentir como homem... A frase de Macbeth veio à mente de Wexford, e ele ficou a se perguntar por que sentia tão pouca simpatia por Hathall, por que não estava comovido. Será que estava ficando do jeito que sempre jurara que não ficaria? Será que estava ficando duro e indiferente? Ou será que havia realmente algo de falso no comportamento de Hathall que desmentia aqueles soluços e aquele abandono à dor? Provavelmente ele estava só cansado, vendo significados onde não havia nenhum; provavelmente a mulher tinha pegado um desconhecido na rua e esse desconhecido a tinha matado. Ele esperou até que Hathall tivesse tirado as mãos e levantado o rosto.

– O seu carro sumiu?

– Não estava na garagem quando eu cheguei. – Não havia lágrimas no rosto magro e duro. Seria um filho daquela mulher de rosto de pedra capaz de forçar lágrimas?

– Vou querer uma descrição e o número da placa do seu carro. O sargento Martin vai pegar os detalhes com o senhor num minuto. – Wexford levantou-se. – O médico lhe deu um sedativo, não foi? Sugiro que o senhor o tome e tente dormir um pouco. De manhã vou querer falar com o senhor de novo, mas agora não podemos fazer mais nada.

A sra. Hathall fechou a porta como quem se livra de vendedores ambulantes, dizendo secamente: "Hoje não, obrigada". Wexford ficou parado alguns instantes na entrada da casa, fazendo um levantamento do lugar. À luz das janelas dos quartos, viu uns gramados que não eram aparados há meses e uma ameixeira de galhos nus. A entrada da casa era pavimentada, mas a entrada de carros entre a parede da casa e a cerca à direita era de concreto.

– Onde fica a garagem de que ele falou?

– Deve ser ali atrás – disse Burden. – Não tinha espaço para construir uma garagem ao lado da casa.

Seguiram pela entrada de carros até os fundos do chalé. Chegaram a uma cabana de amianto com telhado de amianto que não podia ser vista da alameda.

– Se ela saiu para dar uma volta – disse Wexford – e trouxe alguém, é provável que tenham entrado com o carro nessa garagem sem que ninguém os visse. Teriam entrado em casa pela porta da cozinha. Será muita sorte se encontrarmos alguém que os tenha visto.

Em silêncio, olharam para os campos enluarados que se estendiam até os morros cobertos de mata. Aqui e ali, à distância, brilhava uma ou outra luz. Voltando para a estrada, perceberam o quanto a casa era isolada, o quanto a alameda era erma. Com suas ribanceiras altas, coroadas de árvores frondosas que se projetavam sobre ela, de noite a alameda era um túnel escuro e de dia um caminho escondido no meio do mato.

– A casa mais próxima – disse Wexford – é aquela lá em cima na Stowerton Road, e além dela só tem a Wool Farm. Esta fica a quase um quilômetro naquela direção. – Ele apontou na direção do túnel de árvores e depois foi-se embora para o carro. – Pelo visto, acabou o nosso fim de semana – disse ele. – Até amanhã cedo.

A casa do inspetor-chefe ficava ao norte de Kingsmarkham, do outro lado do Kingsbrook. A luz do quarto estava acesa e sua esposa ainda estava acordada quando ele entrou. Dora Wexford era plácida e sensata demais para esperar acordada pelo marido, mas estivera tomando conta do filho da filha mais velha e tinha acabado de chegar. Ele a encontrou sentada na cama lendo, com um copo de leite quente a seu lado; e embora só tivesse se despedido quatro horas antes, foi até ela e beijou-a afetuosamente. O beijo foi mais afetuoso que de costume porque, embora seu casamento fosse muito harmonioso e ele estivesse muito satisfeito com a vida, às vezes só a desgraça alheia o fazia dar-se conta de sua sorte e do quanto ele apreciava a esposa. A esposa de outra pessoa estava morta, tinha morrido de um modo abominável... Ele afastou sua repugnância, sua suscetibilidade noturna e, começando a despir-se, perguntou a Dora o que ela sabia sobre os moradores de Bury Cottage.

– Onde fica Bury Cottage?

– Em Wool Lane. Quem mora lá é um sujeito chamado Hathall. A mulher dele foi estrangulada hoje à tarde.

Trinta anos de casamento com um policial não tinham embotado a sensibilidade de Dora Wexford, nem embrutecido seu modo de falar, nem a tornado indiferente, mas era natural que não reagisse mais àquele tipo de relato com a mesma consternação que as outras mulheres.

– Nossa! – exclamou ela formalmente. – Que horror! O caso é dos complicados?

– Ainda não sei. – A voz suave e tranqüila da mulher o acalmou, como sempre. – Você por acaso já viu essa gente?

– A única pessoa de Wool Lane que eu já vi foi a sra. Lake. Ela foi no Instituto Feminino umas duas vezes, mas acho que estava entretida demais com outras coisas para se preocupar com as do instituto. Fanática por homens, sabe como é.

– Não me diga que o Instituto Feminino a boicotou! – disse Wexford, fingindo espanto.

– Deixa de ser bobo, querido. Nós não somos intolerantes. Afinal, ela é viúva. Não entendo por que ela não se casou de novo.

– Vai ver que ela é como o Jorge II.

– Nem um pouco. É muito bonita. Mas o que você quer dizer com isso?

– Ele prometeu à esposa, quando ela estava morrendo, que não se casaria de novo, só teria amantes. – Enquanto

Dora dava risadinhas, Wexford examinava sua imagem no espelho, encolhendo a barriga. No último ano ele tinha perdido dezenove quilos graças ao regime, aos exercícios e ao terror que seu médico lhe inspirara, e pela primeira vez em dez anos ele podia observar sua imagem no espelho com satisfação, ainda que não com verdadeiro prazer. Agora ele via que tinha valido a pena. *Il faut souffrir pour être beau.* Se ao menos existisse alguma coisa da qual a pessoa pudesse se privar, ou algum exercício cansativo que remediasse a perda de cabelo...

– Venha para a cama – disse Dora. – Se você não parar de se admirar, vou achar que está querendo arrumar uma amante, e eu ainda não morri.

Wexford deu um sorriso largo e foi para a cama. Desde o início de sua carreira ele tinha se acostumado a não se preocupar com o trabalho durante a noite, e o trabalho raramente o mantinha acordado ou perturbava seus sonhos. Mas depois de apagar a luz da cabeceira e se aconchegar a Dora – tão mais fácil e agradável agora que estava magro –, ele se permitiu uns minutos de reflexão sobre os acontecimentos daquela noite. Podia ser que aquele caso fosse simples, podia muito bem. Angela Hathall era jovem e provavelmente atraente. Não tinha filhos e, embora fosse uma dona de casa caprichosa, naqueles dias e noites que passava sozinha talvez o tempo demorasse muito para passar. Ela podia muito bem ter encontrado algum sujeito e o levado para Bury Cottage. Wexford sabia que uma mulher não precisa estar desesperada, nem ser ninfomaníaca, nem estar no caminho da prostituição para fazer isso. Não precisava nem mesmo ter a intenção de ser infiel. Porque as atitudes das mulheres em relação ao sexo, apesar de todas essas idéias modernas, são diferentes das dos homens. E embora de modo geral seja verdade que um homem que vai se encontrar com uma mulher estranha só está querendo "uma coisa", e que de modo geral ela sabe disso, a mulher tende a se apegar à idéia otimista de que ele quer apenas uma conversa e talvez um beijo. Será que Angela pensava assim? Será que tinha levado um homem em seu carro, alguém que queria mais do que aquilo e que a estrangulara por não conseguir o que queria? Será que ele a tinha matado e largado sobre a cama e depois fugido no carro dela?

Podia ser. Wexford decidiu que seguiria esta linha de raciocínio. Voltando seus pensamentos para assuntos mais agradáveis, seus netos, suas férias recentes, logo caiu no sono.

3

– Sr. Hathall – disse Wexford –, o senhor sem dúvida tem suas próprias idéias a respeito de como esse tipo de inquérito deve ser conduzido. Talvez o senhor pense que os meus métodos são pouco ortodoxos, mas são os meus métodos e eu posso lhe assegurar que dão resultado. Não posso realizar minha investigação me baseando apenas em provas circunstanciais. Preciso saber tanto quanto possível a respeito das pessoas envolvidas; portanto, se o senhor puder me responder com sinceridade e objetividade, prosseguiremos muito mais depressa. Eu lhe asseguro que vou lhe fazer perguntas única e exclusivamente com o intuito de descobrir quem matou sua esposa. Se o senhor se ofender, nós nos atrasaremos. Se o senhor insistir que certos fatos só dizem respeito à sua vida privada e se recusar a revelá-los, estaremos perdendo um tempo precioso. O senhor entendeu? Vai colaborar?

Esse discurso fora ocasionado pela reação de Hathall à primeira pergunta que Wexford lhe fizera às nove da manhã de sábado. Fora um simples pedido de informação quanto a Angela ter ou não o hábito de dar carona a estranhos, mas Hathall, que parecia refeito pela noite de sono proporcionada pelo sedativo, se enfurecera com a pergunta num rompante de mau humor.

– Que direito tem o senhor de questionar o caráter da minha mulher?

Com tranqüilidade, Wexford disse:

– A única coisa que a grande maioria das pessoas tem em mente quando dá carona é ser útil. – E então, quando Hathall continuou a encará-lo com raiva e rancor, ele fez seu sermão.

O viúvo fez um gesto de impaciência. – Eu achava que, num caso como esse, o senhor fosse se basear em impressões digitais e... bem, nesse tipo de coisa. Quer dizer, é óbvio que alguém entrou aqui e... Ele deve ter deixado vestígios. Já li sobre esses casos. É uma questão de deduções a partir de fios de cabelo e pegadas e... bem, impressões digitais.

– Eu já disse que tenho certeza que o senhor tem suas próprias idéias a respeito de como se deve realizar um inquérito. Os meus métodos incluem os que o senhor mencionou. O senhor mesmo viu como essa casa foi meticulosamente vasculhada ontem à noite, mas nós não somos mágicos, sr. Hathall. Não dá para encontrar uma impressão digital ou um fio de cabelo à meia-noite e lhe dizer a quem pertencem nove horas depois.

– Quando vão poder me dizer?

– Isso eu não sei. Com certeza mais tarde, ainda hoje, devo saber se alguém esteve em Bury Cottage ontem à tarde.

– Um *estranho*? É claro que foi um estranho. Eu mesmo podia ter-lhe dito isso às oito horas de ontem. Um assassino psicopata que entrou aqui, à força, eu diria, e... e que depois roubou o meu carro. Já encontraram o meu carro?

Com muita calma e frieza, Wexford disse:

– Não sei, sr. Hathall. Não sou Deus, nem vidente. Ainda não tive tempo nem de me comunicar com meus subordinados. Se o senhor responder à única pergunta que lhe fiz, vou deixá-lo por uns instantes e falar com sua mãe.

– Minha mãe não sabe de nada. Minha mãe nunca tinha posto os pés nesta casa até ontem à noite.

– A minha pergunta, sr. Hathall.

– Não, ela não tinha o costume de dar carona – gritou Hathall com o rosto vermelho e contorcido. – Ela era tímida e nervosa demais até para fazer amizades por aqui. Eu era a única pessoa em quem ela confiava, o que não é de admirar, depois do que já tinha sofrido. Quem entrou aqui sabia disso, ele sabia que ela estava sempre sozinha. O senhor tem que partir disso, isso sim. Isso é a minha vida privada, como o senhor diz. Eu só estava casado há três anos e adorava a minha mulher. Mas eu a deixava sozinha a semana toda porque não agüentava ficar indo e vindo todo dia, e foi nisso que deu. Ela morria de medo de ficar aqui sozinha. Eu disse que não seria por muito tempo e que tivesse paciência, que fizesse isso por mim. Bem, não foi por muito tempo, foi?

Ele jogou o braço pelas costas da cadeira e afundou o rosto na dobra do cotovelo com o corpo tremendo. Wexford o observou pensativamente, mas não disse mais nada. Foi até a cozinha, onde encontrou a sra. Hathall lavando a louça do café na pia. Havia um par de luvas de borracha na bancada, mas elas estavam secas e as mãos da sra. Hathall estavam submersas na espuma. Ele concluiu que ela era daquele tipo de mulher masoquista em relação ao trabalho doméstico, que provavelmente usava vassoura em vez de aspirador de pó e que sustentava que as máquinas de lavar não deixavam a roupa limpa. Observou que em vez de avental ela usava um pano de prato quadriculado enrolado na cintura, o que lhe pareceu estranho. É claro que não teria levado um avental com ela para uma visita de fim de semana, mas com certeza uma dona de casa caprichosa como Angela teria vários. No entanto, não fez qualquer comentário; disse bom-dia e perguntou à sra. Hathall se ela se importaria de responder a umas perguntas enquanto trabalhava.

– Hum – disse a sra. Hathall. Enxaguou as mãos e virou-se lentamente para secá-las numa toalha que estava dependurada ao lado. – Não adianta me fazer perguntas. Eu não sei o que ela aprontava quando ele não estava aqui.

– Parece que a sua nora era tímida e solitária, arredia até. – O ruído que ela produziu o deixou fascinado. Era em parte um engasgo, em parte um grunhido, com uma insinuação de estertor de morte. Ele presumiu que fosse na verdade uma risada. – Não foi essa a impressão que ela lhe deu?

– Erótica – disse a sra. Hathall.

– *Como disse*?

Ela olhou para ele com desdém. – Nervosa. Mais para histérica.

– Ah – disse Wexford. O emprego errôneo daquele parônimo pareceu-lhe um ato falho inédito e ele o saboreou. – Por que será que ela era assim? Por que ela era... neurótica?

– Não sei dizer. Eu só a vi uma vez.

Mas eles estavam casados há três anos...

– Não entendi muito bem, sra. Hathall.

Ela desviou o olhar do rosto dele para a janela, da janela para a pia, e então pegou outro pano e começou a enxugar os pratos. Seu corpo maciço como uma tábua, de costas para ele, era tão opaco e inibidor quanto uma porta fechada. Ela enxugou todas as xícaras, copos, pratos e talheres em silêncio, limpou o escorredor de louça, secou-o e pendurou o pano de prato com a concentração de quem executa uma arte complexa e de difícil aprendizado. Mas afinal foi forçada a se virar de novo e confrontar aquela paciente figura sentada.

– As camas estão por fazer – disse ela.

– Sua nora foi assassinada, sra. Hathall.

– E eu não sei? Fui eu quem a encontrou.

– É. Como é que foi mesmo?

– Já disse. Eu já contei. – Ela abriu o armário de vassouras e pegou uma escova e um espanador, ferramentas supérfluas, totalmente desnecessárias naquela casa impecável. – Se o senhor não tem o que fazer, eu tenho.

– Sra. Hathall – disse ele suavemente –, a senhora compreende que terá que comparecer em juízo? A senhora é uma testemunha da maior importância. A senhora será minuciosamente interrogada e então *não poderá* se recusar a responder. Estou vendo que a senhora nunca esteve em contato com a lei, mas devo avisá-la que existem penas severas para quem obstrui a ação da polícia.

Ela o encarou taciturna, só um pouco assustada.

– Eu nunca devia ter vindo aqui – murmurou ela. – Eu disse que nunca poria os pés aqui e devia ter mantido a minha palavra.

– Por que a senhora veio?

– Porque meu filho insistiu. Ele queria que a gente fizesse as pazes. – Ela andou pesadamente até ficar a um metro dele e parou. Wexford lembrou-se de uma ilustração num livro de histórias de um de seus netos, uma gravura de um armário com braços e pernas e um rosto ameaçador. – Vou lhe dizer uma coisa – disse ela. – Se aquela Angela era nervosa, ficou assim de vergonha. Estava envergonhada por ter destruído o casamento dele e por fazê-lo ficar pobre. E era para ter vergonha, mesmo, ela arruinou a vida de três pessoas. Vou dizer isso no seu inquérito. Não me importo de contar isso para ninguém.

– Duvido – disse Wexford – que lhe perguntem isso. Estou lhe perguntando sobre ontem à noite.

Ela levantou a cabeça com uma guinada. Com petulância, disse:

– Garanto que não tenho nada a esconder. Estou pensando nele, pensando que toda a vida dele vai ter que ser esmiuçada em público. Era para ela ter nos encontrado na estação ontem à noite. – Um seco "hum" escapou com a última palavra.

– Mas ela estava morta, sra. Hathall.

Ignorando-o, ela prosseguiu ríspida e rapidamente:

– Chegamos aqui e ele foi procurar por ela. Ele chamou por ela. Procurou em toda parte no andar de baixo, no jardim e na garagem.

– E lá em cima?

– Ele não foi lá em cima. Ele me disse para subir e tirar as minhas coisas da mala. Eu entrei no quarto deles e lá estava ela.

Satisfeito? Pergunte a ele e veja se diz alguma coisa diferente. – O armário ambulante saiu da cozinha pisando forte e subiu a escada fazendo cada degrau ranger sob seus pés.

Wexford voltou para a sala onde Hathall se encontrava, não andando furtivamente, mas também sem fazer muito barulho. Ele tinha ficado na cozinha uma meia hora e talvez Hathall pensasse que já tinha saído, pois se recuperara muito rapidamente de sua angústia terrível e estava junto à janela, examinando atentamente alguma coisa na primeira página do jornal. A expressão de seu rosto magro e duro era de concentração extrema, intensa, até mesmo calculista, e suas mãos estavam bem firmes. Wexford tossiu de leve. Hathall não se assustou. Ele se virou e a angústia que Wexford poderia jurar ser verdadeira convulsionou de novo seu rosto.

– Não vou incomodá-lo de novo agora, sr. Hathall. Estive pensando e acho que seria muito melhor o senhor conversar comigo em outro lugar. Nestas circunstâncias, este talvez não seja o melhor lugar para o tipo de conversa que temos que ter. O senhor pode ir à delegacia lá pelas três horas, por favor, e me procurar?

Hathall assentiu com a cabeça. Parecia aliviado.

– Lamento ter perdido a cabeça ainda há pouco.

– Tudo bem. É natural. Antes de ir à delegacia, o senhor podia dar uma olhada nas coisas da sua esposa para me dizer se acha que está faltando alguma coisa?

– Claro. Seus homens não vão mais querer examinar a casa?

– Não. Já acabaram.

Assim que Wexford chegou a seu gabinete na delegacia de Kingsmarkham, deu uma olhada nos jornais matutinos e encontrou o que Hathall estivera examinando, o *Daily Telegraph.* No pé da primeira página, no lugar reservado às notícias de última hora, havia um parágrafo de uns três centímetros que dizia: "A sra. Angela Hathall, de trinta e dois anos, foi encontrada morta ontem à noite em sua casa em Wool Lane, Kingsmarkham, Sussex. Foi estrangulada.

A polícia está considerando o caso como assassinato." Fora nisso que os olhos de Hathall tinham se fixado com tanta intensidade. Wexford refletiu por um instante. Se sua esposa tivesse sido encontrada morta, a última coisa que ele iria querer seria ler a notícia no jornal. Ele exprimiu esse pensamento em voz alta assim que Burden entrou no gabinete, acrescentando que não adiantava projetar seus próprios sentimentos nos outros, já que as pessoas não são todas iguais.

– Às vezes – disse Burden sombriamente – acho que se todas as pessoas fossem como você e eu o mundo seria bem melhor.

– Sujeito arrogante, você. Já temos alguma coisa do pessoal da perícia? Hathall tem mania de impressões digitais. Ele é uma dessas pessoas que vive sob a ilusão de que somos como cães de caça. É só nos mostrar uma impressão digital ou uma pegada que botamos o nariz no chão e seguimos o rastro até pegarmos nossa presa umas duas horas mais tarde.

Burden grunhiu. Colocou uma pilha de papéis embaixo do nariz do inspetor.

– Está tudo aqui – disse ele. – Dei uma lida e tem umas coisas interessantes, mas a raposa não vai aparecer em duas horas, nem nada parecido. Quem quer que seja ele, está longe, muito longe, e você pode contar essa para o John Peel.

Arreganhando os dentes, Wexford disse:

– Nem sinal do carro, imagino.

– Vai acabar aparecendo em Glasgow ou em qualquer outro lugar no meio da semana que vem. Martin checou com a firma do Hathall, a Marcus Flower. Falou com a secretária. O nome dela é Linda Kipling, e disse que o Hathall ficou lá o dia inteiro ontem. Eles dois entraram às dez, mais ou menos – meu Deus, eu queria um emprego desse! –, e, tirando uma hora e meia para o almoço, o Hathall ficou lá até sair, às cinco e meia.

– Só porque eu disse que ele andou lendo sobre o assassinato da mulher dele no jornal não quer dizer que estava achando que ele fosse o assassino. – Wexford bateu de leve no assento da cadeira a seu lado e disse: – Sente-se, Mike, e me conte o que está escrito nessa... nessa resma que você me trouxe. Resuma. Depois eu mesmo dou uma olhada.

O inspetor se sentou e colocou seus óculos novos. Os óculos eram finos, com armação preta estreita, e davam a Burden o ar de um advogado de sucesso. Com sua vasta coleção de ternos bem talhados, seu cabelo claro bem cortado e um físico que não precisava de regime para ficar elegante, nunca teve cara de detetive – o que lhe era vantajoso. Sua voz estava formal e precisa, um pouco mais estudada que de costume, porque ele ainda não estava acostumado com os óculos, que ele parecia achar que mudavam toda a sua aparência e até a sua personalidade.

– A primeira coisa a mencionar, eu diria – começou ele –, é que não havia tantas impressões digitais pela casa quanto era de se esperar. A casa estava excepcionalmente bem cuidada, tudo muito limpo e polido. Ela deve ter mesmo limpado a casa muito cuidadosamente, porque quase não havia impressões do próprio Hathall. Tinha uma impressão palmar bem clara na porta da frente e outras impressões em outras portas e nos corrimões, mas foram evidentemente deixadas depois que ele chegou em casa ontem à noite. Tinha impressões da velha sra. Hathall na bancada da cozinha, nos corrimões, no quarto dos fundos, nas torneiras do banheiro e no vaso sanitário, no telefone e, por estranho que pareça, no friso do patamar da escada.

– Não tem nada de estranho, não – disse Wexford. – Ela é o tipo da velha chata que passa o dedo nos frisos para ver se a nora limpou tudo. E se não tivesse limpado, ela provavelmente escreveria “porca” ou qualquer outra coisa provocativa na poeira.

Burden ajeitou os óculos, a ponta do dedo manchou a lente e ele a esfregou impacientemente com o punho da camisa.

– Tinha impressões da Angela na porta dos fundos, na porta da cozinha que dá para o corredor, na porta do quarto dela, em vários vidros e potes que estavam na penteadeira.

Mas não tinha mais nenhuma em parte alguma. Parece que ela usou luvas para limpar a casa e, se tirou as luvas para ir ao banheiro, limpou tudo depois.

– Para mim, isso é obsessão mesmo. Mas acho que existem mulheres assim.

Burden, cuja expressão indicava que ele aprovava as mulheres que eram assim, disse:

– As únicas outras impressões na casa eram as de um homem desconhecido e as de uma mulher desconhecida. As do homem foram encontradas apenas em livros e no lado de dentro da porta de um armário de quarto, que não era o quarto da Angela. Havia apenas uma única impressão dessa outra mulher. Também era uma impressão palmar completa da mão direita, muito nítida, com uma pequena cicatriz em forma de L no dedo indicador, e foi encontrada na borda da banheira.

– Hum – disse Wexford, e como o som lembrou-lhe a sra. Hathall, mudou-o para "ah". Fez uma pausa, pensativo. – Sabe se essas impressões estão nos arquivos?

– Ainda não sei. Vamos esperar.

– Não, não quero dar uma de Hathall. Mais alguma coisa?

– Uns fios compridos de um cabelo grosso, três fios, no chão do banheiro. Não são de Angela. O cabelo dela era mais fino. Só tinha cabelos dela na escova que estava sobre a penteadeira.

– De homem ou de mulher?

– Não dá para saber. Com esses caras que andam por aí de cabelo comprido hoje em dia... – Burden passou a mão em seu próprio cabelo macio, cortado rente, e tirou os óculos. – O resultado da autópsia só sai à noite.

– Tudo bem. Temos que encontrar aquele carro e descobrir alguém que tenha visto Angela sair de casa com ele e, quem sabe, alguém que tenha visto ela e o carona voltarem no carro – se é que foi assim que aconteceu. Temos que procurar os amigos dela. Ela devia ter ao menos *alguns* amigos.

Desceram de elevador e cruzaram o vestíbulo, com piso xadrez preto e branco. Enquanto Burden parava para trocar umas palavras com o sargento, Wexford foi até a porta de vaivém que dava para a escada e o pátio. Uma mulher vinha subindo a escada, andando com a segurança de quem nunca foi rejeitada. Wexford segurou a porta para ela passar; quando ficou face a face com ele, ela parou e o olhou direto nos olhos.

Não era jovem. Não devia estar longe dos cinqüenta, mas era evidentemente uma dessas raras criaturas que o tempo não consegue enfear, envelhecer nem debilitar. As rugas finas de seu rosto pareciam ser sinais deixados pelo riso, por um senso de humor irreverente, mas havia poucas rugas em torno de seus olhos azuis-claros, grandes e surpreendentemente jovens. Ela sorriu para ele, um sorriso de fazer o coração de um homem ficar aos pulos, e disse:

– Bom-dia. Meu nome é Nancy Lake. Quero falar com um policial, o mais importante, alguém muito importante. O senhor é importante?

– Acho que dou para o gasto – disse Wexford.

Ela o examinou cuidadosamente como nenhuma mulher o examinava há vinte anos. O sorriso ficou pensativo, delicadas sobrancelhas se levantaram.

– É, acho que dá, sim – disse ela; e, depois de entrar: – No entanto, devemos ficar sérios. Eu vim dizer que acho que fui a última pessoa a ver Angela Hathall viva.

4

Quando uma mulher bonita envelhece, a reação dos homens geralmente é a de imaginar como ela devia ter sido linda. Esse não era o efeito que Nancy Lake produzia. Havia nela muito do aqui e agora. Quando se estava com ela, não se pensava em sua juventude nem na velhice que se aproximava, assim como não se pensa na primavera nem no Natal quando se está aproveitando o final do verão. Ela pertencia à estação em que estavam, o outono: uma mulher que lembrava os festivais da uva, as frutas maduras e as longas noites quentes. Esses pensamentos vieram à mente de Wexford muito mais tarde. Levando-a para seu gabinete, só se dava conta de como aquela digressão era agradável em meio a assassinatos, testemunhas recalcitrantes, impressões digitais e carros desaparecidos. Além do mais, não era exatamente uma digressão. Feliz é aquele que consegue unir o útil ao agradável...

– Que sala agradável – disse ela. Sua voz era baixa, doce e cheia de vida. – Eu pensava que as delegacias eram cinzentas e sombrias, com as paredes cheias de fotografias de assaltantes de bancos mal-encarados. – Olhou com aprovação para o carpete, as cadeiras amarelas e a escrivaninha de jacarandá. – Encantador. E que beleza de vista, aqueles telhados lindos. Posso me sentar?

Wexford já estava segurando a cadeira para ela sentar-se. Lembrou que Dora lhe dissera que aquela mulher era "fanática por homens", e pensou, por sua vez, que os homens também deviam ser fanáticos por ela. Era morena. Seus cabelos cheios, de um castanho vivo, provavelmente eram pintados. Mas sua pele tinha conservado um brilho com laivos de rosa e âmbar, uma textura de pêssego, e uma luz delicada parecia brilhar sob a pele, uma luz como às vezes se vê nos rostos de moças ou crianças, mas que raramente dura até a meia-idade. Os lábios vermelhos pareciam estar sempre prestes a sorrir. Era como se soubesse de algum segredo delicioso que ela insinuava, mas nunca chegaria a revelar totalmente. Seu vestido era, na opinião de Wexford, exatamente como um vestido de mulher deve ser: de saia rodada, apertado na cintura, de algodão estampado de violeta e azul, com o decote mostrando uns dois ou três centímetros da curva superior de um busto generoso e dourado. Ela percebeu que ele a estava analisando e parecia estar gostando daquele exame minucioso, deliciando-se, compreendendo melhor que ele o que aquilo significava.

Ele desviou o olhar abruptamente.

– A senhora mora naquela casa em Wool Lane que fica próxima a Kingsmarkham, não é?

– O nome é Sunnybank. Acho que parece nome de hospício. Mas meu falecido marido escolheu o nome e eu creio que ele tinha seus motivos.

Wexford fez uma tentativa decidida, e bem-sucedida, de parecer sério:

– A senhora era amiga da sra. Hathall?

– Ah, *não*. – Ele pensou que ela seria capaz de dizer que não tinha amizades do sexo feminino, o que o teria desagradado, mas ela não o fez. – Só fui lá por causa das miragens.

– As *o quê*?

– É uma brincadeira minha. Desculpe. Eu quero dizer das ameixas amarelas.

– Ah, as *mirabelas*. – Esse era o segundo ato falho do dia, mas ele chegou à conclusão de que esse, em particular, era proposital. – A senhora foi lá ontem para colher ameixas?

– Sempre vou. Todo ano. Eu sempre ia quando o sr. Somerset morava lá, e quando os Hathall se mudaram eles disseram que eu podia colhê-las. É para fazer geléia.

Subitamente Wexford viu Nancy Lake numa cozinha ensolarada, mexendo uma panela cheia de ameixas douradas. Sentia o aroma das frutas, via o semblante da sra. Lake quando ela mergulhava o dedo na panela e o levava aos lábios vermelhos. A visão ameaçou transformar-se numa fantasia. Ele apagou-a:

– Quando a senhora foi lá?

A rispidez de sua voz fez a sra. Lake arquear as sobrancelhas.

– Eu liguei para Angela às nove da manhã e perguntei se podia ir lá colhê-las. Eu tinha notado que elas estavam caindo. Ela pareceu muito satisfeita... mas não pelo prazer de me fazer um favor. Ela não era uma pessoa muito prestativa, não, o senhor sabe.

– Não sei, não. Gostaria que a senhora me explicasse.

Ela fez um leve gesto com as mãos, um gesto de menosprezo.

– Ela disse para que eu aparecesse lá por volta de meio-dia e meia. Colhi as ameixas e ela me serviu um café. Acho que só me convidou a entrar para mostrar como a casa estava arrumada.

– Por que, não estava sempre arrumada?

– De jeito nenhum! Não que eu ligue para isso; afinal, a casa era dela. Eu mesma não sou muito chegada ao trabalho doméstico, mas a casa da Angela parecia sempre um verdadeiro chiqueiro. Pelo menos estava uma bagunça quando estive lá pela última vez, em março. Ela me contou que tinha limpado a casa para impressionar a mãe do Robert.

Wexford assentiu com a cabeça. Tinha que se esforçar para continuar a interrogá-la desta forma impessoal, porque ela exercia um fascínio, uma combinação mágica de delicadeza feminina e sexualidade pronunciada. Mas o esforço era necessário.

– Ela lhe disse se estava esperando outra visita, sra. Lake?

– Não, disse que ia sair de carro, mas não disse aonde ia. – Nancy Lake debruçou-se sobre a mesa, com uma expressão séria no rosto, que ficou a trinta centímetros do dele. Seu perfume era agradável, um odor de frutas. – Ela me convidou a entrar e serviu-me café, mas assim que acabei de beber ela parecia querer se livrar de mim. É isso o que quis dizer quando afirmei que ela só queria me mostrar que a casa estava arrumada.

– A que horas a senhora saiu de lá?

– Deixe-me ver. Deve ter sido um pouco antes de uma e meia. Mas só fiquei dentro da casa dez minutos. No resto do tempo fiquei colhendo miragens.

A tentação de continuar perto daquele rosto vivaz, versátil e meio malicioso era grande, mas ele tinha que resistir. Wexford girou a cadeira para o lado com uma determinação disfarçada, voltando para Nancy Lake um perfil austero e sério.

– A senhora não a viu sair de Bury Cottage nem voltar para lá mais tarde?

– Não, fui a Myringham. Fiquei em Myringham a tarde toda e parte da noite.

Pela primeira vez havia algo de comedido e reservado em sua resposta, mas ele não fez qualquer comentário.

– Fale-me de Angela Hathall. Que tipo de pessoa era ela?

– Ríspida, dura, indelicada. – Ela deu de ombros, como se tais defeitos numa mulher estivessem além de sua compreensão. – Talvez seja por isso que ela e o Robert se davam tão bem.

– Eles se davam bem? Eram um casal feliz?

– Eram, muito. Não tinham olhos para mais ninguém, como se diz. – Nancy Lake deu uma risadinha. – Viviam um para o outro, sabe como é. Que eu saiba, não tinham amigos.

– Fui levado a crer que ela era tímida e nervosa.

– É mesmo? Eu não diria isso. Acho que ela estava sempre sozinha porque queria ficar sozinha mesmo. É bem verdade que eles viviam muito apertados até que ele arranjou aquele novo emprego. Ela me contou que viviam com apenas quinze libras por semana por causa das despesas dele. Ele estava pagando pensão alimentícia ou algo assim para a primeira mulher. – Ela fez uma pausa e sorriu. – As pessoas se metem em cada encrenca, não é mesmo?

Havia um toque de amargura em sua voz, como se ela própria já tivesse vivido uma situação daquelas. Ele virou-se para ela de novo, porque uma idéia lhe ocorrera.

– Posso ver sua mão direita, sra. Lake?

Ela estendeu a mão sem perguntas, mas não a colocou sobre a mesa, e sim pousou-a com a palma virada para baixo sobre a mão dele. Era quase um gesto amoroso, desses que caracterizam o início de um relacionamento entre um homem e uma mulher, essa entrega de uma mão a outra, um primeiro contato, uma demonstração de tranqüilidade e confiança. Wexford sentiu seu calor, percebeu como era suave e macia, notou o brilho suave das unhas e o anel de brilhantes no dedo médio. Aturdido, deixou-a ficar uma fração de tempo além do que era necessário.

– Se alguém tivesse me dito – disse ela, com os olhos buliçosos – que hoje eu ia ficar de mãos dadas com um policial, não teria acreditado.

Wexford disse, seco:

– Com licença – e virou a mão dela de palma para cima. Não havia nenhuma cicatriz em forma de L desfigurando a superfície suave da ponta de seu dedo indicador e ele largou a mão.

– É assim que o senhor confere impressões digitais? Puxa, eu sempre pensei que fosse muito mais complicado.

– E é mesmo. – Ele não explicou. – Angela Hathall tinha alguma faxineira?

– Que eu saiba, não. Não podiam pagar. – Ela estava se esforçando ao máximo para esconder o prazer que lhe causava o embaraço de Wexford, porém ele percebeu que seus lábios estremeceram, traindo seus sentimentos. – Posso ser-lhe útil em mais alguma coisa, sr. Wexford? O senhor não gostaria de examinar as pegadas deixadas por meus pés, por exemplo, ou colher uma amostra do meu sangue?

– Não, obrigado. Não é necessário. Mas talvez eu queira falar com a senhora de novo, sra. Lake.

– Espero que sim. – Ela levantou-se graciosamente e deu uns passos na direção da janela. Wexford, que fora forçado a levantar-se quando ela o fez, encontrou-se de pé bem junto a ela. Ela havia forçado aquela situação, ele sabia, mas só podia sentir-se lisonjeado. Há quanto tempo uma mulher não flertava com ele, não desejava estar com ele e não gostava do toque de sua mão? Dora, é claro, sua esposa... Enquanto se empertigava, ciente de sua esbelteza recém-conquistada, lembrou-se de sua esposa. Lembrou que era não só um policial como também um marido que devia estar atento a suas obrigações conjugais. Mas Nancy Lake tinha colocado sua mão levemente em seu braço, estava chamando sua atenção para o sol lá fora, para os carros em High Street que começavam seu longo trajeto em direção ao litoral.

– O tempo ideal para se passar na praia, não é? – disse ela. A observação pareceu-lhe a manifestação de um desejo, um convite. – Que pena que o senhor tem que trabalhar num sábado. – Que pena que o trabalho, as convenções e a prudência o impedissem de levar aquela mulher para o seu carro, de levá-la para algum hotel sossegado. Champanha e rosas, pensou ele, e aquela mão mais uma vez se estendendo por sobre a mesa para pousar calidamente sobre a sua... – E o inverno vai chegar logo – disse ela.

Será que ela tinha dito aquilo mesmo, que aquela ambigüidade era intencional? Que o inverno iria chegar em breve para eles dois, a carne ficaria flácida, o sangue esfriaria...

– Não quero tomar mais o seu tempo – disse ele, com a voz tão gelada quanto o inverno que se aproximava

Ela riu, nem um pouco ofendida, mas tirou a mão do braço dele e dirigiu-se para a porta.

– O senhor podia ao menos agradecer por eu ter vindo.

– E agradeço. A senhora mostrou que se preocupa com o bem-estar da comunidade. Até logo, sra. Lake.

– Até logo, sr. Wexford. Apareça qualquer dia desses para o chá que eu lhe sirvo um pouco de geléia de miragem.

Ele mandou alguém levá-la até a porta. Em vez de sentar-se de novo à sua escrivaninha, voltou para a janela. Olhou para baixo. E lá estava ela, atravessando o pátio com a segurança da juventude, como se o mundo lhe pertencesse. Não lhe ocorreu que ela olharia para trás, para a janela, mas ela o fez subitamente, como se seus pensamentos tivessem se comunicado com ela e atraído aquele olhar repentino. Ela acenou. O braço dela levantou-se de repente e ela acenou. Foi um gesto tão afetuoso, tão íntimo, que era como se os dois se conhecessem desde crianças: era como se estivessem se separando após um encontro que, embora rotineiro, nem por isso deixava de ser delicioso. Ele levantou o braço numa espécie de saudação e então, quando ela desapareceu na multidão que fazia compras, ele também desceu para encontrar-se com Burden e levá-lo para almoçar.

O Carousel Café, em frente à delegacia, estava sempre cheio na hora do almoço nos sábados, mas pelo menos o toca-discos automático não estava tocando. A algazarra só começaria quando a garotada chegasse, às seis horas. Burden estava sentado na mesa de canto que estava sempre reservada para eles e, quando Wexford se aproximou, o proprietário, um italiano humilde, foi até ele, cheio de deferência e respeito:

– Para o senhor, o prato especial de hoje, inspetor-chefe. Eu recomendo o fígado com *bacon*.

– Está bem, Antônio, mas nada de batatas à Lavoisier, hein? E nada de glutamato monossódico.

Antônio pareceu perplexo.

– Isso não está no meu cardápio, sr. Wexford.

– Não, mas está sempre na comida, o agente secreto, a quinta-coluna alimentar. Nenhuma travessura química ultimamente?

– Graças ao senhor, não.

A referência era a uma diabrura feita umas duas semanas antes por um dos jovens empregados de Antônio que trabalhavam em meio expediente. Entediado com a sobriedade da clientela, o rapaz tinha colocado no depósito de suco de laranja cem comprimidos de anfetamina, e o resultado foi uma alegre confusão, na qual um comerciante sisudo chegou a dançar sobre uma das mesas. Wexford, que por acaso estava lá e que por causa de seu regime provara do suco de laranja, localizou a fonte daquela alegria quase saturnal e, ao mesmo tempo, o culpado. Lembrando-se do episódio, riu gostosamente.

– Qual é a graça? – disse Burden, irritado. – Ou será que aquela sra. Lake levantou o seu moral? – Quando Wexford parou de rir mas não respondeu, ele disse: – Martin arranjou uma sala na igreja, uma espécie de centro de investigações e informações. O público está sendo avisado, na esperança de que alguém que tenha visto Angela na tarde de sexta apareça e nos conte o que viu. E se ela não saiu, é possível que o visitante tenha sido visto.

– Ela saiu – disse Wexford. – Disse à sra. Lake que ia sair de carro. Eu queria saber quem é a senhora com a cicatriz em forma de L, Mike. Não é a sra. Lake, e ela diz que Angela não tinha faxineira nem, por falar nisso, amigos.

– E quem é o homem que deixou impressões digitais no lado de dentro dos armários?

A chegada do fígado com *bacon* e do espaguete à bolonhesa de Burden deixou-os em silêncio por uns minutos. Wexford bebeu seu suco de laranja pensando que até ficaria satisfeito se aquele suco estivesse "incrementado" e Burden de repente ficasse alegre e desinibido. Mas o inspetor, comendo à sua maneira meticulosa, tinha aquele olhar resignado de quem sacrificou o fim de semana em nome do dever. As rugas profundas, que iam das narinas até os cantos da boca, se intensificaram quando ele falou:

– Eu ia levar as crianças à praia.

Wexford pensou em Nancy Lake, que ficaria bem de maiô, mas apagou a imagem antes que se transformasse numa fantasia colorida e tridimensional.

– Mike, a essa altura de um caso geralmente nos perguntamos se notamos alguma coisa estranha, qualquer discrepância ou falsidade patente. Você notou alguma coisa?

– Acho que nada, exceto a falta de impressões

– Ela tinha limpado tudo para impressionar a velha, embora eu concorde que é estranho ela aparentemente ter limpado tudo de novo antes de ir passear de carro. A sra. Lake tomou café com ela, mais ou menos à uma hora, mas não há impressões da sra. Lake em lugar algum. Mas tem uma coisa que me parece mais estranha do que isso: foi o jeito como Hathall se comportou quando entrou em casa ontem à noite.

Burden afastou seu prato vazio, examinou o cardápio, e, rejeitando a idéia de um doce, fez sinal para Antônio, pedindo café.

– Foi mesmo estranho? – perguntou ele.

– Hathall e a esposa estavam casados há três anos. Nesse período, a velha só tinha estado com a nora uma vez e tinha havido um considerável antagonismo entre as duas. Parece que tinha algo a ver com o fato de Angela ter acabado com o primeiro casamento de Hathall. Seja como for – e eu pretendo descobrir mais coisas a esse respeito –, parece que Angela e a sogra se desentenderam. No entanto, houve uma espécie de *rapprochement,* a velha foi convencida a passar o fim de semana lá, e Angela estava se preparando para recebê-la ao ponto de arrumar a casa muito além do normal. Ora, era para Angela ter ido recebê-los na estação, mas ela não apareceu. Hathall afirma que ela era tímida e nervosa; a sra. Lake afirma que era ríspida e indelicada. Levando isso em conta, que conclusão você esperaria que Hathall tirasse quando a esposa não apareceu na estação?

– Que ela estava com medo. Que estava apavorada demais para encarar a sogra.

– Exatamente. Mas o que aconteceu quando ele chegou a Bury Cottage? Ele não conseguiu achar Angela. Procurou por ela no andar de *baixo* da casa e no jardim. Ele não foi até o andar de cima. E, no entanto, a essa altura ele tinha que ter suspeitado que Angela estava nervosa e concluído que uma mulher nervosa se refugia não no jardim, mas em seu próprio quarto. Mas em vez de procurar por ela no andar de cima, *mandou a mãe* subir, exatamente a pessoa que ele acreditava que Angela temia. Aquela moça tímida e nervosa, a quem ele supostamente se dedicava tanto, estava se escondendo – é o que ele deve ter pensado – no quarto, mas em vez de subir para tranqüilizá-la e depois levá-la para enfrentar sua mãe com ele por perto, para apoiá-la, ele vai para a garagem. Isso, Mike, é realmente muito estranho.

Burden assentiu com a cabeça.

– Beba seu café – disse ele. – Você disse que Hathall vinha à delegacia às três. Talvez ele lhe dê uma explicação.

5

Embora Wexford fingisse examinar a lista de objetos desaparecidos – um bracelete, um par de anéis e um cordão dourado – que Hathall lhe trouxera, na verdade estava observando Hathall. Ele tinha entrado no gabinete com a cabeça baixa e agora estava sentado em silêncio, com as mãos cruzadas sobre as pernas. Mas a combinação de pele avermelhada e cabelos pretos dava a ele uma aparência zangada. Hathall, a despeito de sua dor, parecia irritado e indignado. Suas feições duras e ásperas pareciam ter sido esculpidas em granito rosado, as mãos eram grandes e vermelhas, e até os olhos, embora não estivessem injetados, emitiam um brilho avermelhado. Wexford não o considerava o tipo de homem que atraía as mulheres; no entanto, ele se casara duas vezes. Será que algumas mulheres muito femininas, nervosas ou desajustadas viam nele uma rocha na qual pudessem se apoiar, uma fortaleza onde podiam encontrar abrigo? Era possível que aquela coloração dele indicasse paixão, tenacidade e força, assim como mau humor.

Wexford colocou a lista sobre a escrivaninha e, levantando o olhar, disse:

– O que o senhor acha que aconteceu ontem à tarde, sr. Hathall?

– O senhor está perguntando a *mim*?

– Supõe-se que o senhor conhecia sua mulher melhor que qualquer outra pessoa. O senhor saberia quem poderia visitá-la ou quem ela poderia levar para casa.

Hathall fechou a cara e a carranca escureceu todo o seu rosto.

– Eu já disse, alguém entrou na casa para roubar. Ele

pegou essas coisas que estão na lista e, quando minha mulher o interrompeu, ele... ele a matou. O que mais poderia ser? É óbvio.

– Não acho. Acho que quem esteve em sua casa limpou-a de uma considerável quantidade de impressões digitais. Um ladrão não precisaria fazer isso. Teria usado luvas. E embora pudesse ter matado sua mulher, não a teria estrangulado. Além do mais, estou vendo aqui que o senhor avaliou os bens desaparecidos em menos de cinqüenta libras. É verdade que tem gente que já foi morta por menos, mas duvido que alguma mulher tenha sido estrangulada por um motivo desses.

Quando Wexford repetiu a palavra estrangulada, Hathall baixou a cabeça de novo.

– Qual é a alternativa? – murmurou ele.

– Diga-me quem freqüentava sua casa. Que amigos ou conhecidos visitavam a sua esposa?

– Não tínhamos amigos – disse Hathall. – Quando viemos para cá estávamos mais ou menos na miséria. É preciso ter dinheiro para fazer amigos num lugar como esse. Não tínhamos dinheiro para entrar para um clube nem para dar jantares, nem mesmo para convidar pessoas para tomar uns drinques. Angela muitas vezes não via ninguém de domingo à noite até sexta à noite. E os amigos que eu tinha antes de casar com ela... bem, minha primeira mulher conseguiu que todos eles deixassem de ser meus amigos. – Ele tossiu, impaciente, e jogou a cabeça do mesmo jeito que a mãe. – Olhe, acho melhor lhe contar um pouco do que eu e Angela sofremos, que aí talvez o senhor entenda que essa idéia de um amigo ir visitar Angela é completamente absurda.

– É uma boa idéia, sr. Hathall.

– É a história da minha vida. – Hathall deu uma risada sem graça. Foi uma risada amarga de paranóico. – Comecei como contínuo numa firma de contadores, a Craig e Butler, na Gray's Inn Road. Mais tarde, quando era escrivão, o sócio principal quis que eu fosse contratado e me convenceu a estudar para os exames do Instituto. Enquanto isso, eu tinha me casado e estava pagando a hipoteca de uma casa que tinha comprado em Croydon; quer dizer, um dinheirinho a mais não seria nada mau. – Ele levantou a vista; novamente estava de cara fechada. – Acho que nunca na minha vida tive uma quantia razoável de dinheiro para viver e agora que tenho não adianta mais.

"Meu primeiro casamento não foi feliz. Minha mãe pode achar que era, mas só eu sei. Casei-me há dezessete anos e dois anos depois descobri que tinha cometido um erro. Mas àquela altura nós tínhamos uma filha, então eu não podia fazer nada. Imagino que teria dado um jeito de continuar segurando o casamento se não tivesse conhecido Angela numa festa do escritório. Quando me apaixonei por ela e descobri que... bem, que o que eu sentia por ela era retribuído, pedi o divórcio à minha esposa. Eileen – a minha primeira mulher – fez umas cenas pavorosas. Meteu a minha mãe no meio e até Rosemary – uma garota de onze anos. Não dá para contar como era a minha vida e nem vou tentar."

– Isso foi há cinco anos?

– Há cerca de cinco anos, sim. Acabou que saí de casa e fui morar com Angela. Ela morava num quarto em Earls Court e estava trabalhando na biblioteca da Liga Nacional dos Arqueólogos. – Hathall, que tinha dito que não dava para contar como tinha sido sua vida, passou imediatamente a fazê-lo. – Eileen começou a... a nos perseguir. Fez cenas no meu escritório e no trabalho da Angela. Até em Earls Court. Eu implorei que me desse o divórcio. Angela tinha um bom emprego e eu estava indo bem. Achei que podia arcar com qualquer exigência que Eileen fizesse. Afinal ela concordou, mas, a essa altura, Butler tinha me despedido por causa das cenas da Eileen, simplesmente me despediu sem mais nem menos. Foi uma injustiça, um absurdo. E, para completar, Angela teve que sair da biblioteca. Ela estava à beira de um colapso nervoso.

"Arranjei um emprego de meio expediente como contador numa firma de fabricantes de brinquedos, a Kidd and

Co., de Toxborough, e eu e Angela alugamos um quarto lá perto. Estávamos vivendo com muita dificuldade. Angela não podia trabalhar. O juiz concedeu à Eileen a minha casa, a custódia da minha filha e uma fatia injustamente grande da minha renda, que já era insuficiente. Aí finalmente acontece o que parecia ser um lance de sorte. Angela tinha um primo que morava aqui, um sujeito chamado Mark Somerset, que nos deixou ficar em Bury Cottage. Pertencera ao pai dele, mas é claro que não era de graça – a generosidade dele não ia tão longe, apesar de ser um parente. E não fez mais nada por nós. Ele nem procurou Angela, embora certamente soubesse que ela estava muito solitária.

"As coisas ficaram assim por quase três anos. Nós estávamos vivendo literalmente com cerca de quinze libras por semana. Eu ainda estava pagando a hipoteca de uma casa na qual não ponho os pés faz quatro anos. A minha mãe e a minha primeira mulher envenenaram minha filha contra mim. O que adianta o juiz lhe permitir ver a filha se ela se recusa a chegar perto de você? O senhor me disse que queria saber sobre minha vida privada. Bem, agora já sabe. Só aborrecimentos e perseguições. Angela era a única coisa boa que havia na minha vida, e agora... agora ela está morta."

Wexford, que acreditava que, com algumas exceções, uma pessoa só sofre perseguições crônicas e agudas se alguma coisa em sua estrutura psicológica procura a perseguição, apertou os lábios.

– Esse Somerset... ele veio alguma vez a Bury Cottage?

– Nunca. Ele nos mostrou a casa quando a ofereceu a nós e, depois disso, afora um encontro casual na rua em Myringham, não o vimos de novo. Era como se ele tivesse uma aversão inexplicável à Angela.

Tinha gente demais com aversão a ela. Ela parecia, para Wexford, tão inclinada à paranóia quanto o marido. De um modo geral, as pessoas boas não são objeto de aversão. E aquele tipo de conspiração universal de ódio contra eles, que Hathall parecia inferir, é algo que não existe.

– O senhor afirma que era uma aversão inexplicável, sr. Hathall. A aversão que sua mãe sentia também era inexplicável?

– Minha mãe adora Eileen. Ela é antiquada, austera e tinha prevenção contra Angela por ela ter me "roubado" da Eileen, como ela diz. É uma asneira total dizer que uma mulher pode roubar o marido da outra se ele não quiser ser... roubado.

– Elas só se encontraram uma vez, eu creio. O encontro não deu certo?

– Convenci minha mãe a ir a Earls Court conhecer Angela. Eu devia saber que não ia dar certo, mas achei que, quando ela conhecesse Angela, poderia afastar a suspeita de que ela era uma espécie de prostituta. Minha mãe fez objeção às roupas de Angela – ela estava usando aquela calça jeans e aquela blusa vermelha –, e quando Angela disse alguma coisa desagradável sobre Eileen, minha mãe saiu pela porta afora.

O rosto de Hathall tinha ficado mais vermelho ainda com a recordação. Wexford disse:

– Então elas não se falaram durante todo o tempo do seu segundo casamento?

– Minha mãe se recusava a nos visitar e não permitia que nós a visitássemos. Ela me recebia, é claro. Para falar com franqueza, preferia ter me afastado dela completamente, mas achava que tinha um dever para com ela.

Wexford sempre aceitava tais alegações de virtude com desconfiança. Não pôde deixar de se perguntar se a sra. Hathall, que já devia estar perto dos setenta, não teria umas economias para deixar em testamento.

– O que lhe deu a idéia da reunião que o senhor planejou para este fim de semana?

– Quando consegui esse emprego com Marcus Flower – para ganhar o dobro do que ganhava na Kidd's and Co. –, decidi passar as noites da semana na casa da minha mãe. Ela mora em Balham, de modo que para mim era prático, por ser perto da Estação Victoria. Angela e eu estávamos procurando um apartamento para comprar em Londres, então isso não ia durar muito. Mas, como sempre me acontece, a desgraça se abateu sobre mim. No entanto, como estava dizendo, passei todas as noites da semana na casa da minha mãe desde julho e, assim, tive a oportunidade de falar com ela sobre Angela e dizer o quanto gostaria que elas se dessem bem. Precisei de oito semanas de persuasão, mas afinal ela concordou em vir aqui para passar o fim de semana. Angela ficou muito nervosa. É claro que estava tão ansiosa para que minha mãe gostasse dela quanto eu, mas estava muito apreensiva. Limpou a casa toda de cima a baixo para que minha mãe não pudesse criticar nada. Eu agora nunca vou saber se teria dado certo.

– Bem, sr. Hathall, quando o senhor chegou na estação ontem à noite e sua esposa não estava lá para recebê-los como tinha sido combinado, qual foi a sua reação?

– Não entendi – disse Hathall rispidamente.

– Como o senhor ficou? Assustado? Irritado? Ou só desapontado?

Hathall hesitou.

– Certamente não fiquei irritado – disse ele. – Acho que pensei que era um mau começo para o fim de semana. Imaginei que Angela estivesse nervosa demais para ir.

– Entendo. E quando o senhor chegou em casa, o que fez?

– Não sei aonde isso tudo vai chegar, mas deve haver algum sentido neste interrogatório. – Novamente Hathall deu aquela guinada impaciente com a cabeça. – Chamei Angela. Como ela não respondeu, procurei por ela na sala de jantar e na cozinha. Não estava lá, então fui até o jardim. Aí disse à minha mãe que subisse enquanto eu ia ver se o carro estava na garagem.

– O senhor talvez tenha pensado que, estando a pé e sua esposa de carro, podiam ter se desencontrado?

– Não sei o que pensei. Naturalmente procurei por ela em toda parte.

– Mas não lá em cima, sr. Hathall – disse Wexford calmamente.

– A princípio, não. Depois teria procurado lá.

– Não parece provável que de todos os lugares de uma casa em que uma mulher nervosa, com medo de encontrar a sogra, pudesse estar, o mais provável seria seu próprio quarto? Mas o senhor não foi lá em primeiro lugar, como seria de se esperar. O senhor foi até a garagem e mandou sua mãe subir.

Hathall, que poderia ter protestado, que poderia ter pedido a Wexford que dissesse claramente aonde queria chegar, disse, num tom um tanto seco e sem graça:

– Nem sempre podemos dar conta de nossos atos.

– Não concordo. Acho que podemos, sim, se examinarmos nossos motivos com honestidade.

– Bem, acho que pensei que, já que ela não tinha respondido à minha chamada, não devia estar em casa. É, foi isso que pensei. Pensei que devia ter saído de carro e que tínhamos nos desencontrado porque ela tinha ido por outro caminho.

Mas tomar outro caminho implicaria descer a Wool Lane por um quilômetro e meio até a junção com a estrada que vai de Pomfret até Myringham, depois pegar essa estrada até Pomfret ou até Stowerton, e aí voltar para a estação de Kingsmarkham, uma viagem de oito quilômetros em vez de um trajeto de oitocentos metros. Wexford não disse mais nada a esse respeito. Uma outra coisa no comportamento de Hathall tinha chamado sua atenção e ele queria ficar só para pensar a respeito, para resolver se aquilo era importante ou apenas o produto de uma peculiaridade do caráter de Hathall.

Quando Hathall levantou-se para sair, disse:

– Posso lhe fazer uma pergunta?

– Claro.

Mas Hathall pareceu hesitar, como se para adiar alguma pergunta reveladora ou para ocultá-la sob outra de menor importância. – O senhor já teve alguma notícia do... do patologista?

– Ainda não, sr. Hathall.

O rosto de pedra vermelha retesou-se.

– E aquelas impressões digitais? Já tem algum resultado? Elas não dão nenhuma pista?

– Pelo que sabemos, muito pouca coisa.

– Parece-me que o processo é muito lento. Mas não entendo nada do assunto. O senhor vai me manter informado, não vai?

Ele falara com prepotência, como um presidente de uma companhia dirigindo-se a um executivo subalterno.

– Assim que prendermos alguém – disse Wexford –, pode ter certeza que o senhor será avisado.

– Está tudo muito bem, mas qualquer leitor de jornal também ficará sabendo. Eu gostaria de ser informado sobre... – Ele cortou a frase no meio como se estivesse levando a conversa para um lado perigoso. – Gostaria de ser informado do relatório do patologista.

– Falo com o senhor amanhã, sr. Hathall – disse Wexford. – Enquanto isso, tente ficar calmo e descansar o máximo que puder.

Hathall saiu do gabinete baixando a cabeça. Wexford não pôde evitar a idéia de que ele baixara a cabeça para impressionar o jovem policial que o acompanhara até a saída. No entanto, o sofrimento de Hathall parecia verdadeiro. Mas, como Wexford sabia, é muito mais fácil simular sofrimento que felicidade. Requer pouco mais que uma voz contida, rompantes ocasionais de indignação, a reiteração do próprio sofrimento. Um homem como Hathall, que acreditava que o mundo tinha obrigação de sustentá-lo e que sofria de uma mania de perseguição, não teria dificuldade alguma em intensificar sua atitude normal.

Mas por que ele não demonstrara qualquer sinal de choque? Por que, acima de tudo, nunca demonstrara aquela incredulidade atônita que é a primeira reação típica daquele que perdeu a esposa ou o marido ou um filho em uma situação de morte violenta? Wexford refletiu sobre as três conversas que tivera com Hathall, mas não foi capaz de lembrar de uma única ocasião em que ele demonstrasse não acreditar na dura realidade. E recordou situações semelhantes, maridos consternados que interromperam suas perguntas aos gritos de que não podia ser verdade, viúvas que exclamaram que aquilo não podia estar acontecendo a elas, que era um sonho do qual logo acordariam. A incredulidade afasta temporariamente o sofrimento. Às vezes passam-se dias inteiros antes que o acontecido possa ser compreendido, quanto mais aceito. Hathall compreendera e aceitara imediatamente. Para Wexford, que refletia sobre a questão, esperando o resultado da necrópsia, parecia que tinha aceitado antes mesmo de entrar em casa.

– Então ela foi estrangulada com um cordão dourado – disse Burden. – Devia ser um cordão bem forte.

Levantando os olhos do relatório, Wexford disse:

– Pode ter sido aquele que está na lista do Hathall. Está escrito aqui: um cordão dourado. Encontraram umas partículas douradas encravadas na pele dela. Não encontraram nenhum pedaço de pele do assassino sob as unhas; assim, provavelmente, não houve luta. Hora da morte entre uma e meia e três e meia. Bem, sabemos que não foi à uma e meia porque foi nessa hora que a sra. Lake saiu de lá. Parece que ela era uma pessoa saudável, não estava grávida, e não houve estupro. – Ele deu a Burden uma versão condensada do que Hathall dissera. – A coisa toda está começando a parecer esquisita, não está?

– Você está dizendo que acha que Hathall está sabendo de alguma coisa que o torna cúmplice?

– Eu sei que ele não a matou. Não poderia tê-la matado. Quando ela morreu, estava no trabalho, na Marcus Flower, com a Linda não-sei-das-quantas e sabe Deus com quantas outras pessoas. E não vejo nenhum motivo para o crime.

Parece que gostava dela, ainda que, pelo visto, ninguém mais gostasse dela. Mas por que ele não foi ao andar de cima ontem à noite, por que não está aturdido com o choque e por que fica criando caso por causa das impressões digitais?

– O assassino deve ter andado pela casa depois de cometer o crime para limpar as impressões, não é? Deve ter tocado em várias coisas no quarto e nos outros cômodos e depois se esquecido do que *tinha* tocado, então teve que fazer uma limpeza completa para garantir. Senão, as impressões da Angela e da sra. Lake estariam na sala de estar. Isso não demonstra falta de premeditação?

– Provavelmente. E acho que você tem razão. Não acredito que Angela fosse tão fanática ou que estivesse com tanto medo da sogra a ponto de lustrar a sala de estar depois que a sra. Lake saiu, nem antes de ela entrar.

– É engraçado, no entanto, que ele tenha se dado a todo esse trabalho e mesmo assim deixasse impressões no lado de dentro da porta de um armário no quarto de hóspedes, um armário que aparentemente nunca era usado.

– Se é que deixou, Mike – disse Wexford –, se é que deixou. Acho que vamos acabar descobrindo que aquelas impressões digitais são do sr. Mark Somerset, proprietário de Bury Cottage. Vamos descobrir onde exatamente ele mora em Myringham e depois é melhor irmos lá falar com ele.

6

A cidade de Myringham, onde fica a Universidade do Sul, dista cerca de vinte e quatro quilômetros de Kingsmarkham. A cidade possui um museu, um castelo com muralhas e bosques e uma das mais bem preservadas ruínas de vila romana da Grã-Bretanha. E embora um novo centro tenha surgido entre os prédios da universidade e a estação ferroviária, uma área de arranha-céus, centros comerciais e estacionamentos verticais, toda essa modernidade foi mantida bem afastada da parte velha da cidade, que fica, intacta, às margens do Kingsbrook.

Aqui existem travessas estreitas e vielas sinuosas que trazem à lembrança do visitante os quadros de Jacob Vrel. As casas são muito velhas, algumas de tijolos marrons e madeirame marrom-acinzentado carcomido – construídas antes da Guerra das Rosas ou até, dizem, antes da batalha de Agincourt. Nem todas estão habitadas por seus proprietários ou por inquilinos permanentes, porque algumas entraram num estado tão lastimável de decadência que os proprietários não têm condições de reformar. Estão ocupadas por posseiros, protegidos por seus direitos ancestrais da interferência da polícia, a salvo de serem despejados porque seus senhorios estão impedidos por lei de demolir as propriedades e pela falta de dinheiro de consertá-las.

Mas eles formam apenas uma pequena comunidade na cidade velha. Mark Somerset morava na parte mais elegante, em uma das casas velhas perto do rio. Na época em que a Inglaterra era católica, era uma casa paroquial, e em um dos muros do jardim havia um bonito vitral estreito, já que o muro também pertencia à Igreja de São Lucas. Os católicos de Myringham agora tinham uma nova igreja na parte mais nova da cidade e o presbitério era uma construção moderna. Mas aqui, onde os muros marrons circundam a igreja e o moinho, o século XV ainda se fazia sentir.

Não havia nada do século XV em Mark Somerset. Cinqüentão de aparência atlética, trajava uma elegante calça jeans preta e uma camiseta, e Wexford só percebeu sua idade pelas rugas em torno dos olhos azuis-claros e pelas veias de suas mãos fortes. Não tinha barriga, o peito era musculoso e tivera a sorte de não ter perdido os cabelos que já tinham sido louros mas que agora estavam grisalhos.

– Ah, os tiras – disse ele; o sorriso e o tom agradável na voz anulavam a grosseria da saudação. – Achei que vocês iam aparecer.

– Não devíamos aparecer, sr. Somerset?

– Não sei. O senhor é que sabe. Entrem, mas não façam barulho no corredor, sim? Minha mulher chegou do hospital hoje de manhã e só agora conseguiu ir dormir.

– Nada sério, espero – disse Burden estupidamente, e, na opinião de Wexford, desnecessariamente.

Somerset sorriu. Foi um sorriso triste que exprimia experiência, tolerância, com um levíssimo toque de desdém. Disse, quase num sussurro:

– Ela está inválida há anos. Mas vocês não vieram falar disso. Vamos entrar?

A sala tinha vigamento aparente e paredes revestidas. Duas portas de vidro, um acréscimo recente mas agradável, estavam abertas para um pequeno jardim. As árvores da margem do rio serviam de fundo para o jardim e suas folhagens pareciam uma renda negra contra a luz do pôr-do-sol. Ao lado das portas havia uma mesa baixa na qual estavam uma garrafa de vinho branco do Reno e um balde de gelo.

– Eu sou instrutor de esportes na universidade – disse Somerset. – Só me permito beber nas noites de sábado. Aceitam um pouco de vinho?

Os dois policiais aceitaram e Somerset foi buscar três copos num armário. O *Liebfraumilch* tinha aquela delicada qualidade característica de alguns tipos de vinho do Reno, um gosto de flores líquidas. Estava gelado, tinha buquê e era seco.

– É muita gentileza sua, sr. Somerset – disse Wexford. – O senhor está me deixando desarmado. Agora fica difícil perguntar se podemos tirar suas impressões digitais.

Somerset sorriu.

– Podem tirar minhas impressões sem constrangimento. Imagino que encontraram as impressões de algum desconhecido misterioso em Bury Cottage, não foi? Provavelmente são minhas, embora eu não vá lá faz três anos. Não podem ser do meu pai. Mandei redecorar a casa toda depois que ele morreu. – Ele abriu os braços fortes num gesto de inocência confiante.

– Parece que o senhor não se dava com sua prima.

– Bem, olhe – disse Somerset –, em vez de o senhor me interrogar, e provavelmente me fazer um monte de perguntas que só vão nos fazer perder tempo, não seria melhor se eu lhe contasse o que sei sobre minha prima e lhe desse uma espécie de histórico do nosso relacionamento? Depois, então, o senhor pode me perguntar o que quiser.

Wexford disse:

– É exatamente isso o que queremos.

– Ótimo. – Somerset tinha o estilo claro e conciso de um bom professor. – O senhor não iria querer que eu tivesse escrúpulos em falar mal dos mortos, não é? Não que tenha muita coisa ruim para falar da Angela. Eu tinha pena dela. Achava que ela era uma fraca, e não gosto muito de gente fraca. Conheci Angela há uns cinco anos. Ela tinha chegado da Austrália e nunca a tinha visto antes. Mas era mesmo minha prima, filha do irmão já falecido do meu pai, assim o senhor não precisa ficar imaginando que ela talvez fosse uma impostora.

– O senhor anda lendo histórias de detetives demais, sr. Somerset.

– Talvez. – Somerset deu um sorriso largo e continuou: – Ela me procurou porque eu e meu pai éramos os únicos parentes que tinha neste país, e ela estava muito isolada em Londres. Ou pelo menos foi isso o que me disse. Acho que estava esperando que sobrasse alguma coisa para ela do espólio do meu pai. Era gananciosa, coitada. Naquela época ainda não conhecia o Robert. Quando ela o conheceu, parou de vir aqui e só tive notícias dela novamente quando estavam para se casar e não tinham onde morar. Eu tinha escrito a ela para noticiar a morte do meu pai – carta que, aliás, ela não respondeu – e ela queria saber se eu deixaria que ela e o Robert ficassem em Bury Cottage. Bem, eu estava pensando em vender, mas não estava conseguindo o que queria, então concordei e aluguei a casa para eles por cinco libras por semana.

– Um aluguel muito baixo, sr. Somerset – disse Wexford, interrompendo-o. – O senhor podia ter conseguido pelo menos o dobro.

Somerset deu de ombros. Sem perguntar, encheu os copos dos dois de novo.

– Aparentemente, eles estavam numa situação muito ruim e ela era minha prima. Tenho umas idéias antiquadas e bobas sobre laços de família, sr. Wexford, e não consigo me livrar delas. Não me importava nem um pouco de deixá-los morar na casa mobiliada por um aluguel quase simbólico. O que eu não gostei foi quando Angela me mandou a conta de luz deles para pagar.

– Vocês não tinham combinado isso, tinham?

– É claro que não. Pedi a ela que viesse aqui para discutirmos o assunto. Bem, ela veio e repetiu a história triste que já tinha me contado antes, sobre a pobreza deles, o colapso nervoso dela e a adolescência infeliz em companhia da mãe que não quis deixá-la ir para a universidade. Argumentei que, se o dinheiro andava tão curto, ela devia arranjar um emprego. Era bibliotecária formada e poderia facilmente ter arranjado um emprego numa biblioteca em Kingsmarkham ou Stowerton. Ela alegou que não podia por causa do colapso nervoso, mas para mim parecia perfeitamente sã. Acho que era só preguiça. De qualquer maneira, foi embora de supetão, dizendo que eu era mesquinho, e não vi mais nem ela nem o Robert de novo até uns oito meses atrás. Nessa ocasião eles não me viram. Estava andando com um amigo em Pomfret e os vi pela janela de um restaurante. Era um restaurante muito caro e eles pareciam muito bem, aí concluí que estavam indo muito melhor financeiramente.

"Na verdade nos *encontramos* de novo, só mais uma vez. Foi em abril. Nós nos encontramos por acaso em Myringham, naquela monstruosidade que os urbanistas chamam de centro comercial. Estavam carregados de compras, mas pareciam deprimidos, apesar de Robert ter arranjado esse novo emprego. Talvez estivessem só embaraçados por terem dado de cara comigo. Não vi mais Angela. Ela me escreveu há cerca de um mês para dizer que iam querer sair do chalé assim que arranjassem uma casa em Londres e que isso provavelmente aconteceria no fim do ano."

– Eles eram um casal feliz? – perguntou Burden, assim que Somerset terminou de falar.

– Que eu saiba, muito. – Como a luz do sol tinha enfraquecido e um vento começava a soprar, Somerset levantou-se para fechar as portas de vidro. – Eles tinham muito em comum. Seria muita crueldade minha dizer que o que eles tinham em comum eram paranóia, ganância e a convicção de que o mundo tinha obrigação de sustentá-los? Sinto muito que ela esteja morta, sinto muito saber que alguém morreu daquele jeito, mas não posso dizer que gostava dela. Os homens podem ser sem tato e ásperos o quanto quiserem, mas eu aprecio um pouco de delicadeza numa mulher. Não quero fantasiar demais, mas de vez em quando pensava que Robert e Angela se davam tão bem por estarem unidos por essa atitude rancorosa contra o mundo.

– O senhor ajudou muito, sr. Somerset – disse Wexford mais por simples formalidade do que com sinceridade. Somerset tinha lhe contado muita coisa que ele não sabia, mas teria revelado alguma coisa importante? – O senhor não vai levar a mal, tenho certeza, se eu lhe perguntar o que o senhor fez ontem à tarde?

Ele poderia ter jurado que Somerset hesitou. Foi como se já tivesse planejado como deveria responder, mas ainda tivesse que se preparar para dar aquela resposta.

– Eu fiquei aqui sozinho. Tirei a tarde para aprontar as coisas para a volta da minha mulher para casa. Infelizmente, estava sozinho e não vi ninguém, por isso não tenho como provar nada.

– Tudo bem – disse Wexford. – Isso acontece. Imagino que o senhor não faz idéia de quem eram os amigos da sua prima?

– Idéia nenhuma. De acordo com ela, não tinha amigos. Ela disse que todo mundo que já tinha conhecido, menos o Robert, tinha sido cruel com ela; assim, fazer amigos era apenas atrair mais crueldade. – Somerset esvaziou o copo. – Aceitam mais vinho?

– Não, obrigado. Já bebemos bastante da sua quota desta noite de sábado.

Somerset deu seu agradável sorriso franco.

– Vou levá-los até a porta.

Quando eles estavam no corredor, uma voz lamurienta veio lá de cima:

– Marky, Marky, onde está você?

Somerset estremeceu, talvez apenas por causa do diminutivo embaraçoso. Mas os laços de família são importantes, e um homem e sua mulher formam uma unidade. Ele foi até o pé da escada, gritou que já estava indo e abriu a porta da frente. Wexford e Burden despediram-se rapidamente, já que a voz vinda lá de cima tinha se transformado num gemido fino e irritadiço.

Pela manhã, Wexford voltou, como prometera, a Bury Cottage. Ele tinha novidades, algumas das quais acabara de saber, para Robert Hathall, mas não tinha a menor intenção de contar ao viúvo o que ele mais queria saber.

A sra. Hathall atendeu a porta e disse que seu filho ainda estava dormindo. Ela o acompanhou até a sala de estar e disse-lhe para esperar lá, mas não ofereceu chá nem café. Ele concluiu que ela era daquele tipo de mulher que raramente oferecia alguma coisa a quem não fosse da família. Aqueles Hathalls eram uma gente muito estranha, cujo isolacionismo aparentemente contaminava as pessoas com as quais se casavam, porque quando ele perguntou à sra. Hathall se a antecessora de Angela viera alguma vez ao chalé, ela disse:

– A Eileen não iria se rebaixar a isso. Ela se preserva.

– E Rosemary, a sua neta?

– Rosemary esteve aqui uma vez, e foi o suficiente. De qualquer forma, ela está ocupada demais com a escola para ficar andando por aí.

– A senhora pode me dar o endereço da sra. Eileen Hathall, por favor?

O rosto da sra. Hathall ficou tão vermelho quanto o do filho, tão vermelho quanto a pele pregueada do pescoço de um peru.

– Não, não posso! O senhor não tem nada para tratar com ela. Descubra o senhor mesmo. – Ela bateu a porta e ele ficou sozinho.

Era a primeira vez que ele ficava sozinho na casa; aproveitou o tempo de espera para examinar a sala. A mobília, que ele pensara ser de Angela e que o fizera atribuir-lhe bom gosto, na verdade pertencia a Somerset; talvez o pai deste a houvesse reunido ao longo de toda uma vida de colecionador. Era o tipo mais bonito de mobília do final da era vitoriana, com algumas peças mais antigas, cadeiras de pés finos, uma elegante mesinha oval. Junto à janela havia um lampião a óleo, de vidro, vermelho e branco, que nunca fora convertido em luminária elétrica. Uma estante com portas de vidro continha, em sua maior parte, o tipo de livros que um velho teria reunido e amado: uma coleção completa das obras de Kipling encadernada em couro vermelho, alguns livros de H. G. Wells, *Father and Son,* de Gosse, alguns volumes de Ruskin e muitos de Trollope. Mas na prateleira de cima, onde anteriormente talvez houvesse um enfeite, estavam os livros dos Hathall. Havia uma meia dúzia de romances de suspense em brochura, dois ou três livros de arqueologia pseudocientífica, uns dois romances que tinham causado muita polêmica quando publicados por causa de seu conteúdo sexual e dois imponentes volumes magnificamente encapados.

Wexford pegou o primeiro deles. Era um livro de reproduções coloridas de jóias egípcias antigas, que tinha muito pouco texto além das legendas sob as figuras e trazia do lado de dentro da capa uma placa que o dava como propriedade da biblioteca da Liga Nacional dos Arqueólogos. Furtado, é claro, por Angela. Mas os livros, assim como guarda-chuvas, canetas e caixas de fósforos, pertencem a uma classe de objetos cujo furto é uma transgressão muito insignificante, e Wexford não deu a menor importância. Ele recolocou o livro no lugar e pegou o último livro da estante. O título era

Sobre Homens e Anjos, Um Estudo das Línguas Antigas da Grã-Bretanha, e quando o abriu viu que era uma obra muito erudita, contendo capítulos sobre as origens dos galeses, irlandeses, gaélicos escoceses, córnicos e sua origem céltica comum. Tinha custado quase seis libras e não entendeu por que alguém tão pobre quanto os Hathalls se diziam ser gastaria tanto dinheiro numa coisa que certamente estava tão acima da capacidade deles quanto da sua.

Ele ainda estava segurando o livro quando Hathall entrou na sala. Viu os olhos de Hathall se dirigirem desconfiados para o livro e depois se desviarem bruscamente.

– Eu não sabia que o senhor era um estudioso das línguas célticas, sr. Hathall – disse Wexford, num tom agradável.

– Esse livro era da Angela. Não sei de onde saiu, mas ela o tinha há anos.

– Que estranho, já que ele só foi publicado há um ano. Não importa. Achei que o senhor gostaria de saber que o seu carro foi encontrado. Foi abandonado em Londres, numa rua secundária perto da estação de Wood Green. O senhor conhece bem aquela área?

– Nunca estive lá. – O olhar de Hathall continuava voltando, com uma espécie de fascínio relutante, ou talvez apreensão, para o livro que Wexford ainda estava segurando. E justamente por esse motivo, Wexford resolveu continuar a segurá-lo e não tirar o dedo que havia enfiado entre duas páginas quaisquer, como se para marcar um lugar. – Quando eu vou poder tê-lo de volta?

– Em dois ou três dias. Depois que tivermos dado uma boa olhada nele.

– Depois que tiverem examinado tudo para ver se acham aquelas famosas impressões digitais de que o senhor vive falando, imagino?

– Sou eu que vive falando nisso, sr. Hathall? Eu? O senhor não estaria projetando em mim o que o senhor imagina que devo achar? – Wexford olhou afavelmente para ele. Não, ele não ia satisfazer a curiosidade de Hathall, embora agora fosse difícil saber o que ele mais desejava: que lhe dissesse o que as impressões digitais tinham revelado ou que aquele livro fosse colocado sobre a mesa como algo sem importância.

– Minha opinião é que o senhor devia parar de se preocupar com uma investigação que só nós podemos fazer. O senhor vai se sentir melhor quando eu lhe disser que sua esposa não foi agredida sexualmente. – Wexford esperava algum sinal de alívio, mas só viu aqueles olhos com seu brilho vermelho dispararem mais uma vez em direção ao livro. E não houve reação quando ele disse, enquanto se preparava para sair:

– Sua esposa morreu muito rapidamente, talvez em menos de quinze segundos. É possível que nem tenha percebido o que estava acontecendo.

Enquanto se levantava, ele tirou o dedo de entre as páginas do livro e enfiou a orelha da capa onde o dedo estivera.

– O senhor não vai se importar se eu levar esse livro emprestado por uns dias, vai? – disse ele, e Hathall deu de ombros, mas ainda assim não disse nada.

7

O inquérito judicial foi na terça de manhã e o veredito apresentado foi o de assassinato por pessoa ou pessoas desconhecidas. Mais tarde, quando estava atravessando o pátio entre o tribunal de instrução e a delegacia de polícia, Wexford viu Nancy Lake aproximar-se de Robert Hathall e sua mãe. Ela começou a falar com Hathall, talvez para dar os pêsames ou oferecer uma carona até Wool Lane em seu carro. Hathall disse-lhe bruscamente alguma coisa curta e grossa, pegou a mãe pelo braço e afastou-se rapidamente, deixando Nancy parada, com a mão sobre a boca. Wexford observou aquela pantomima, que acontecera longe demais para ele poder ouvir, e estava aproximando-se da saída do estacionamento quando um carro parou a seu lado e uma voz doce e vibrante lhe disse:

– O senhor está muito ocupado, inspetor-chefe?

– Por que a senhora quer saber, sra. Lake?

– Não é para lhe dar nenhuma pista interessante. – Ela pôs a mão para fora da janela e fez um gesto para ele aproximar-se. Foi um gesto malicioso e sedutor. Ele achou-o irresistível, aproximou-se e abaixou-se. – A verdade – disse ela – é que tenho uma mesa reservada para dois no Peacock em Pomfret e meu acompanhante grosseiramente me deu o bolo. O senhor vai me achar muito atrevida se eu o convidar a almoçar comigo?

Ele ficou desconcertado. Não havia dúvida de que aquela mulher rica, bonita e extremamente charmosa estava passando uma cantada nele – *nele*! Era atrevimento sim, e era quase inédito. Ela estava olhando para ele calmamente, com um leve sorriso nos lábios e os olhos brilhando.

Mas aquilo não podia ser. Por mais fantasias que sua imaginação pudesse criar, verdadeiras galerias de imagens eróticas, aquilo não podia ser. Mas em outras épocas, quando ele era novo e não tinha compromissos, prestígio, nem sofria pressões, a história poderia ter sido outra. E naquele tempo ele aceitava tais propostas, ou as fazia, sem se dar conta do quanto eram deliciosas. Ah, se pudesse ser um pouco mais jovem e saber o que sabia agora...!

– Mas eu também tenho uma mesa reservada para o almoço – disse ele –, no Carousel Café.

– O senhor não pode cancelar e ser meu convidado?

– Sra. Lake, eu estou, como a senhora disse, muito, muito, muito ocupado. A senhora *me* acharia atrevido se eu dissesse que a senhora me distrairia de minhas obrigações?

Ela riu, mas não foi um riso de alegria, e seus olhos tinham parado de faiscar.

– Já é alguma coisa, imagino, ser uma distração – disse ela. – O senhor me faz até pensar: será que eu já fui outra coisa que não uma simples distração? Até logo.

Ele foi rapidamente embora e pegou o elevador para seu gabinete, se perguntando se tinha sido um idiota, se jamais teria outra chance daquelas. Não deu nenhum valor em especial às palavras dela, tampouco refletiu sobre elas ou tentou interpretá-las, já que não conseguia pensar nela em termos intelectuais. Em pensamentos, o rosto dela acompanhou-o, tão sedutor, tão cheio de expectativa, e depois tão deprimido por ele ter recusado seu convite. Tentou afastar essa imagem e concentrar-se no que tinha pela frente, o relatório seco e técnico do exame do carro de Hathall, mas aquela imagem o acompanhava com insistência, e com ela a voz arrebatadora da sra. Lake, reduzida agora a um sussurro sedutor.

Não que houvesse muita coisa de fascinante no relatório. O carro fora encontrado estacionado numa rua perto do Alexandra Park por um policial que passou por ali em seu percurso rotineiro. Dentro dele só havia dois mapas e uma caneta esferográfica no porta-luvas, e o carro tinha sido limpo por dentro e por fora. As únicas impressões encontradas eram de Robert Hathall, no lado de dentro da tampa do porta-malas e do capô, e os únicos fios de cabelo eram de Angela, encontrados no banco do motorista.

Ele mandou chamar o sargento Martin, mas ele não sabia de nada de positivo. Não tinha aparecido ninguém que se dissesse amigo de Angela e aparentemente ninguém a vira sair ou voltar para casa na tarde de sexta-feira. Burden estava fora, fazendo indagações – pela segunda ou terceira vez – entre os empregados de Wool Farm; assim, Wexford foi sozinho para o Carousel Café para um almoço solitário.

Era cedo, pouco depois do meio-dia, e o café ainda estava meio vazio. Ele estava sentado em sua mesa de canto havia talvez uns cinco minutos e já tinha pedido o prato do dia, carneiro assado, quando sentiu um leve toque que era quase uma carícia em seu ombro. Wexford tinha levado sustos demais em sua vida para reagir. Virou-se lentamente e disse com uma frieza que não sentia: – Mas que surpresa agradável.

Nancy Lake sentou-se a sua frente. Ela fazia o café parecer sórdido. Seu vestido de seda creme, os cabelos castanhos sedosos, as jóias e o sorriso, tudo punha em relevo a pobreza dos talheres baratos e da molheira de plástico em forma de tomate de Antônio.

– A montanha – disse ela – não queria ir até Maomé.

Ele sorriu. Era inútil fingir que não estava encantado em vê-la.

– Ah, a senhora devia ter me visto um ano atrás – disse ele. – Naquela época eu *era* uma montanha. O que a senhora vai querer? O carneiro assado não vai estar bom, mas melhor do que a torta.

– Não vou comer nada. Vou só tomar café. O senhor não está lisonjeado por eu não ter vindo para comer?

Estava. Fitando o prato cheio que Antônio colocara em sua frente, ele disse:

– Mas também não é tanta vantagem assim. Apenas café para a senhora, por favor. – Ele perguntou a si mesmo se a óbvia admiração de Antônio não teria realçado os encantos dela. Ela estava percebendo tudo, dava para ver, e sua percepção, sua experiente aceitação de seus próprios encantos, era um dos poucos sinais de sua idade.

Ela ficou em silêncio por uns instantes enquanto ele comia, e ele notou que sua expressão era um misto de tristeza e tranqüilidade. Mas, de repente, quando estava se preparando para perguntar-lhe por que Robert Hathall a tinha repelido com tanta violência pela manhã, ela levantou o olhar e disse:

– Estou triste, sr. Wexford. As coisas não estão indo bem para mim.

Ele ficou muito surpreso.

– A senhora quer me falar sobre isso? – Como era estranho que a intimidade entre eles tivesse crescido tanto a ponto de ele poder perguntar-lhe isso...

– Não sei – disse ela. – Não, acho que não. A gente fica condicionada a fazer da reserva e da discrição um hábito, mesmo se a gente não vê muito sentido nisso.

– É verdade. Ou pode ser verdade sob certas circunstâncias. – As circunstâncias a que Dora se referira?

No entanto, ela estava quase lhe contando. Talvez só não o fizesse por causa da chegada do café e da admiração alvoroçada de Antônio. Ela deu de ombros, mas em vez da conversa fiada que ele esperava, disse algo que o deixou atônito. Foi tão surpreendente, e foi dito com tanta intensidade, que ele afastou o prato e olhou fixamente para ela.

– O senhor acha que é muito errado querer que alguém morra?

– Não – disse ele, confuso –, se o desejo fica só nisso. A maior parte das pessoas deseja isso às vezes, e a maioria, felizmente, tem mais medo do que vontade.

– Quer dizer que o medo é a garantia da civilização, não é?

Ele ficou encantado com a inteligência do comentário.

– Esse... esse inimigo seu tem algo a ver com esses hábitos de reserva e discrição?

Ela assentiu.

– Mas eu não devia ter falado nisso. Foi bobagem minha. Na verdade eu tenho muita sorte, só que às vezes fica muito difícil ficar alternando entre ser uma rainha e uma... simples distração. Eu terei minha coroa de volta, este ano, ano que vem, algum dia. Eu nunca abdicarei. Deus do céu, quanto mistério! E o senhor é esperto demais para não ter adivinhado do que estou falando, não é?

Ele não respondeu.

– Vamos mudar de assunto – disse ela.

Então eles mudaram de assunto. Mais tarde, quando ela já tinha ido embora e ele se viu parado, confuso, na High Street, não saberia dizer sobre o que tinham conversado, só que tinha sido agradável demais, e que ele tinha ficado com um desagradável sentimento de culpa. Mas ele não a veria mais. Se necessário, almoçaria na cantina da delegacia: ele a evitaria, nunca mais ficaria a sós com ela, nem mesmo em um restaurante. Era como se tivesse cometido adultério, confessado, e lhe tivessem dito que "evitasse as oportunidades". Mas ele não tinha cometido nada, nem mesmo se comprometido. Tinha apenas falado e ouvido.

O que ele ouvira tinha ajudado em alguma coisa? Talvez. Todos aqueles circunlóquios, aquelas alusões a um inimigo, à reserva, à discrição, tudo apontava na mesma direção. Hathall, ele sabia, não admitiria nada, se sentiria fortalecido pela compaixão manifestada pelo médico legista. No entanto, mesmo sabendo disso tudo, ele seguiu pela High Street em direção a Wool Lane. Ele não fazia a menor idéia que aquela seria sua última visita a Bury Cottage, e que, embora ainda fosse ver Hathall mais uma vez, mais de um ano se passaria antes que eles se falassem de novo.

Wexford se esquecera completamente do livro sobre as línguas célticas; na verdade, nem se dera ao trabalho de olhar para ele de novo, mas Hathall recebeu-o com o pedido de que fosse imediatamente devolvido.

– Mando entregar ao senhor amanhã – disse ele.

Hathall parecia aliviado.

– Tem também a questão do meu carro. Eu preciso do meu carro.

– O senhor pode recebê-lo amanhã também.

A velha rabugenta estava evidentemente na cozinha, atrás da porta fechada. Ela tinha mantido a casa nas mesmas impecáveis condições em que sua nora a havia deixado, mas o toque de uma mão estranha e sem gosto já era visível. Sobre a mesinha oval do sr. Somerset estava um vaso com flores de plástico. Que impulso, festivo ou fúnebre, havia impelido a sra. Hathall a comprá-las e colocá-las ali? Flores de *plástico,* pensou Wexford, em plena estação da fecundidade, quando as flores de verdade enchem os jardins, as cercas vivas e as floriculturas.

Hathall não perguntou se ele queria sentar-se e também não se sentou. Ficou de pé com o ombro encostado no consolo da lareira, com o punho contra o rosto duro e vermelho.

– Então o senhor não encontrou nada de incriminador no meu carro?

– Eu não disse isso, sr. Hathall.

– Bem, encontrou?

– Na verdade, não. Quem matou a sua esposa foi muito esperto. Acho que nunca soube de ninguém nesse tipo de situação que apagasse seus rastros com tanta habilidade. – Wexford foi bastante enfático, deixando um toque de relutante admiração insinuar-se em sua voz. Hathall ouviu-o impassível. E se talvez fosse exagero dizer que ele parecia gratificado, certamente não o seria se o termo empregado fosse "satisfeito". O punho abriu-se e relaxou, e ele encostou-se na lareira com algo parecido com arrogância. – Parece que ele usou luvas para dirigir seu carro – disse Wexford –, e que lavou-o também, como medida de precaução. Aparentemente, ele não foi visto estacionando o carro, e ninguém foi visto dirigindo-o na sexta. No momento, temos muito poucas pistas para seguir.

– O senhor vai... vai encontrar mais alguma? – Ele estava ansioso para saber, mas igualmente ansioso para disfarçar sua ansiedade.

– Ainda é cedo para sabermos, sr. Hathall. Quem sabe? – Talvez fosse crueldade brincar com Hathall. Será que o fim alguma vez justifica os meios? E Wexford não sabia aonde estava querendo chegar, nem qual seria sua próxima jogada naquele jogo de esconde-esconde no escuro.

– O que eu posso lhe dizer é que encontramos as impressões digitais de um homem, diferentes das suas, nessa casa.

– Elas estão... como é que se chama?... nos arquivos?

– Verificamos que são do sr. Mark Somerset.

– Ah, bem... – Repentinamente Hathall parecia mais afável do que Wexford jamais o vira. Talvez só uma inibição contra os contatos físicos o impedisse de dar um passo à frente para dar um tapinha nas costas do inspetor. – Desculpe – disse. – Não estou no meu estado normal no momento. Devia tê-lo convidado a sentar-se. Então as únicas impressões que o senhor encontrou foram as do sr. Somerset, não é? O querido primo Mark, nosso senhorio pão-duro.

– Eu não disse isso, sr. Hathall.

– Bem, e as minhas e... e as de Angela, é claro.

– É claro. Mas, além dessas, encontramos uma impressão palmar completa de uma mulher no seu banheiro. A impressão é a da mão direita e tem uma cicatriz em forma de L na ponta do dedo indicador.

Wexford tinha contado com uma reação. Mas ele achava que Hathall estava tão sob controle que pensara que a reação só apareceria sob a forma de uma nova indignação. Talvez reclamasse, perguntasse por que a polícia não tinha seguido essa pista, ou com impaciência sugerisse que aquela era a impressão de alguma amiga de sua mulher, cuja existência, em sua dor, ele esquecera de mencionar. Wexford nunca imaginou, tateando no escuro como estava, que suas palavras teriam um efeito tão cataclísmico.

Hathall ficou petrificado. Foi como se tivesse sido atingido por uma dor tão forte que ficara paralisado, ou que fora forçado a ficar quieto para proteger seu coração e todo o seu sistema nervoso. E no entanto não disse nada, não emitiu um som. Seu autocontrole era mesmo magnífico. Mas seu corpo, seu lado físico, estava triunfando sobre seus processos mentais. Era o exemplo mais veemente de matéria sobrepujando a mente que Wexford já vira. O choque finalmente tinha chegado a Hathall. O atordoamento, juntamente com a incredulidade, o espanto e a compreensão do que seria o futuro agora, que devia tê-lo massacrado quando ele viu o corpo de sua mulher pela primeira vez, estava chegando cinco dias depois.

Wexford estava excitado, mas comportou-se com muita naturalidade.

– Talvez o senhor possa nos dizer de quem podem ser essas impressões.

Hathall respirou fundo. Parecia estar precisando muito de oxigênio. Lentamente ele balançou a cabeça.

– Não faz nenhuma idéia, sr. Hathall?

O balançar de cabeça continuou. O movimento parecia o de um robô, automático, como se obedecendo a algum mecanismo cerebral terrível, e Wexford chegou a acreditar que Hathall teria que segurar a cabeça com as duas mãos para parar aquele lento movimento mecânico.

– Uma nítida impressão palmar na borda da banheira. Uma cicatriz em forma de L no indicador da mão direita. Nós vamos, é claro, tomá-la como ponto de partida para a nossa principal linha de investigação.

Hathall levantou o queixo com um tranco. Um espasmo percorreu seu corpo. Ele forçou uma voz fina e constrangida a passar por seus lábios emperrados.

– O senhor disse na banheira?

– Na banheira. Estou certo, não estou, em pensar que o senhor pode avaliar de quem são?

– Não faço – disse Hathall, com voz trêmula e fraca – a menor idéia. – Sua pele tinha adquirido uma palidez mosqueada, mas agora o sangue voltava e pulsava nas veias de sua fronte. O pior do choque passara. Tinha sido substituído por... o quê? Não era ódio, nem indignação. Tristeza, pensou Wexford surpreso. Nesse último estágio, ele fora dominado pela dor genuína.

Wexford não sentiu qualquer impulso de misericórdia. Disse, implacável:

– Eu notei como o senhor tem estado ansioso durante todos os interrogatórios para saber o que nós deduzimos das impressões digitais. Na verdade, nunca vi um marido que perdeu a mulher se interessar tanto por detalhes de perícia. Portanto, não posso deixar de pensar que o senhor esperava que encontrássemos uma determinada impressão. Se é isso mesmo, e se nós a encontramos, devo dizer-lhe que o senhor estará obstruindo essa investigação se não revelar o que pode ser uma informação vital.

– Não me ameace! – Embora as palavras fossem enfáticas, a voz que as pronunciou era fraca, e o tom, pateticamente falso. – Não pense que o senhor pode me perseguir.

– Eu aconselharia o *senhor* a pensar no que eu disse, e depois, se o senhor for sensato, revelar abertamente o que, tenho certeza, o senhor sabe.

Mas mesmo enquanto falava, olhando dentro dos olhos arrasados, atônitos, de Hathall, ele sabia que qualquer revelação que viesse dele estaria longe de ser sensata. Porque, quaisquer que fossem os álibis que tivesse, por mais que afirmasse ter amor e veneração por ela, ele tinha matado a esposa. E enquanto saía da sala, andando em direção à porta da rua, Wexford imaginou Robert Hathall desmoronando numa cadeira, ofegante, sentindo seu coração em disparada, reunindo suas forças para sobreviver.

A revelação de que tinham encontrado uma impressão palmar de uma mulher tinha feito aquilo com Hathall. Portanto, ele sabia quem era aquela mulher. Ele tinha ficado ansioso a respeito das impressões porque, o tempo todo, temera que ela pudesse ter deixado aquela prova. Mas a reação dele não tinha sido a de quem apenas suspeita ou teme a confirmação de uma coisa que imaginava ter acontecido. Fora a reação de quem teme por sua própria liberdade e por sua própria paz, a liberdade e a paz de outra pessoa também, e, acima de tudo, a reação de quem teme que ele e aquela outra pessoa não possam vir a gozar juntos aquela liberdade e aquela paz.

8

Aquela descoberta afastara da mente de Wexford as lembranças daquele interlúdio na hora do almoço. Mas quando ele entrou em casa um pouco depois das quatro horas elas voltaram, desfiguradas pelo sentimento de culpa. E se ele não tivesse passado aquela hora em companhia de Nancy Lake, ou se tivesse sido menos agradável, talvez não tivesse dado um beijo tão caloroso em Dora nem perguntado a ela o que perguntou.

– Que tal ir a Londres por uns dois dias?

– Você quer dizer que vai ter que ir?

Wexford assentiu.

– E não agüenta ficar longe de mim? – Wexford sentiu-se corar. Por que ela tinha que ser tão perspicaz? Era quase como se ela lesse seus pensamentos. Mas se fosse menos perspicaz, teria ele se casado com ela? – Adoraria, querido – disse ela com meiguice. – Quando?

– Se Howard e Denise forem nos hospedar, assim que você fizer as malas. – Ele deu um sorriso, sabendo da quantidade de roupas que ela iria querer levar, mesmo para dois dias na casa de sua elegante sobrinha. – Que tal... dez minutos?

– Me dê uma hora – disse Dora.

– Está bem. Vou telefonar para a Denise.

O superintendente-chefe Howard Fortune, comandante da divisão de investigação criminal de Kenbourne Vale, era filho da falecida irmã de Wexford. Por muito tempo o admirara, uma admiração mesclada com a inveja que sentia do sobrinho, de nome tão sugestivo, em cujo colo tantas coisas boas tinham caído, aparentemente sem que ele fizesse qualquer esforço: um diploma universitário com louvor, uma casa em Chelsea, o casamento com uma linda modelo, a rápida promoção até que sua patente ultrapassasse de muito a do tio. E, a seus olhos, aqueles dois tinham adquirido o brilho ofuscante da gente de sociedade, entrando, embora mal os conhecesse, para aquela categoria de parentes ricos que nos desprezam a distância e nos esnobam se nos aproximamos deles. Cheio de receios, fora ficar com eles para convalescer de uma doença e seus receios acabaram se revelando sem fundamento, meras suspeitas tolas, frutos apenas da má vontade. Pois Howard e Denise foram gentis, hospitaleiros e despretensiosos, e quando ele ajudou Howard a resolver um caso de assassinato em Kenbourne Vale – resolveu-o sozinho, segundo Howard –, Wexford achou que havia se afirmado e uma amizade se firmara.

O quanto aquela amizade seria estável foi demonstrado quando os Fortune começaram a passar o Natal em família na casa de Wexford, pelo *relacionamento* íntimo entre tio e sobrinho, e revelou-se novamente na recepção que o inspetor-chefe e sua esposa tiveram quando o táxi que os transportava deixou-os na casa da Teresa Street. Passava pouco das sete, e um dos esmerados jantares de Denise estava quase pronto.

– Mas como o senhor ficou magro, tio Reg – disse ela enquanto o beijava. – Eu aqui contando as calorias para o senhor, e agora pelo visto foi pura perda de tempo. O senhor está muito bonito.

– Obrigado, minha cara. Devo confessar que minha perda de peso eliminou um dos meus principais medos de Londres.

– Qual?

– O medo de entrar numa daquelas borboletas do metrô, aquelas com mandíbulas que abrem e fecham, e depois não conseguir sair.

Denise riu e levou-os para a sala de estar. Depois daquela primeira visita, Wexford havia superado seu medo de derrubar os arranjos de flores de Denise, de quebrar os frágeis enfeites de porcelana; havia se livrado da certeza de que estragaria com manchas de café os forros de cetim em tons pastéis. O excesso de tudo, a eficiência, a atmosfera de luxo não o intimidavam mais. Conseguia sentar-se à vontade numa daquelas cadeiras dispostas em pequenos círculos ou no sofá de seda que lembrava fotografias de interiores do palácio da rainha. Podia rir do aquecimento central excessivo, ou, agora que era verão e ele não estava ligado, fazer comentários sobre o sistema de condicionamento de ar recentemente instalado.

– Isso me lembra – disse ele – aquela descrição que Walter Scott faz dos aposentos de *lady* Rowena em *Ivanhoé*: "As ricas tapeçarias balouçaram-se ao sabor do vento da noite... as chamas dos archotes curvaram-se para o lado, como o estandarte desfraldado de um chefe". Só que, no seu caso, são as plantas que se curvam, e não as chamas.

Tinham o hábito de trocar citações, porque no início Wexford as usava para afirmar sua igualdade intelectual, e Howard replicava – pelo menos era o que Wexford achava – para evitar discretamente qualquer alusão à profissão dos dois.

– Bate-papo literário, Reg? – disse Howard, sorrindo.

– Só para quebrar o gelo. E vai acabar se formando gelo de verdade nos seus vasos de flores se vocês não baixarem esse ar-condicionado, Denise. Não, eu quero falar com você sobre o motivo que me trouxe aqui, mas isso vai esperar até depois do jantar.

– E eu que achei que o senhor tinha vindo aqui para me ver! – disse Denise.

– Pois vim, mesmo. Mas no entanto tem uma outra jovem que está me interessando muito mais.

– O que é que ela tem que eu não tenho?

Wexford pegou sua mão e, fingindo examiná-la, disse:

– Uma cicatriz em forma de L no dedo indicador.

Quando Wexford estava em Londres, sempre tinha a esperança de que as pessoas pensassem que ele era londrino. Para manter essa ilusão ele tomava certas medidas, como ficar sentado até a composição do metrô parar completamente na estação, em vez de levantar-se nervosamente trinta segundos antes, como é o costume dos forasteiros. E não perguntava aos outros passageiros se a composição em que se encontrava estava mesmo indo para o lugar anunciado pelo confuso sistema de sinalização. Como resultado, uma vez fora parar em Uxbridge em vez de Harrow-on-the-Hill. Mas não existe uma maneira fácil de ir-se do lado oeste de Chelsea para o West End de metrô; assim, Wexford pegou o ônibus 14, um velho amigo seu.

Na verdade, constatou ele, Marcus Flower não era uma pessoa e sim duas, Jason Marcus e Stephen Flower. O primeiro parecia um Ronald Colman cabeludo e jovem, e o segundo, um Mick Jagger de cabelos curtos e envelhecido. Wexford recusou uma xícara do café que eles estavam bebendo – aparentemente para curar a ressaca – e disse que viera para falar com Linda Kipling. Marcus e Flower começaram a fazer insinuações e trocar olhares maliciosos, afirmando que valia muito mais a pena ver a srta. Kipling do que vê-los, que as pessoas só iam lá para ver as garotas, e então, ficando simultaneamente sérios, disseram quase em uníssono que tinham ficado terrivelmente penalizados ao saber da "perda do pobre Bob", que os deixara "absolutamente arrasados".

Wexford foi então conduzido por Marcus através de uma série de escritórios estranhamente extravagantes e áridos ao mesmo tempo, salas onde a mobília de aço e couro contrastava com cortinas de veludo e carpetes felpudos. Nas paredes havia pinturas abstratas, dessas que lembram manchas de ketchup e aranhas copulando, e sobre mesas baixas revistas tão sutilmente pornográficas que faziam pensar em manjar branco. As secretárias, três delas, estavam todas numa sala de veludo azul: a que o havia recebido, uma ruiva e Linda Kipling. Havia mais duas, segundo Linda, uma no cabeleireiro e outra num casamento. Era esse tipo de escritório.

Ela levou-o para uma sala vazia e sentou-se num banco de metal e couro negro, como esses que se vêem nos aeroportos. Parecia um manequim de vitrine de loja de roupas muito caras, realista mas irreal, como se fosse feita de plástico de ótima qualidade. Contemplando suas unhas, que eram verdes, ela contou-lhe que Robert Hathall falava com a esposa todos os dias na hora do almoço, desde que começara a trabalhar lá, ora telefonando ele mesmo, ora pedindo a ela que fizesse a ligação. Ela achava aquilo "terrivelmente bonito", embora agora, é claro, fosse "terrivelmente trágico".

– A senhorita diria que eles eram muito felizes, srta. Kipling? Ele falava muito na esposa, tinha uma foto dela na escrivaninha, esse tipo de coisa?

– Ele realmente tinha uma foto dela, mas a Liz disse que isso era terrivelmente burguês, fazer esse tipo de coisa, aí ele guardou a foto. Não sei se era feliz. Ele nunca foi muito *alegre,* não como o Jason e o Steve e alguns dos outros caras.

– Como é que ele estava na última sexta-feira?

– O mesmo de sempre. *Exatamente* o mesmo. Eu já contei isso para um outro policial. Não sei de que adianta ficar repetindo a mesma coisa de novo. Ele estava o mesmo de sempre. Chegou um pouco antes das dez e ficou aqui a manhã toda esmiuçando os detalhes de uma espécie de plano de seguro hospitalar para o pessoal do escritório que estava interessado. – Linda deixou claro seu desprezo pelos executivos que não podiam arcar com os custos de uma clínica particular. – Ele ligou para a mulher um pouco antes da uma e aí foi almoçar num bar com o Jason. Não demoraram muito. Eu sei que ele já estava de volta às duas e meia. Ditou três cartas para mim. – Ela parecia indignada ao lembrar-se deste fato, como se fosse um absurdo exigir aquilo dela. – E saiu às cinco e meia para encontrar a mãe e levá-la para a casa dele, lá em Sussex.

– Ele costumava receber telefonemas de mulheres ou de uma mulher específica?

– A mulher dele nunca telefonou *para ele*. – Então ela se deu conta do que ele queria dizer. Era uma dessas pessoas tão limitadas e de imaginação tão curta que qualquer alusão a comportamentos inesperados nos âmbitos sexual, social ou emocional provoca risinhos nervosos. Foi o que aconteceu com ela naquele momento.

– O senhor quer dizer uma namorada? Ninguém assim nunca telefonou para ele. Ninguém nunca telefonava para ele.

– Ele sentia-se atraído por alguma das garotas daqui?

Ela ficou atônita e afastou-se um pouco.

– As garotas *daqui*?

– Bem, têm umas cinco moças aqui, srta. Kipling, e se as três que eu já vi são representativas, vocês não são exatamente repugnantes. O sr. Hathall tinha uma amizade especial com alguma moça daqui?

As unhas verdes se alvoroçaram.

– O senhor está falando de um relacionamento? O senhor está perguntando se ele estava *dormindo* com alguém?

– Se a senhorita prefere colocar nestes termos. Afinal, ele era um homem solitário, separado temporariamente da esposa. Imagino que vocês estavam todas aqui na sexta à tarde, que não tinha ninguém num casamento nem fazendo o cabelo?

– É claro que estávamos todas aqui! E quanto à possibilidade de Bob Hathall ter um relacionamento com qualquer uma de nós, é melhor o senhor ficar sabendo que a June e a Liz são casadas, que a Clara está noiva de Jason e a Suzanne é filha de lorde Carthew.

– Isso a impede de dormir com um homem?

– Isso a impede de dormir com uma pessoa do... do tipo de Bob Hathall. E isso vale para todas nós. Nós podemos não ser "exatamente repugnantes", como o senhor colocou, mas ainda não nos rebaixamos a tanto!

Wexford desejou-lhe um bom dia e saiu, lamentando ter-lhe feito, mesmo que de má vontade, aquele elogio. Em Piccadilly, entrou numa cabine telefônica e ligou para Craig e Butler, Contadores, da Gray's Inn Road. Disseram-lhe que o sr. Butler no momento estava ocupado, mas que teria prazer em vê-lo às três horas da tarde. Como ele ia passar o tempo até as três? Embora tivesse descoberto o endereço da sra. Eileen Hathall, Croydon ficava longe demais para ele encaixar uma ida até lá antes das três horas. Por que não descobrir um pouco mais sobre Angela e aquele casamento que, segundo todos, era feliz, mas que tinha terminado em assassinato? Ele procurou no catálogo e achou: Biblioteca da Liga Nacional dos Arqueólogos, 7 Trident Place, Knightsbridge SW7. Rapidamente dirigiu-se para a estação do metrô de Piccadilly Circus.

Não foi fácil encontrar a Trident Place. Embora tivesse consultado seu guia de ruas na privacidade da cabine telefônica, Wexford constatou que teria que consultá-lo novamente bem em frente aos sofisticados londrinos. Estava dizendo a si próprio que era um velho bobo por se preocupar tanto com o que as pessoas iam pensar dele quando avistou a Sloane Street, rua que, segundo o guia, era transversal à Trident Place.

Trident Place era uma rua larga, de prédios de quatro andares da época vitoriana, todos bonitos e bem conservados. O de número sete tinha pesadas portas de vidro com batentes de mogno. Wexford passou por elas, entrou em um corredor cheio de fotografias monocromáticas de ânforas e retratos de sisudos escavadores dos tesouros do passado, depois passou por outra porta e entrou na biblioteca propriamente dita. A atmosfera era a mesma de todos os lugares do gênero: totalmente silenciosa, erudita, cheirando a livros, antigos e modernos. Havia muito poucas pessoas lá. Um sócio estava ocupado com um dos enormes catálogos de capa de couro; outro estava assinando as fichas dos livros que tinha retirado. Duas moças e um rapaz trabalhavam calma e compenetradamente atrás do lustroso balcão de carvalho, e foi uma delas que levou Wexford até o andar de cima, passando por mais retratos, mais fotografias, pela sala de leitura, de um silêncio sepulcral, até o gabinete da bibliotecária-chefe, a srta. Marie Marcovitch.

A srta. Marcovitch era uma velhinha miúda, presumivelmente de origem judaica da Europa central. Falava um fluente inglês acadêmico com um leve sotaque. Tão diferente de Linda Kipling quanto é possível uma mulher ser diferente da outra, ela convidou-o a sentar-se e não demonstrou qualquer surpresa por ele querer interrogá-la a respeito de um assassinato, embora não tivesse feito a princípio qualquer ligação entre a moça que trabalhara com ela e a morta.

– Ela saiu daqui, é claro, antes de casar – disse Wexford. – Como a senhora a qualificaria, como uma pessoa dura e indelicada ou nervosa e tímida?

– Bem, ela era quieta. Eu colocaria nos seguintes termos... mas, não, a pobrezinha morreu. – Depois de uma pequena hesitação, a srta. Marcovitch prosseguiu apressadamente: – Realmente não sei o que posso lhe dizer sobre ela. Ela era um tipo bem comum.

– Eu gostaria que a senhora me contasse tudo o que sabe.

– Isto não vai ser fácil, embora ela *fosse* mesmo bem comum. Veio trabalhar aqui há cerca de cinco anos. A biblioteca não costuma contratar pessoas sem diploma universitário, mas Angela era bibliotecária formada e tinha algum conhecimento de arqueologia. Ela não tinha experiência prática, mas eu também não tenho.

A atmosfera livresca trouxe à lembrança de Wexford o livro que ainda estava com ele.

– Ela se interessava por línguas célticas?

A srta. Marcovitch pareceu surpresa.

– Que eu saiba, não.

– Não tem importância. Por favor, continue.

– Não sei muito bem como prosseguir, inspetor-chefe. Angela fazia o trabalho dela bem satisfatoriamente, embora faltasse bastante por vagos motivos médicos. Ela tinha problemas com dinheiro... – Novamente Wexford percebeu que ela hesitava. – Quer dizer, ela não conseguia viver com o salário dela e costumava reclamar que ele era insuficiente. Eu concluí que ela pedia emprestado pequenas quantias a outros funcionários, mas isso não era da minha conta.

– Parece que ela já estava trabalhando aqui há uns anos quando conheceu o sr. Hathall.

– Realmente, não sei quando ela conheceu o sr. Hathall. No início ela fez amizade com um certo sr. Craig, que fazia parte do nosso quadro de funcionários mas já foi embora. Na verdade, todos os funcionários daquela época já foram embora, exceto eu mesma. Lamento, mas acho que nunca vi o sr. Hathall.

– Mas a senhora conheceu a primeira sra. Hathall?

A bibliotecária apertou os lábios e cruzou as mãozinhas enrugadas sobre as pernas.

– Isso está virando maledicência – disse ela, severa.

– Boa parte do meu trabalho é isso mesmo, srta. Marcovitch.

– Bem... – Ela deu um sorriso repentino e imprevisto, alegre e quase malicioso. – Desgraça pouca é bobagem, não é? Eu realmente conheci a primeira sra. Hathall. Eu por acaso estava na biblioteca quando ela entrou. O senhor deve ter notado que esse lugar é muito sossegado. Ninguém levanta a voz nem faz movimentos rápidos, uma atmosfera que convém tanto aos sócios quanto aos funcionários. Devo confessar que fiquei mesmo muito irritada quando aquela mulher irrompeu biblioteca adentro, correu até onde Angela estava atrás do balcão e começou a esbravejar com ela. Era impossível os sócios não perceberem que estava repreendendo Angela por ter, segundo ela, roubado o seu marido. Eu pedi ao sr. Craig que se livrasse daquela mulher tão discretamente quanto possível e depois subi com a Angela. Quando ela se acalmou, disse a ela que, embora os problemas particulares dela não fossem da minha conta, aquele tipo de coisa não poderia se repetir.

– E não se repetiu?

– Não, mas o serviço de Angela começou a ficar prejudicado. Ela era do tipo de pessoa que se descontrola facilmente sob tensão. Eu sentia muita pena dela, mas não lamentei muito quando disse que teria que pedir demissão a conselho do médico dela.

A bibliotecária terminou de falar, tendo aparentemente dito tudo o que tinha a dizer, e pôs-se de pé. Mas Wexford, em vez de levantar-se, disse secamente:

– Só isso de desgraça, srta. Marcovitch?

Ela ruborizou-se e deu um risinho envergonhado.

– Como o senhor é perspicaz, inspetor! É, tem mais uma coisa. Pelo visto, o senhor notou minhas hesitações. Eu nunca contei isso a ninguém, mas... bem, vou contar ao senhor. – Sentou-se novamente e assumiu um tom mais pedante. – Em vista do fato de que os sócios da biblioteca pagam uma anuidade considerável – vinte e cinco libras por ano – e que por sua própria natureza são cuidadosos com os livros, não cobramos multas se eles ficam com o livro além do prazo estipulado, que é de um mês. Naturalmente, no entanto, não fazemos propaganda disso, e muitos sócios ficam agradavelmente surpresos quando constatam, ao devolverem livros que conservam consigo talvez por dois ou três meses, que não cobramos nada.

"Há cerca de três anos e meio, um pouco depois de Angela ir embora, eu estava por acaso dando uma ajuda no balcão de devoluções quando um sócio me entregou três livros que, eu vi, estavam com um atraso de seis semanas. Não teria feito qualquer comentário quanto a isso se o sócio não tivesse me entregado uma libra e oitenta *pence,* que ele me assegurou ser a multa correta para os livros atrasados, dez *pence* por livro por semana. Quando eu lhe disse que nunca cobrávamos multas nesta biblioteca, ele me disse que era sócio há um ano e que só uma vez ficara com uns livros por mais de um mês. Naquela ocasião, a 'mocinha' tinha lhe cobrado uma libra e vinte *pence* e ele não reclamara por achar que era razoável.

"É claro que inquiri junto aos funcionários, que pareciam todos perfeitamente inocentes, mas as duas moças me disseram que outros sócios recentemente também tinham tentado fazê-las receber multas por livros atrasados, que elas não aceitaram o dinheiro e deram um esclarecimento a respeito das nossas normas."

– A senhora acha que foi Angela? – perguntou Wexford.

– Quem mais poderia ser? Mas ela já tinha ido embora, não houve nenhuma conseqüência mais séria, e eu não gostei da idéia de levantar esse assunto numa reunião dos síndicos, o que poderia criar problemas e acabar levando a um processo, em que os sócios seriam chamados para depor e tudo o mais. Além disso, a moça estava sob tensão e a fraude foi muito pequena. Duvido que ela tenha conseguido mais que dez libras, no máximo.

9

Uma fraude muito pequena... Wexford não contava descobrir uma fraude e isso provavelmente era irrelevante. Mas a imagem indistinta de Angela Hathall, como um vulto emergindo da neblina, começava agora a adquirir contornos mais definidos. Uma personalidade paranóica com tendência à hipocondria; inteligente, mas incapaz de manter-se em um emprego fixo; um equilíbrio mental facilmente transtornado pela adversidade; financeiramente instável e capaz de valer-se de meios escusos para conseguir um dinheiro extra. Como, então, ela tinha conseguido viver com as quinze libras por semana que eram tudo de que ela e o marido dispunham por quase três anos?

Ele saiu da biblioteca e pegou o metrô para Chancery Lane. Os escritórios de Craig e Butler, Contadores, ficavam no terceiro andar de um prédio velho perto do Royal Free Hospital. Ele deu uma boa olhada no edifício, pediu uma salada com suco de laranja num bar e, quando faltava um minuto para as três, entrou no escritório do sócio principal, William Butler. O escritório era antiquado e quase tão sossegado quanto a biblioteca, e o sr. Butler tão mirrado quanto a srta. Marcovitch. Mas ele tinha um sorriso jovial, a atmosfera era de negócios e não de estudo, e o único quadro na parede era um retrato a óleo de cores fortes de um senhor de idade em traje a rigor.

– Meu ex-sócio, o sr. Craig – disse William Butler.

– Presumo que foi o filho dele quem apresentou Robert e Angela Hathall.

– Foi o sobrinho. O filho dele, Paul Craig, é meu sócio desde que o pai se aposentou. Quem trabalhava na biblioteca da liga dos Arqueólogos era o Jonathan Craig.

– Parece que eles foram apresentados numa festa aqui no escritório.

O velho deu um risinho arranhado e cortante.

– Uma festa *aqui*? Onde iríamos colocar a comida e a bebida, isso sem falar nos convidados? Eles se lembrariam do imposto de renda e ficariam tristes e deprimidos. Não, a festa foi na casa do sr. Craig, em Finchley, quando ele se aposentou depois de trabalhar quarenta e cinco anos aqui.

– O senhor conheceu Angela Hathall na festa?

– E foi a única vez que eu a vi. Moça bonita, se bem que com aquele jeito meio descabelado que agora todas as moças têm. E estava de calças compridas. Eu pessoalmente acho que as mulheres deviam usar saia para ir a festas. Bob Hathall ficou encantado com ela desde o primeiro momento, deu para perceber.

– Isso não deve ter agradado ao sr. Jonathan Craig.

Novamente o sr. Butler deu seu risinho que parecia uma grasnada.

– Ele não a levava a sério. Na verdade ele até se casou depois disso. A esposa dele não é lá essas coisas, mas é cheia da grana, meu caro, cheia da nota. A tal da Angela não teria se dado bem com a família, eles não são tolerantes como eu. Olhe que até eu não fiz muita fé quando ela disse para o Paul que tinha um emprego muito interessante, a coisa ideal para se saber como burlar o imposto de renda. Dizer isso para um contador é o mesmo que dizer para um médico que ele é um felizardo por poder conseguir heroína. – E o sr. Butler riu-se, deliciado. – Também conheci a primeira sra. Hathall – disse ele. – Essa não era fácil. Foi uma cena e tanto, ela fazendo o maior tumulto tentando achar o Bob, e o Bob se trancando no escritório dele. E que voz ela tem quando está excitada! Outra vez ela ficou sentada na escada o dia todo esperando o Bob sair. Ele se trancou de novo e não saiu a noite toda. Sabe Deus a que hora ela foi para casa. No dia seguinte apareceu de novo e gritou comigo querendo que eu o fizesse voltar para ela e para a filha. Foi um espetáculo incrível. Nunca vou me esquecer.

– Por causa disso – disse Wexford –, o senhor o despediu.

– Eu, não! Foi isso o que ele disse?

Wexford assentiu.

– Mas que absurdo! O Bob Hathall sempre foi um mentiroso. Eu vou lhe contar o que aconteceu e o senhor acredite se quiser. Chamei-o aqui depois de todo aquele espetáculo e disse que ele devia cuidar um pouco melhor dos assuntos particulares dele. Discutimos e o resultado foi que ficou furioso e disse que ia embora. Tentei fazê-lo mudar de idéia. Ele começou a trabalhar aqui como contínuo e foi aqui que fez toda a sua formação. Eu disse que se ele ia se divorciar, ia precisar de muito dinheiro, e que no Ano-Novo teria um aumento. Mas ele não quis me ouvir, ficou dizendo que todo mundo estava contra ele e contra a tal da Angela. Então foi embora e arranjou um empreguinho de meio expediente. Bem feito!

Lembrando a fraude que Angela cometera e o que ela dissera a Paul Craig, e dizendo a si mesmo que os porcos se juntam pelo ronco, Wexford perguntou ao sr. Butler se Robert Hathall alguma vez fizera qualquer coisa que pudesse ser interpretada mesmo de longe como de legalidade duvidosa. O sr. Butler pareceu chocado.

– Claro que não. Eu disse que ele não era rigorosamente fiel à verdade, mas sob outros aspectos ele era honesto.

– O senhor diria que ele andava atrás de mulheres?

William Butler grasnou novamente e sacudiu a cabeça com veemência. – Ele tinha quinze anos quando veio trabalhar aqui e já naquela época estava saindo com aquela primeira mulher dele. Ficaram noivos sabe Deus por quanto tempo. Vou lhe dizer uma coisa, o Bob era tão acanhado, tão completamente reprimido, que nem sabia que existiam outras mulheres sobre a face da Terra. Tem uma datilógrafa bem bonitinha aqui no escritório e ele olhava para ela como se fosse uma máquina de *escrever.* Não, foi justamente por isso que ficou louco pela tal da Angela como um adolescente romântico, porque despertou, a venda caiu dos olhos dele. Geralmente é assim que acontece. Esses caras que amadurecem tarde são sempre os piores.

– Então, depois que despertou, talvez tenha começado a olhar mais ao redor.

– Talvez, mas nisso não posso lhe ajudar. O senhor acha que ele pode ter se livrado da Angela?

– Preferia não dizer o que penso, sr. Butler – disse Wexford enquanto se despedia.

– Claro. Pergunta boba, não é? Eu achei que ele ia matar aquela outra mulher dele, eu lhe garanto. Foi bem aí que ela ficou sentada, nesse degrau onde o senhor está. Nunca vou me esquecer, nunca.

Howard Fortune era alto, magro, esqueleticamente magro, apesar de seu enorme apetite. Tinha o cabelo esmaecido, da cor de papel marrom desbotado, da família Wexford, e os olhos azul-acinzentados claros, pequenos e penetrantes. Apesar de ter o físico diferente, ele sempre se parecera com o tio, e agora que Wexford perdera muito peso a semelhança estava mais pronunciada. Sentados um em frente ao outro no gabinete de Howard, poderiam ser pai e filho, pois, semelhanças à parte, agora Wexford conseguia falar com o sobrinho com tanta familiaridade quanto falava com Burden, e Howard respondia sem a cortesia e sem a constrangida diplomacia de antes.

Suas esposas tinham saído. Depois de passarem o dia fazendo compras, tinham ido ao teatro, e tio e sobrinho jantaram sozinhos. Agora, enquanto Howard bebia conhaque e ele se contentava com um copo de vinho branco, Wexford elaborava a teoria que mencionara na noite anterior.

– Do jeito que vejo a coisa – disse ele –, a única explicação para o pavor do Hathall, e era mesmo pavor, Howard, quando eu contei a ele sobre a impressão palmar, é que ele planejou o assassinato da Angela com a ajuda de uma cúmplice.

– Com a qual ele estava tendo um caso?

– Provavelmente. Esse seria o motivo.

– Um motivo fraco hoje em dia, não é? É fácil conseguir um divórcio e eles não tinham filhos para complicar as coisas.

– Você não entendeu. – Wexford falou com uma rispidez que antes teria sido impossível. – Mesmo com esse novo emprego, ele não poderia arcar com duas ex-esposas. Ele é bem o tipo de homem que se sentiria quase no direito de matar se isso fosse livrá-lo de incômodos adicionais.

– Então essa tal namorada dele foi lá no chalé na tarde...

– Ou então Angela foi buscá-la.

– Não entendi essa parte, Reg.

– Uma vizinha, a sra. Lake, disse que Angela contou a ela que ia sair. – Wexford deu um gole em sua bebida para encobrir a ligeira perturbação que mesmo a menção do nome de Nancy Lake lhe causava. – Não devo me esquecer disso.

– Bem, pode ser. A moça matou Angela enforcando-a com um cordão dourado que não foi encontrado, depois limpou suas impressões, mas deixou uma na borda da banheira. A idéia é essa?

– É. Depois ela foi no carro de Robert Hathall até Londres e o largou em Wood Green. Talvez eu vá lá amanhã, mas não tenho muita esperança. É provável que ela more o mais longe possível de Wood Green.

– E depois você vai na tal fábrica de brinquedos em... como é mesmo que se chama? Toxborough? Não estou entendendo por que você está deixando isso para o fim. Afinal, ele trabalhou lá da época em que casou até julho.

– E essa é justamente a razão – disse Wexford. – É possível que ele tenha conhecido essa mulher *antes* de conhecer Angela, ou que a tenha conhecido quando já estava casado há três anos. Mas não há dúvida de que amava Angela profundamente – todo mundo reconhece isso; então você acha provável que tivesse começado um novo relacionamento durante o início do casamento?

– Não, isso é verdade. Mas tem que ser alguém que ele conheceu no emprego? Por que não uma amiga que ele conheceu numa festa, ou a esposa de algum amigo?

– Porque parece que ele não tinha amigos, e isso não é difícil de se entender. Durante o primeiro casamento, do jeito que vejo a coisa, ele e a mulher fizeram amizades com outros casais. Mas você sabe como é, Howard. Nesses casos, os amigos do casal são ou os vizinhos ou as amigas dela e seus maridos. O provável não seria que na época do divórcio essa gente toda tenha tomado o partido da Eileen Hathall? Em outras palavras, eles continuaram amigos dela e o abandonaram.

– Essa mulher desconhecida poderia ser alguém que ele pegou na rua ou conheceu por acaso num bar. Você já pensou nisso?

– Claro. E se foi, é muito pouco provável que eu descubra quem ela é.

– Bem, amanhã você vai a Wood Green. Vou tirar um dia de folga. Tenho que falar num jantar em Brighton à noite e estava pensando em ir direto lá, mas talvez eu vá primeiro a Wood Green com você.

O barulho do telefone tocando interrompeu os agradecimentos de Wexford. Howard atendeu e por suas primeiras palavras, ditas cordialmente mas sem familiaridade, Wexford viu que quem estava telefonando era alguém que Howard conhecia, mas não muito bem. Então Howard passou-lhe o telefone e ele ouviu a voz de Burden.

– Primeiro a boa notícia – disse o inspetor –, se é que se pode chamar isso de boa notícia. – E contou a Wexford que finalmente alguém se apresentara para dizer que tinha visto o carro de Hathall entrar na garagem de Bury Cottage às três e cinco da tarde de sexta-feira. Mas só vira a motorista, que ele descreveu como sendo uma jovem de cabelos escuros com uma blusa ou camisa de xadrez vermelho. Ele tinha certeza de que havia um passageiro, e estava quase certo que o tal passageiro era uma mulher, mas não podia dar mais nenhum detalhe. Ele estava andando de bicicleta pela Wool Lane em direção a Wool Farm e, portanto, do lado esquerdo da estrada, o lado que naturalmente lhe permitiria ver o motorista, mas não necessariamente o outro ocupante do veículo. Como a preferencial era dele, o carro parara para ele passar, e como o pisca-pisca da direita estava ligado, imaginou que o carro fosse virar na entrada da garagem do chalé.

– Por que esse ciclista não se apresentou antes?

– Ele estava de férias por aqui, ele e a bicicleta – disse Burden –, e afirma que não leu nenhum jornal até hoje.

– Tem gente – rosnou Wexford – que parece que vive dentro de um casulo. Se essa é a boa notícia, qual é a má?

– Pode não ser má, não tenho como saber. Mas o chefe de polícia esteve aqui lhe procurando e quer vê-lo às três em ponto amanhã à tarde.

– Vamos ter que adiar nossa visita a Wood Green – disse Wexford para o sobrinho, e contou-lhe o que Burden lhe dissera.

– Vou ter que voltar e tentar passar por Croydon ou Toxborough no caminho. Não vai dar tempo de passar nos dois lugares.

– Olhe, Reg, por que não o levo de carro para Croydon e depois para Kingsmarkham passando por Toxborough? Eu ainda teria três ou quatro horas para chegar a Brighton.

– Seria meio chato para você, não?

– Pelo contrário. Confesso que estou muito interessado em dar uma olhada naquela megera, a primeira sra. Hathall. Você volta comigo e Dora pode ficar aqui. Sei que Denise quer que ela esteja aqui na sexta para irem a uma festa.

E Dora, que entrou dez minutos depois, não precisou de nenhum incentivo para ficar em Londres até domingo.

– Mas você vai ficar bem sozinho?

– Vou. Espero que você fique bem. Mas acho que vai morrer de frio nesse maldito ar-condicionado.

– Tenho tecido adiposo, querido, ele me mantém aquecida.

– Não é como o senhor, tio Reg – disse Denise, que acabara de chegar e só ouvira a ultima frase. – O seu foi-se embora todinho. Foi mesmo só o regime? Li em um livro outro dia que os homens que têm muitos casos mantêm a forma porque inconscientemente encolhem a barriga toda vez que fazem a corte a uma nova mulher.

– Então agora sabemos o que pensar – disse Dora.

Mas Wexford, que naquele momento inconscientemente encolhera a barriga, não corou, como teria feito no dia anterior. Estava imaginando o que devia pensar daquela intimação do chefe da polícia, e fazendo uma idéia desagradável do que seria.

10

A casa que Robert Hathall comprara na época de seu primeiro casamento era uma dessas casas geminadas que, nos anos 30, surgiram aos milhares, às dezenas de milhares. Tinha uma janela de sacada na sala da frente, um frontão sobre a janela do quarto da frente e um decorativo baldaquino de madeira, do tipo que às vezes se vê protegendo as plataformas das estações ferroviárias do interior, sobre a porta da frente. Havia mais umas outras quatrocentas exatamente iguais a ela na mesma rua, uma vila larga ao longo da qual o tráfego fluía para o sul.

– A construção dessa casa – disse Howard – ficou por umas seiscentas libras. Calculo que Hathall tenha pago umas quatro mil por ela. Quando ele se casou?

– Há dezessete anos.

– É, quatro mil, mesmo. Agora vale umas dezoito mil.

– Só que ele não pode vendê-la – disse Wexford. – Acho que ele bem que gostaria dessas dezoito mil libras. – Eles saíram do carro e foram até a porta da frente.

Exteriormente ela não tinha nenhuma das características de uma megera. Tinha uns quarenta anos, era baixa e corada; seu corpo robusto e atarracado estava socado em um vestido verde justo; era uma dessas mulheres que já lembraram rosas e que agora lembram repolhos. Leves vestígios da rosa eram visíveis nos traços bonitos agora ocultados pela gordura, na pele que ainda era boa e no cabelo avermelhado que já fora louro. Ela os acompanhou até a sala da janela de sacada. A mobília não tinha o charme da de Bury Cottage, mas estava igualmente limpa. Havia algo de opressivo naquela limpeza e na ausência de qualquer objeto que não fosse totalmente convencional. Wexford procurou em vão alguma coisa, talvez uma almofada bordada à mão, um desenho original ou uma planta, que expressasse as personalidades da mulher e da garota que moravam lá. Mas não havia nada, nem um livro, nem mesmo uma revista, nada que indicasse que alguém ali tinha um *hobby*. Era como uma vitrine de uma loja de móveis antes do vitrinista acrescentar os detalhes que lhe dão a aparência de um lar. Além de uma fotografia emoldurada, o único quadro era a reprodução de uma cigana espanhola com um chapéu preto e uma rosa entre os dentes que Wexford já vira em uma centena de bares de hotéis. E mesmo a gravura estereotipada tinha mais vida que o resto da sala; a boca da cigana parecia curvar-se com desdém ao observar o ambiente estéril no qual estava fadada a ficar.

Embora estivessem no meio da manhã e Eileen tivesse sido avisada da visita deles, não lhes ofereceu nada para beber. Ou tinha adquirido os hábitos da sogra ou então sua própria falta de hospitalidade fora uma de suas características que fizeram a velha gostar tanto dela. Mas que a velha sra. Hathall havia se iludido quanto a outros aspectos dela logo ficou evidente. Longe de se preservar, Eileen parecia ansiosa para dizer tudo a respeito de sua vida privada.

A princípio, no entanto, estava contida. Wexford começou por perguntar o que ela tinha feito na última sexta-feira e ela respondeu com uma voz calma e controlada que estivera na casa do pai em Balham e que lá ficara até a noite, porque a filha tinha ido numa excursão organizada pela escola à França, da qual só voltara pouco antes da meia-noite. Ela deu a Wexford o endereço do pai, já viúvo. Howard, que conhecia

Londres bem, observou que o pai morava numa rua próxima à residência da velha sra. Hathall. Isso foi o estopim. Eileen ficou vermelha e seus olhos fumegaram de ressentimento, que era agora talvez a principal razão de sua vida.

– Nós crescemos juntos, Bob e eu. Fomos à mesma escola e não houve um dia em que não nos víssemos. Depois que nos casamos não ficamos nem uma noite separados até que aquela mulher apareceu e o roubou de mim.

Wexford, que acreditava ser impossível uma pessoa de fora desmanchar um casamento estável e feliz, não fez qualquer comentário. Muitas vezes questionara aquela maneira de encarar as pessoas como coisas e cônjuges como objetos que podem ser roubados, como aparelhos de televisão ou colares de pérolas.

– Qual foi a ultima vez que a senhora viu o seu ex-marido, sra. Hathall?

– Não o vejo há três anos e meio.

– Mas suponho que, embora a senhora tenha a custódia de sua filha, ele tenha acesso a ela.

Seu rosto estava distorcido de ressentimento; uma praga corroera a rosa. – Ele podia ver a filha domingo sim, domingo não. Eu costumava mandar Rosemary para a casa da mãe dele e ele a apanhava lá e a levava para passar o dia com ele.

– Mas a senhora não o via nessas ocasiões?

Ela olhou para baixo, talvez para esconder seu sentimento de humilhação.

– Ele disse que não iria se eu estivesse lá.

– A senhora disse que "costumava", sra. Hathall. A senhora quer dizer que esses encontros entre pai e filha terminaram?

– Bem, ela está bem crescidinha, não? Está crescida o suficiente para ter suas próprias idéias. Eu e a mãe do Bob, nós sempre nos demos bem, ela tem sido como uma segunda mãe para mim. Rosemary sabia o que nós achávamos – quer dizer, ela estava crescida o suficiente para entender o que eu tive que agüentar do pai dela, e é natural que ficasse ressentida. – A megera estava aparecendo, e também o tom de voz que o sr. Butler dera sempre ficaria em sua lembrança. – Ela ficou contra ele. Achou que o que ele tinha feito era crueldade.

– Então parou de vê-lo?

– Ela não *queria* vê-lo. Disse que tinha coisas melhores para fazer nos domingos e a avó dela e eu, nós achamos que tinha razão. Ela só foi àquele chalé uma vez e quando voltou estava num estado deplorável, chorando, soluçando e tudo o mais. E não é para menos. O senhor pode imaginar um pai deixando a filha vê-lo beijar outra mulher? Foi isso o que aconteceu. Quando chegou a hora de ele trazer Rosemary de volta, ela o viu abraçar aquela mulher e beijá-la. E não foi um beijo comum. Rosemary disse que foi como esses beijos que a gente vê na TV, mas não vou entrar em detalhes; o fato é que fiquei enojada, eu lhe garanto. O resultado é que a Rosemary não suporta o pai, e eu entendo. Só espero que isto não afete a mentalidade dela do jeito que esses psicólogos dizem que afeta.

O rubor em seu rosto tinha chegado ao auge e seus olhos faiscavam. E agora que os seios balançavam e ela jogava a cabeça para trás, havia nela algo em comum com a cigana do quadro.

– *Ele* não gostou dessa história. Implorou a ela que se encontrasse com ele, escreveu cartas, fez o diabo. Mandou presentes para ela e queria levá-la para passear nas férias. Logo ele que dizia que não tinha um tostão. Tentou com unhas e dentes me impedir de ficar com essa casa e com uma parte do dinheiro dele para viver. Mas quando ele quer, o dinheiro dele dá; tem dinheiro para gastar com qualquer um, menos comigo.

Howard estivera olhando para aquela única fotografia emoldurada e agora perguntou se aquela era Rosemary.

– É, essa é a minha Rosemary. – Ainda sem fôlego após aquela efusão de insultos, Eileen estava ofegante. – Foi tirada há seis meses.

Os dois policiais olharam para o retrato de uma garota meio feiosa de rosto, com uma pequena cruz de ouro pendurada num cordão e cabelos pretos e lisos que lhe caíam sobre os ombros; apresentava uma acentuada semelhança com a avó paterna. Wexford, incapaz de mentir abertamente e dizer que a garota era bonita, perguntou o que ela ia fazer quando terminasse o colégio. Foi uma boa manobra, pois teve um efeito calmante sobre Eileen; seu ressentimento deu lugar, ainda que só por uns instantes, ao orgulho.

– Vai para a universidade. Todos os professores dela dizem que ela leva jeito e eu não iria impedir. Não vai ter que trabalhar e ganhar dinheiro. *Agora* o Bob vai ter dinheiro de sobra. Eu disse a ela que não me importo se continuar a estudar até os vinte e cinco anos. Vou dizer à mãe do Bob para pedir a ele que dê um carro para Rosemary quando ela fizer dezoito anos. Afinal, hoje em dia é como ter vinte e um, não é? Meu irmão a tem ensinado a dirigir e ela vai fazer o exame de motorista assim que fizer dezessete anos. Ele tem o dever de dar um carro para ela. Estragou a minha vida, mas isso não é motivo para ele estragar a dela também, não é?

Wexford estendeu-lhe a mão ao saírem. Ela lhe estendeu a sua com relutância, mas talvez fosse apenas parte daquela indelicadeza que parecia ser um traço característico de todos os Hathalls. Olhando para baixo, ele segurou a mão o tempo suficiente para se assegurar de que não havia nenhuma cicatriz no dedo.

– Devemos ser gratos pelas mulheres que temos – disse Howard com devoção já dentro do carro, dirigindo-se para o sul. – Pelo menos está claro que ele não matou Angela para voltar para essa aí.

– Você notou que ela não mencionou a morte de Angela nem uma vez? Nem para dizer que a outra já morreu tarde? Nunca tinha visto uma família tão movida a ódio. – Wexford lembrou-se de repente de suas duas filhas que o amavam, e em cuja educação ele investira de bom grado porque elas o amavam e ele as amava. – Deve ser horrível ter que sustentar alguém que você odeia e comprar presentes para alguém que aprendeu a odiá-lo – disse ele.

– É, deve ser mesmo. E de onde saiu o dinheiro para os tais presentes e para aquelas férias que ele planejava, Reg? Não das quinze libras por semana.

Pouco antes de quinze para meio-dia eles estavam em Toxborough. A entrevista na fábrica Kidd's estava marcada para meio-dia e meia; assim, começaram um almoço rápido em um bar na periferia da cidade antes de localizar a área industrial. A fábrica, uma grande caixa branca de concreto, era o lugar de origem daqueles brinquedos que ele muitas vezes vira em anúncios de televisão. O gerente, o sr. Aveney, disse-lhes que tinham trezentos operários na folha de pagamento, e a maioria mulheres que trabalhavam em regime de meio expediente. Poucos empregados trabalhavam no escritório: ele mesmo, o gerente de pessoal, o contador, que trabalhava em meio expediente, o sucessor de Hathall, sua secretária, duas datilógrafas e uma telefonista.

– O senhor quer saber quais as mulheres que estavam trabalhando no escritório na época em que o sr. Hathall trabalhava aqui. Deduzi isso do que o senhor disse ao telefone e fiz o que pude para fazer uma lista dos nomes e endereços. Mas é incrível como elas vivem mudando de emprego, inspetor. Hoje em dias as moças adoram ficar mudando de emprego e só ficam uns poucos meses em cada lugar. Não tem ninguém agora no escritório que estivesse aqui na época do sr. Hathall, e só faz dez semanas que ele foi embora. Quer dizer, as moças. O gerente de pessoal está aqui conosco há cinco anos, mas o escritório dele é lá embaixo na fábrica e acho que eles nunca se conheceram.

– O senhor se lembra se ele era amigo de alguma garota em especial?

– Garanto que não era, não – disse o sr. Aveney. – Era louco por aquela mulher dele, a que foi assassinada. Nunca vi um homem tão envolvido com uma mulher quanto ele. Pelo que lhe dizia respeito, ela era a Marilyn Monroe, a imperatriz da Pérsia e a Virgem Maria, tudo ao mesmo tempo.

Mas Wexford estava cansado de ouvir falar do excesso de dedicação de Robert Hathall à esposa. Deu uma olhada na lista, tremendamente longa, e lá estavam os nomes, a espécie de nomes que todas elas tinham naquela época: June, Jane, Susan, Linda, Julie. Todas moravam em Toxborough ou arredores, e nenhuma tinha trabalhado na Kidd's por mais de seis meses. Ele teve uma horripilante antevisão de semanas de trabalho, com meia dúzia de policiais percorrendo a Grande Londres procurando as Janes, as Julies e as Susans, e então guardou a lista em sua maleta.

– Seu amigo disse que queria dar uma olhada na fábrica, então, se o senhor quiser, podemos ir lá embaixo procurá-lo.

Encontraram Howard aos cuidados de uma Julie que o estava guiando por entre as bancadas onde mulheres de avental e turbante retiravam das fôrmas bonecas de plástico. Afora o cheiro de celulose, a fábrica era arejada e agradável, e de um par de alto-falantes vinha a voz sedutora de Engelbert Humperdinck implorando aos ouvintes que o libertassem e o deixassem amar novamente.

– Foi meio perda de tempo – disse Wexford, após despedirem-se do sr. Aveney. – Achei que seria. Ainda assim, você tem ainda bastante tempo para chegar ao seu jantar. Não leva mais que meia hora para ir daqui a Kingsmarkham. E vou chegar a tempo de ser devidamente repreendido. Você não gostaria que lhe indicasse o caminho pelas ruas secundárias para fugirmos do trânsito e lhe mostrasse alguns pontos de interesse?

Howard disse que sim, e então seu tio ensinou-o a pegar a Myringham Road. Cruzaram o centro da cidade e passaram pelo centro comercial cuja feiúra tanto ofendera a Mark Somerset e onde ele encontrara os Hathalls em sua orgia consumista.

– Siga as indicações das placas que apontam para Pomfret em vez de Kingsmarkham que depois eu digo como entrar em Kingsmarkham passando pela Wool Lane.

Obediente, Howard seguiu as indicações e em dez minutos estavam numa estrada rural. Nesse trecho de Sussex, a natureza ainda estava intacta, com colinas arredondadas cobertas de árvores, bosques de pinheiros e casinhas de telhados pardos em vales cheios de vegetação. Estavam na época da colheita, e onde o trigo havia sido cortado o terreno estava de um amarelo esmaecido, brilhando como lençóis prateados à luz do sol.

– Quando estou aqui – disse Howard – entendo a verdade da frase de Orwell, segundo a qual todo homem sabe no fundo do coração que a melhor coisa a se fazer no mundo é passar um dia agradável no campo. E quando estou em Londres concordo com Charles Lamb.

– Foi ele que disse que preferia ver uma fila na porta de um teatro do que todos os rebanhos de ovelhas idiotas de Epsom Downs?

Howard riu e assentiu.

– Não é para eu pegar aquela estrada para Sewingbury, não é?

– Você vai pegar a saída à direita para Kingmarkham daqui a mais ou menos um quilômetro e meio. É uma estradinha secundária que mais adiante muda de nome para Wool Lane. Acho que Angela deve ter vindo por aqui na sexta-feira com a tal passageira. Mas *de* onde ela terá vindo?

Howard pegou a saída para Kingsmarkham. Passaram por Wool Farm e viram a placa indicando Wool Lane, onde a estrada se transformava em uma passagem estreita. Se tivessem passado por outro carro, ou Howard ou o outro motorista teria que parar no acostamento para dar passagem, mas não passaram por ninguém. Os motoristas evitavam a alameda estreita e perigosa, e a maioria achava que aquela rua não tinha saída.

– Bury Cottage – disse Wexford.

Howard diminuiu ligeiramente a velocidade. Aí Robert Hathall apareceu, vindo do lado da casa com uma podadeira na mão. Não levantou os olhos, mas começou a cortar fora as flores dos astropólios. Wexford ficou pensando se a mãe dele não o teria forçado a realizar aquela tarefa tão pouco habitual.

– Aquele lá é ele – disse ele. – Deu para você ver?

– O suficiente para poder identificá-lo novamente – disse Howard –, embora imagine que isso não vai ser preciso.

Separaram-se na delegacia. A caminhonete do chefe de polícia já estava estacionada à frente. Ele estava adiantado para o encontro, mas Wexford também. Não havia necessidade de apressar-se, ofegante e penitente, então foi andando com toda calma, dirigindo-se quase despreocupadamente ao lugar onde a repreensão o aguardava.

– Faço uma idéia do que é, senhor. O Hathall andou reclamando.

– Se você faz idéia – disse Charles Griswold –, isso só faz piorar a situação. – Ele fechou a cara e empertigou-se todo, ficando bem mais alto que o metro e oitenta de Wexford.

O chefe de polícia tinha uma semelhança excepcional com o falecido general De Gaulle, cujas iniciais eram as mesmas que as suas, e devia estar ciente disso. Um acaso da natureza pode explicar a semelhança física com um homem famoso. Só a familiaridade com essa semelhança, a constante lembrança dos amigos e dos inimigos, pode explicar as semelhanças de uma personalidade com a outra. Griswold tinha o hábito de referir-se a Mid-Sussex, sua região, no mesmo tom que o falecido estadista se referia a *La France*. – Ele me mandou uma carta se queixando em termos bem fortes. Disse que você está tentando encurralá-lo, usando métodos pouco tradicionais. Que falou algo a respeito de uma impressão digital e aí foi embora sem esperar pela resposta dele. Você tem alguma razão para achar que ele matou a mulher?

– Não com as próprias mãos, senhor. Estava no escritório dele em Londres na hora do crime.

– Então que diabo de jogo é esse que você está fazendo? Eu tenho orgulho de Mid-Sussex. Tenho dedicado minha vida a Mid-Sussex. Tinha orgulho de meus subordinados em Mid-Sussex, estava seguro de que a conduta deles seria não só irrepreensível como também seria vista como irrepreensível. – Griswold suspirou profundamente. Logo, pensou Wexford, ele iria dizer *"L'état, c'est moi"*. – Por que você está importunando aquele sujeito? O nome que ele dá a isso é perseguição.

– Perseguição – disse Wexford – é o nome que ele dá a tudo.

– E isso significa o quê?

– Que ele é paranóico, senhor.

– Não me venha com esse jargão de psiquiatra, Reg. Você por acaso tem alguma prova concreta contra esse sujeito?

– Não. Só a forte intuição de que ele matou a mulher.

– Intuição? Intuição? Tem conversa demais sobre essa história de intuição hoje em dia e na sua idade você já devia ter aprendido a não entrar nessa. Então o que é, ele tinha um cúmplice? Você tem uma *intuição* de quem seria esse cúmplice? Tem alguma prova que leve a este suposto *cúmplice?*

O que poderia ele dizer senão:

– Não, senhor, não tenho –? E acrescentou, com mais firmeza. – Posso ver a carta dele?

– Não, não pode – disse Griswold, ríspido. – Já lhe contei o que está na carta. Agradeça por ter lhe poupado os comentários descorteses que ele fez sobre sua conduta e sua tática. Ele disse que você roubou um livro dele.

– Pelo amor de Deus... o senhor acreditou nisso?

– Bem, não, Reg, não acreditei. Mas devolva o livro, e rápido. E o deixe em paz, já, entendeu?

– Deixá-lo em paz? – disse Wexford consternado. – Tenho que falar com ele. Não tenho nenhuma outra linha de investigação para seguir.

– Eu disse para você deixá-lo em paz. É uma ordem. Não vou admitir mais esse tipo de coisa. Não vou permitir que a reputação de Mid-Sussex seja prejudicada por causa de sua *intuição*.

11

Foi isso que marcou o fim da investigação oficial de Wexford sobre a morte de Angela Hathall.

Mais tarde, quando ele recordou os acontecimentos, deu-se conta de que foi às três horas e vinte minutos da tarde daquela quinta-feira, 2 de outubro, que morreu a esperança de resolver o caso de modo claro e direto. Mas na época ele não sabia disso. Sentia apenas desgosto e raiva, e conformou-se com os atrasos e irritações que se seguiriam se Hathall não pudesse ser seguido diretamente. Ele ainda achava que havia meios de descobrir a identidade da cúmplice sem causar novos aborrecimentos a Hathall. Podia delegar poderes. Burden e Martin podiam fazer abordagens mais discretas. Alguns policiais podiam seguir a pista daquelas moças da lista de Aveney. De modo indireto, a coisa podia ser feita. Hathall se traíra, Hathall era culpado – portanto, o crime podia ser imputado a Hathall.

Mas ele estava desanimado. No caminho de volta para Kingsmarkham pensara em ligar para Nancy Lake, aproveitando – para falar sem rodeios – a ausência de Dora, mas mesmo um inocente jantar com ela, que agora era possível, perdeu o sabor que esta possibilidade tinha antes. Não entrou em contato com ela. Não telefonou para Howard. Passou o fim de semana solitário como um divorciado, esbravejando consigo mesmo sobre a sorte de Hathall e sua própria estupidez ao lidar de modo descuidado com uma personalidade irascível e espinhosa.

Sobre homens e anjos foi devolvido, acompanhado de um cartão impresso no qual Wexford escreveu uma nota cortês de desculpas por ter ficado tanto tempo com o livro. Não recebeu qualquer resposta de Hathall, o qual, o inspetor-chefe achava, devia estar esfregando as mãos de alegria.

Domingo de manhã ele voltou à fábrica Kidd's em Toxborough.

O sr. Aveney pareceu contente em vê-lo – quem não pode ser incriminado geralmente sente um virtuoso prazer em envolver-se em investigações policiais –, mas não podia ajudar em mais nada.

– Outras mulheres que o sr. Hathall possa ter conhecido aqui? – perguntou ele.

– Eu estava pensando nas vendedoras. Afinal, vocês fabricam brinquedos.

– Todos os vendedores trabalham no escritório em Londres. Só tem uma mulher no grupo e eles nunca se conheceram. E as moças cujos nomes eu lhe dei? Não descobriu nada?

Wexford abanou a cabeça.

– Até agora, nada.

– E nem vai. Não tem nada para descobrir. Com isso só sobram as faxineiras. Tem uma que está aqui desde que começamos, mas tem sessenta e dois anos. É claro que tem umas duas moças trabalhando com ela, mas estão sempre mudando de emprego, como as outras moças da fábrica. Imagino que *poderia* lhe dar outra lista de nomes. Nunca as vejo e o sr. Hathall não as teria visto. Quando chegamos, elas já terminaram o serviço. A única de quem me lembro de imediato, eu só me lembro dela porque era muito honesta. Ficou até mais tarde uma manhã para me entregar uma nota de uma libra que tinha encontrado embaixo da mesa de alguém.

– Não se preocupe com a lista, sr. Aveney – disse Wexford. – Obviamente isto não vai dar em nada.

– Você está com Hathall-ite – disse Burden ao fim da segunda semana após a morte de Angela.

– Parece o nome de uma doença grave.

– Eu nunca vi você tão... bem, eu ia dizer teimoso. Não tem nenhuma prova nem de Hathall ter saído com outra mulher, quanto mais de ele ter conspirado com ela para cometer assassinato.

– Aquela impressão palmar – disse Wexford obstinadamente –, aqueles fios de cabelo preto e aquela mulher que foi vista no carro com Angela.

– Ele *achava* que era uma mulher. Quantas vezes você e eu não vimos alguém do outro lado da rua e não conseguimos chegar a uma conclusão se era rapaz ou moça? Você sempre diz que o único jeito garantido de saber é pelo pomo-de-adão. Um ciclista dando uma olhada de relance para dentro de um carro vai notar se o passageiro tem pomo-de-adão? Seguimos de perto todas as moças daquela lista, com exceção de uma que está nos Estados Unidos e outra que estava hospitalizada no dia 19. A maioria nem conseguiu se lembrar direito de quem era Hathall.

– O que você acha, então? Como você explica aquela impressão na banheira?

– Eu vou lhe dizer. Foi um homem quem matou Angela. Ela estava se sentindo sozinha e pegou um cara, como você disse no início. Ele a estrangulou – talvez por acidente – enquanto tentava tirar o cordão dela. Por que ele iria deixar impressões? Por que ele iria tocar em qualquer coisa na casa que não fosse Angela? Se tocou em qualquer coisa, não seria em muita, e poderia ter limpado as impressões. A mulher que deixou aquela impressão não está nem envolvida. Ela estava de passagem, uma motorista, que pediu para usar o telefone...

– E o banheiro?

– Por que não? Essas coisas acontecem. Aconteceu uma coisa assim lá em casa ontem. Minha filha estava em casa sozinha e um rapaz, que tinha vindo a pé de Stowerton porque não conseguiu carona, bateu lá em casa e pediu um copo de água. Ela o deixou entrar – eu disse umas coisinhas para ela a esse respeito, como você pode imaginar – e usar o banheiro também. Por sorte ele era direito e não aconteceu nada. Mas por que uma coisa dessas não poderia ter acontecido em Bury Cottage? A mulher não se apresentou porque nem sabe o nome da casa onde bateu nem o nome da mulher que a deixou entrar. As impressões dela não estão no telefone nem em nenhum outro lugar porque Angela ainda estava limpando a casa quando ela bateu na porta. Isso não é mais razoável que essa história de conspiração que não tem o menor fundamento?

Griswold gostou da teoria. E Wexford viu-se encarregado de uma investigação baseada em uma suposição em que nem por um minuto conseguia acreditar. Foi forçado a dar seu apoio a uma busca por todo o país que tinha por objetivo localizar uma motorista amnésica e um ladrão que matava por acaso por um cordão sem valor. Nenhum dos dois foi encontrado, nem tomaram uma forma mais precisa do que os vagos contornos que Burden inventara para eles, mas Griswold, Burden e a imprensa falavam deles como se existissem. E Robert Hathall, Wexford soube por fonte indireta, tinha feito uma série de sugestões, cada uma das quais levava a uma linha de investigação diferente. O chefe de polícia não conseguia entender – era o que todos diziam – o que teria dado origem à idéia de que Hathall sofria de mania de perseguição ou era intratável. Nada poderia ser mais cooperativo que sua atitude depois que Wexford foi afastado e não entrou mais em contato com ele.

Wexford achou que logo ficaria cheio daquela coisa toda. As semanas se arrastavam e não descobriam nada de novo. A princípio é enlouquecedor ver o que se tem certeza ser verdade ser desprezado e ridicularizado. Depois, quando surgem novos interesses e uma nova tarefa, torna-se apenas irritante; finalmente, uma chateação. Wexford ficaria muito feliz de poder encarar Robert Hathall como uma chateação. Afinal, ninguém resolve todos os casos de assassinato. Dezenas deles sempre escaparam, sempre escaparão de serem solucionados. O que é correto, é claro, deve ser feito e a justiça deve prevalecer, mas o elemento humano torna isso impossível. Alguns fatalmente escapam, e Hathall evidentemente seria um deles. A essa altura ele devia ter sido relegado ao rol das chateações, já que não era uma pessoa interessante mas essencialmente um chato, irritante e sem graça. No entanto, Wexford não conseguia pensar nele nesses termos. Por si mesmo ele podia ser desinteressante, mas o que fizera não o era. Wexford queria saber por que, como, com ajuda de quem e de que modo ele matara a mulher. E, acima de tudo, ficava indignado de ver um homem matar a mulher, levar a mãe a descobrir o corpo e no entanto ser visto pelas autoridades constituídas como *cooperativo.*

Ele não devia deixar essa coisa se transformar numa obsessão. Lembrou a si mesmo que era um policial racional, sensato, que tinha um dever a cumprir, e não um justiceiro impelido por alguma missão política ou causa religiosa. Talvez tivessem sido aqueles meses em que se forçara a passar fome que lhe tinham roubado seu equilíbrio, sua serenidade. Mas só um tolo ficaria em forma às custas de uma mente desequilibrada. Lembrando a si mesmo esse excelente aforismo, manteve a calma quando Burden contou-lhe que Hathall ia encerrar o contrato de aluguel de Bury Cottage, e respondeu, não explosivamente, mas com sarcasmo:

– Pelo menos eu posso saber para onde ele está indo?

Griswold achava que Burden era uma pessoa de muito tato e, portanto, durante aquele outono, tinha sido o elo com Hathall. Wexford o chamava de "o enviado de Mid-Sussex", acrescentando que imaginava que "o nosso homem" em Wool Lane estaria de posse de segredos de altíssimo nível.

– Ele vai ficar com a mãe em Balham, por enquanto, e está falando em arranjar um apartamento em Hampstead.

– O corretor vai enganá-lo – disse Wexford com rancor –, o transporte ferroviário vai ser terrível. Vão fazê-lo pagar um aluguel exorbitante pela garagem e alguém vai construir um arranha-céu que estragará a vista do Heath. Ele vai ser muito feliz.

– Não sei por que você acha que ele é tão masoquista.

– Acho que ele é um assassino.

– Hathall não matou a esposa – disse Burden. – É só que ele tem um modo desagradável de se expressar, que deixa você irritado.

– Modo desagradável! Por que não falar claro e dizer que ele costuma ter ataques? Ele tem alergia a impressões digitais. Mencione o fato de que encontrou uma na banheira dele que ele tem um ataque epilético.

– Você dificilmente chamaria isso de prova, chamaria? – disse Burden com certa frieza, e colocou os óculos, pensou Wexford, só para olhar criticamente através deles para seu superior.

Mas a idéia de que Hathall estava indo embora e começando a vida nova que planejara para si mesmo, e de que matara para conseguir isso, era perturbadora. Isto havia acontecido quase inteiramente devido a sua própria inabilidade durante a investigação. Ele tinha estragado tudo sendo duro e rude com justamente o tipo de homem com quem não dá certo esse tipo de tratamento. E agora não havia mais nada que pudesse fazer, porque a pessoa de Hathall era sacrossanta e todas as chaves para a identidade da mulher desconhecida estavam fechadas em sua sacrossanta cabeça. Para que descobrir o novo endereço de Hathall? Se não podia falar com ele em Kingsmarkham, que esperança poderia ter de invadir sua privacidade em Londres? Durante muito tempo o amor-próprio o impediu de pedir a Burden notícias de Hathall, e Burden não forneceu nenhuma, até um certo dia na primavera, quando eles estavam almoçando juntos no Carousel. O inspetor soltou o novo endereço de Hathall casualmente no meio da conversa, prefaciando o comentário com um "por falar nisso", como se estivesse falando de algum conhecido sem importância em quem nenhum dos dois tivesse mais que um interesse passageiro.

– Então agora é que ele me diz isso – disse Wexford para a molheira com feitio de tomate.

– Não vejo por que você não pode ficar sabendo.

– Obteve o consentimento com o ministro primeiro, foi?

Saber o endereço não ajudava muito, e sua localização não significava nada para Wexford. Como sabia que falar sobre Hathall com Burden só os fazia ficarem embaraçados, estava pronto a mudar de assunto ali mesmo. Por estranho que pareça, foi Burden que insistiu no assunto. Talvez não tivesse gostado daquela indireta sobre o ministro, ou, mais provavelmente, não quisesse que seu comentário ganhasse uma importância indevida se ele não dissesse mais nada.

– Eu sempre achei – disse ele –, embora não tenha dito nada antes, que a sua teoria tinha um grande defeito. Se Hathall tivesse uma cúmplice com aquela cicatriz no dedo, ele teria feito questão de que ela usasse luvas. Porque se ela deixasse qualquer impressão, ele nunca poderia viver com ela, nem casar com ela, nem mesmo vê-la novamente. E você afirma que ele matou Angela para isso. Então não pode ter sido assim. Pense um pouco e veja se não faz sentido.

Wexford não disse nada. Não deixou transparecer nada. Mas à noite, quando chegou em casa, estudou o mapa de Londres, deu um telefonema e ficou algum tempo analisando o último extrato de sua conta bancária.

Os Fortunes tinham vindo passar o fim de semana com ele. Tio e sobrinho desceram a Wool Lane e passaram em frente ao chalé que ainda não tinha sido alugado de novo. O pé de “miragens” estava carregado de flores brancas e atrás da casa as ovelhas pastavam na encosta cujo pico era coroado por um arvoredo.

– O Hathall também não prefere o rebanho de ovelhas idiotas – disse Wexford, recordando uma conversa que tinham tido perto daquele mesmo lugar. – Ele foi para o mais longe possível de Epsom Downs apesar de ter nascido no sul de Londres. Está morando em West Hampstead. Dartmeet Avenue. Conhece essa rua?

– Sei onde fica, entre a Finchley Road e a West End Lane. Por que ele escolheu Hampstead?

– Só porque fica o mais longe possível do sul de Londres, onde a mãe, a ex-mulher e a filha moram. – Wexford puxou um galho do pé de ameixas para perto de seu rosto e cheirou seu aroma suave. – Pelo menos é o que eu *acho*. – O galho soltou-se, espalhando pétalas pela grama. Pensativo, disse: – Parece que está levando uma vida de celibatário. A única mulher com quem ele tem sido visto é a mãe dele.

Howard parecia intrigado.

– Quer dizer que você tem um... um olheiro?

– Não é lá grande coisa como espião – admitiu Wexford –, mas foi o melhor e o mais confiável que consegui. Na verdade ele é irmão de um velho cliente meu, um cara chamado Monkey Matthews. O apelido dele é Ginge, por causa da cor de gengibre do cabelo dele. Mora em Kilburn.

Howard riu, mas com simpatia.

– O que esse Ginge faz? Segue o Hathall?

– Não exatamente. Mas fica de olho nele. Estou pagando do meu próprio bolso, é claro.

– Não imaginei que você estivesse levando isso tão a sério.

– Não me lembro de ter levado nada tão a sério em toda a minha carreira.

Eles se afastaram. Um vento fraco começara a soprar e estava ficando frio. Howard olhou para trás, para o túnel de árvores que estava ficando mais verde e mais cerrado, e disse calmamente:

– O que você está esperando que aconteça, Reg?

O tio não respondeu logo. Tinham acabado de passar pela isolada casa de campo, onde o carro de Nancy Lake estava estacionado na entrada da garagem, quando respondeu. Estava absorto em seus próprios pensamentos, tão silencioso que talvez Howard tivesse achado que ele se esquecera da pergunta ou que não tinha uma resposta para ela. Mas agora, quando chegaram à Stowerton Road, ele disse:

– Por muito tempo fiquei tentando entender por que Hathall ficou tão chocado (e "chocado" não é uma palavra forte o bastante) quando falei a ele sobre a impressão. Foi porque não queria que a mulher fosse descoberta, é claro. Mas ele não parecia estar só com medo. Parecia estar sentindo uma tristeza enorme. Quer dizer, depois que se recuperou. E cheguei à conclusão de que a reação dele foi o que foi porque tinha feito Angela ser morta explicitamente para que pudesse ficar com essa outra mulher. E agora ele sabia que nunca mais se atreveria a vê-la de novo.

"E depois ele refletiu. Escreveu aquela carta desaforada para o Griswold para me tirar da jogada porque sabia que eu sabia. Mas ainda seria possível safar-se dessa impunemente e conseguir o que queria: viver com aquela mulher. Não como tinha planejado. Não uma estada rápida em Londres, aí, depois de umas semanas, a amizade com uma moça, o viúvo solitário procurando consolo com uma nova amiga com quem, com o passar do tempo, podia se casar. Nada disso. Mesmo depois de ter jogado areia nos olhos de Griswold, ele não ia se arriscar a tentar isso. A impressão tinha sido encontrada e, por mais que parecêssemos estar ignorando, ele não podia querer namorar publicamente e depois se casar com uma mulher cuja mão a denunciaria. Denunciaria a qualquer um, Howard, e não apenas a um perito."

– Então o que ele pode fazer?

– Ele tem duas alternativas – disse Wexford animadamente. – Ele e a mulher podem ter feito um acordo de se separarem. Mesmo que se esteja loucamente apaixonado, a liberdade é preferível aos prazeres do amor. Eles podem ter se separado, sim.

– "Dizer adeus, adeus para nunca mais"?

– O resto desse trecho que você citou é mais apropriado ainda.

– “E se alguma vez nos encontrarmos,
Que não se veja em teu rosto ou no meu
Que uma gota de amor ainda nos resta.”

– Ou então – prosseguiu Wexford – eles podem ter resolvido – digamos, grandiloqüentemente, que a paixão decidiu por eles, que o amor foi mais forte que eles – continuar a se encontrarem às escondidas. Não morar juntos, nunca se encontrarem em público, mas continuar como se cada um deles tivesse um cônjuge ciumento e desconfiado.

– Como, viver assim indefinidamente?

– Talvez. Até que a coisa seja esquecida, ou até que encontrem outra solução. Mas acho que é isso que estão fazendo, Howard. Se não, por que ele escolheu morar na parte noroeste de Londres, onde ninguém o conhece? Por que não ao sul do rio, onde moram a mãe e a filha? Ou perto do trabalho? Ele agora está ganhando bem. Podia muito bem ter arranjado um apartamento no centro de Londres. Ele se escondeu para poder sair sorrateiramente à noite para ficar com *ela.* – Vou tentar encontrá-la – disse Wexford pensativamente. – Vai me custar uma nota e tomar todo o meu tempo livre, mas estou disposto a tentar.

12

Ao dizer que Ginge Matthews não era lá grande coisa como espião, Wexford o subestimara. Os míseros recursos a seu dispor o deixavam irritado. Também o irritava a relutância de Ginge em usar o telefone. Ginge tinha orgulho de seu estilo literário, copiado do estilo usado no banco das testemunhas por policiais burros e novatos, cujas perífrases ele ouvira do banco dos réus. Nos relatórios de Ginge, o suspeito nunca ia a algum lugar, mas sempre “dirigia-se”; sua casa era seu “domicílio” e, em vez de ir para casa, ele se “retirava” ou se “recolhia”. Mas, para fazer justiça a Ginge, Wexford tinha que admitir que, embora não tivesse descoberto nada sobre a esquiva mulher nesses últimos meses, tinha ficado sabendo muita coisa sobre o estilo de vida de Hathall.

De acordo com Ginge, Hathall morava em um prédio grande, de três andares, construído – lendo-se nas entrelinhas – no período eduardiano. Não tinha garagem e ele deixava o carro estacionado na rua. Por avareza ou pela impossibilidade de encontrar uma garagem para alugar? Wexford não sabia, e Ginge não saberia dizer. Hathall saía para o trabalho às nove da manhã e ou ia andando ou pegava um ônibus que vinha da West End Green para a estação do metrô de West Hampstead, onde ele pegava a composição que ia pela linha Bakerloo para (presumivelmente) Piccadilly. Voltava para casa logo depois das seis, e várias vezes Ginge, escondido numa cabine telefônica em frente ao número 62 da Dartmeet Avenue, o vira sair novamente de carro. Ginge sempre sabia quando ele estava em casa de noite, porque nessas ocasiões dava para ver a luz acesa na janela de sacada do segundo andar. Ele nunca tinha visto Hathall acompanhado de ninguém, a não ser da mãe – pela descrição só podia ser a velha sra. Hathall –, que ele levou para seu apartamento de carro numa tarde de domingo. Mãe e filho discutiram, uma altercação áspera, em voz baixa, na calçada, antes mesmo de chegarem à porta da frente.

Ginge não tinha carro. Também não tinha emprego, mas o pouco dinheiro que Wexford podia dar a ele não fazia com que valesse a pena passar mais que uma noite e talvez um sábado ou uma noite de sábado por semana vigiando Robert Hathall. Hathall podia muito bem ter levado a namorada para casa em uma ou duas das outras noites da semana. E mesmo assim Wexford se agarrava à esperança. Um dia, algum dia... De noite ele sonhava com Hathall, de vez em quando, talvez uma vez a cada duas semanas, e nesses sonhos ele o via com a moça de cabelo escuro com a cicatriz no dedo, ou então sozinho, como quando ele estava junto à lareira em Bury Cottage paralisado de medo, espanto e... e dor, também.

"Na tarde de sábado, 15 de junho corrente, às três horas e cinco minutos da tarde, o indivíduo em questão foi visto saindo do seu domicílio no número 62 da Dartmeet Avenue e dirigindo-se para West End Lane, onde adquiriu mercadorias em um supermercado..." Wexford praguejou. Os relatórios eram quase todos assim. E que prova tinha ele de que Ginge estava lá "na tarde de sábado, 15 de junho corrente"? Naturalmente, Ginge diria que estava lá, já que recebia uma libra por cada vez que seguisse Hathall. Julho chegou, e agosto, e Hathall, se Ginge era mesmo confiável, levava uma vida simples e metódica, indo trabalhar, voltando para casa, fazendo compras aos sábados, às vezes dando uma volta de carro ao cair da tarde. Se Ginge era mesmo confiável...

Que até certo ponto ele o era ficou provado em setembro, pouco antes do primeiro aniversário da morte de Angela. "Existem motivos para crer"– escreveu Ginge – "que o indivíduo em questão descartou-se de seu veículo motorizado, já que o mesmo desapareceu de seus locais habituais de estacionamento. Na noite de quinta-feira, 10 de setembro corrente, tendo chegado em casa de seu local de trabalho às seis horas e dez minutos da tarde, ele saiu às seis horas e cinqüenta minutos de seu domicílio e embarcou no ônibus número 28 em West End Green NW6."

Aquilo seria importante? Wexford achava que não. Com o salário que tinha, Hathall poderia facilmente manter um carro, mas podia ter se livrado dele apenas por causa da crescente dificuldade de estacioná-lo na rua. Contudo, do seu ponto de vista, isso era útil. Agora Hathall podia ser seguido.

Wexford nunca escrevia para Ginge. Era arriscado demais. O espiãozinho ruivo era bem capaz de fazer uma chantagem, e se uma carta caísse nas mãos de Griswold... Ele mandava o pagamento em dinheiro num envelope comum, e quando precisava falar com ele, o que, devido à escassez de notícias, raramente acontecia, sempre podia encontrá-lo entre o meio-dia e uma hora num bar em Kilburn chamado Countess of Castlemaine.

– Seguir o homem? – perguntou Ginge, nervoso. – Como, naquela droga do 28?

– Não vejo por que não. Ele nunca viu você, viu?

– Talvez tenha visto. Como vou saber? Não é fácil seguir um sujeito numa porcaria de um ônibus. – O jeito de falar de Ginge era acentuadamente diferente de seu estilo literário, particularmente no tocante ao uso de expletivos. – E se ele for lá para cima e eu ficar no meio, ou vice-versa...

– E por que vice-versa? – perguntou Wexford. – Você se senta atrás dele e fica grudado nele. Certo?

Ginge não parecia estar achando nada certo, mas disse, meio indeciso, que ia tentar. Se tentou ou não Wexford não ficou sabendo, pois o relatório seguinte não fazia qualquer referência a nenhum ônibus. No entanto, quanto mais ele estudava o relatório, com seus circunlóquios de tribunal, mais interessado ficava. "Estando na vizinhança de Dartmeet Avenue NW6, às três horas da tarde do dia 24 corrente, incumbi-me de investigar o local de domicílio do indivíduo em questão. Durante uma conversa com o senhorio, no decorrer da qual eu me apresentei como autoridade da prefeitura, indaguei quanto ao número de apartamentos e fui informado de que só havia quartos de solteiro para alugar naquele estabelecimento..."

O primeiro pensamento de Wexford foi que Ginge tinha tido muita iniciativa, embora ele provavelmente só tivesse assumido aquele papel para impressionar seu empregador e na esperança de que ele se esquecesse completamente da atividade bem mais perigosa de seguir Hathall no ônibus. Mas isso não tinha importância. O que deixou o inspetor espantado era que Hathall era um inquilino, e não um proprietário, e ainda por cima de um quarto, e não de um apartamento. Estranho, muito estranho. Ele tinha condições de pagar a hipoteca de um apartamento. Por que não fizera isso? Porque não tencionava ficar permanentemente domiciliado (como diria Ginge) em Londres? Ou porque estava usando seus rendimentos em outra coisa? Ambos, talvez. Mas

Wexford agarrou-se a este fato como a particularidade mais esquisita que já descobrira na atual vida de Hathall. Mesmo com os aluguéis exorbitantes que se estavam cobrando em Londres, ele não devia estar pagando mais que quinze libras por semana, no máximo, pelo quarto. No entanto, com os descontos, devia estar ganhando sessenta libras. Wexford só tinha um confidente, Howard, e foi com Howard que ele conversou, ao telefone, sobre a questão.

– Você está achando que ele pode estar sustentando alguém?

– Estou – disse Wexford.

– Digamos quinze por semana para ele e quinze para ela pelos aluguéis...? E se ela não está trabalhando, ele também tem que sustentá-la.

– Puxa, você não imagina como é bom ouvir alguém falar dela como se fosse uma pessoa de verdade. Você acredita que ela existe, não acredita?

– Não foi um fantasma quem deixou aquelas impressões, Reg. Não foi um ectoplasma. Ela existe.

Em Kingsmarkham eles tinham desistido. Tinham parado de procurar. Griswold tinha dito aos jornais umas baboseiras – o termo era de Wexford – no sentido de que o caso não estava encerrado, mas na prática *estava* encerrado mesmo. A declaração dele era só para manter as aparências. Mark Somerset tinha alugado Bury Cottage para um casal de jovens americanos, professores de economia política na Universidade do Sul. Tinham arrumado o jardim da frente e estavam falando em ajardinar o quintal às próprias custas. Um dia o pé de ameixas estava carregado, no outro estava nu. Wexford nunca descobriu se Nancy Lake as tinha colhido e feito geléia de "miragem", porque não tinha mais visto Nancy desde o dia que lhe disseram que deixasse Hathall em paz.

Não recebeu notícias de Ginge por duas semanas. Finalmente Wexford telefonou para ele, para o Countess of Castlemaine, e ele lhe contou que nas noites em que estivera vigiando, Hathall ficara em casa. No entanto vigiaria novamente naquela noite e no sábado à tarde. Na segunda o relatório de Ginge chegou. Hathall tinha feito suas compras no sábado como de costume, mas no domingo à noite tinha ido até o ponto de ônibus no West End Green às sete em ponto. Ginge o seguira, mas, ficando intimidado ("precavendo-se", foi a expressão que ele usou) com os olhares desconfiados que Hathall lançava para trás, não o seguira no ônibus 28 que ele tomara às sete e dez. Wexford jogou a folha de papel na lata do lixo. Era só o que faltava, que Hathall percebesse a presença de Ginge.

Outra semana se passou. Wexford estava a ponto de jogar fora o próximo relatório de Ginge sem abri-lo. Ele achava que não agüentava mais uma descrição das idas de Hathall ao supermercado. Mas abriu a carta, afinal. E, é claro, lá estava a bobagem costumeira sobre as visitas ao supermercado. E também havia, acrescentada casualmente como se não fosse importante, como uma linha extra para preencher espaço, a observação de que, depois de fazer as compras, Hathall tinha ido a uma agência de viagens.

– O lugar onde ele foi chama-se Sudamerica Tours, Howard. Ginge não teve peito de entrar atrás dele, o covarde.

A voz de Howard veio aguda e seca.

– Você está pensando o mesmo que eu.

– É claro. Algum país com o qual não temos tratado de extradição. Ele andou lendo sobre assaltantes de trem e isso botou essa idéia na cabeça dele. Esses malditos jornais atrapalham mais do que ajudam.

– Mas, meu Deus, Reg, ele deve estar morto de medo se está pensando em abandonar o emprego e fugir para o Brasil ou outro país desses. O que ele vai fazer lá? Como vai viver?

– Viver de amor, meu caro. Sei lá. Olhe, Howard, você pode fazer uma coisa para mim? Você podia ir ao Marcus Flower e tentar descobrir se eles o estão mandando para o estrangeiro. Eu não me atrevo.

– Bem, eu me atrevo – disse Howard. – Mas se estivessem, não estariam providenciando e pagando tudo?

– Não pagariam nem providenciariam nada para a namorada, não é?

– Vou fazer o possível e lhe telefono à noite.

Seria por isso que Hathall estava vivendo tão economicamente? Para economizar o dinheiro para poder pagar a passagem de sua cúmplice? Ele teria que ter um emprego esperando por ele lá, pensou Wexford, ou então estar muito desesperado para chegar a um lugar seguro. Nesse caso, o dinheiro correspondente às duas passagens teria que ser encontrado. Ele se lembrava de ter visto, no *Kingsmarkham Courier* que tinha sido posto sobre sua mesa pela manhã, um anúncio de excursões para o Rio de Janeiro. Tirou o jornal de baixo de uma pilha de jornais e procurou na última página. Lá estava, um pouco mais que trezentos e cinqüenta libras por uma passagem de ida e volta. Acrescentando um pouco mais para duas passagens só de ida, as economias de Hathall podiam ser suficientes...

Ia jogar o jornal fora quando um nome na coluna de óbitos chamou sua atenção. Somerset. "Em 15 de outubro, em Church House, Old Myringham, Gwendolen Mary Somerset, amada esposa de Mark Somerset. Funeral na Igreja de São Lucas no dia 22 de outubro. Favor não enviar flores, apenas donativos para o Asilo Stowerton para pacientes incuráveis." Então a esposa exigente e lamurienta finalmente tinha morrido. A *amada* esposa? Talvez tivesse sido, ou talvez essa fosse a hipocrisia costumeira, uma fórmula tão gasta, vulgar e automática que nem era mais hipocrisia. Wexford sorriu secamente e depois não pensou mais no assunto. Foi para casa cedo – a cidade estava calma e sem crimes – e esperou pelo telefonema de Howard.

O telefone tocou às sete, mas era sua filha mais nova, Sheila. Ela e a mãe conversaram por uns vinte minutos e depois disso o telefone não tocou novamente. Wexford esperou até umas dez e meia e então ligou para Howard.

– Ele não está – disse ele de mau humor para a esposa. – Isso é o cúmulo!

– Por que ele não pode sair à noite? Tenho certeza que trabalha bastante.

– E eu, não? Não saio me divertindo por aí quando prometo telefonar para alguém.

– Não, e se saísse talvez sua pressão não subisse do jeito que está subindo agora – disse Dora.

Às onze tentou encontrar Howard novamente, mas novamente ninguém atendeu, e ele foi para a cama aborrecido. Não foi nenhuma surpresa ter outro daqueles sonhos obsessivos com Hathall. Ele estava em um aeroporto. Havia um grande avião a jato pronto para decolar e as portas haviam sido fechadas, mas abriram-se novamente enquanto ele olhava e, no alto da escada, como um casal de nobres acenando afavelmente para a multidão de admiradores, estavam Hathall e uma mulher. A mulher levantou a mão direita num gesto de despedida e ele viu a cicatriz em forma de L, de um vermelho vivo, uma cicatriz feia. Mas antes que ele conseguisse alcançar a escada, ela se dissipou no ar, o casal recuou, e o avião levantou vôo.

Por que será que quando se fica velho a tendência é acordar às cinco da manhã e não conseguir pegar no sono de novo? Teria alguma coisa a ver com a baixa taxa de açúcar? Ou com a atração atávica que a proximidade da aurora exerce? Wexford sabia que não conseguiria dormir de novo, então levantou-se às seis e meia e preparou seu próprio café -da-manhã. A idéia de telefonar para Howard antes das oito não lhe agradava, e quando faltavam quinze minutos para as oito ele estava tão agitado e impaciente que levou uma xícara de chá para Dora e foi trabalhar. A essa altura, é claro, Howard já teria ido para Kenbourne Vale. Ele começou a sentir-se profundamente magoado, e aquelas velhas suspeitas a respeito de Howard se reafirmaram. Era verdade que ele tinha ouvido com simpatia todas as divagações do tio sobre esse caso, mas o que ele realmente estaria pensando? Que era tudo a imaginação de um velho? Bobagens de um policial do interior? Parecia que ele só tinha concordado para fazer-lhe a vontade, e que adiara aquele telefonema para Marcus Flower até que pudesse dispor de uns minutos de seu tempo precioso, ocupado com assuntos muito mais importantes. Provavelmente ainda não fizera a ligação. No entanto, não adiantava ficar paranóico como Hathall. Precisava engolir o amor-próprio, telefonar para Kenbourne Vale e perguntar novamente.

Foi o que fez às nove e meia. Howard ainda não tinha chegado e ele viu-se conversando fiado com o sargento Clements, um velho amigo da época em que trabalharam juntos no caso do assassinato no cemitério de Kenbourne Vale. Wexford era gentil demais para cortar a conversa do sargento depois que descobriu que Howard se atrasara por causa de uma reunião de alto nível e conformou-se em ouvir tudo sobre o filho adotivo de Clements, a filha que ele pretendia adotar e a nova casa. Finalmente Clements disse que deixaria um recado para o superintendente-chefe, mas que ele não era esperado antes do meio-dia.

O telefonema finalmente veio, ao meio-dia e dez.

– Tentei achar você em casa antes de sair – disse Howard –, mas a Dora disse que você já tinha saído. Não tive um minuto de folga desde aquela hora, Reg.

Havia um tom de excitação mal disfarçada na voz do sobrinho. Talvez ele tivesse sido promovido novamente – pensou Wexford, e disse sem muito entusiasmo: – Você garantiu que ia telefonar ontem à noite.

– E telefonei. Às sete. Mas o seu telefone estava ocupado. Depois disso não deu para telefonar de novo. Denise e eu fomos ao cinema.

Foi o tom de alegria – não, de júbilo – que causou o que se seguiu. Esquecendo-se completamente da hierarquia, Wexford explodiu. – Que ótimo! – disse, bruscamente.

– Espero que as pessoas da fila de trás tenham matraqueado o filme inteiro, que as pessoas à sua frente tenham tramado durante o filme e que as do balcão de cima tenham jogado casca de laranja em cima de você. E o meu camaradinha? E o negócio da América do Sul?

– Ah – disse Howard, e Wexford podia jurar ter ouvido um bocejo. – Ele está saindo da Marcus Flower, pediu demissão. Não consegui descobrir mais nada.

– Muito obrigado. E isso é tudo?

Agora Howard estava rindo. – Ah, Reg – disse ele –, é maldade deixar você em suspense, mas você estava pedindo. É tão ranzinza que não resisti. – Ele controlou o riso e subitamente sua voz ficou solene, ponderada. – Não é só isso, não – disse ele. – Eu o vi.

– Viu o *quê*? Você está dizendo que falou com Hathall?

– Não, eu vi o Hathall. E não estava sozinho. Com uma mulher. Eu vi o Hathall com uma mulher, Reg.

– Graças a Deus! – disse Wexford, em voz baixa. – Finalmente ele caiu nas minhas mãos.

13

– Eu não teria tanta certeza disso – disse Howard. – Ainda não. Mas não quer que eu lhe conte? É engraçado eu ter dito que achava que nunca precisaria identificá-lo, não é? Mas eu o identifiquei ontem à noite. Vou lhe contar como foi.

Na noite anterior Howard tentara telefonar para o tio às sete horas, mas a linha estava ocupada. Como não tinha nada de positivo a contar e estava com pressa, resolveu só tentar novamente pela manhã. Ele e Denise haviam combinado jantar no West End antes de pegarem a sessão das nove no Curzon Cinema, e Howard estacionara perto do cruzamento da Curzon Street com a Half Moon Street. Como ainda tinham alguns minutos, deixou-se levar pela curiosidade e foi dar uma espiada no prédio onde ficavam os escritórios para onde ele telefonara durante o dia. Quando ele e Denise estavam se aproximando do prédio dos escritórios de Marcus Flower, Howard viu um homem e uma mulher indo em direção ao prédio. O homem era Robert Hathall.

Eles pararam em frente à janela de vidro laminado e olharam para dentro, observando as cortinas de veludo, o tapete Wilton que ia de parede a parede e a escadaria de mármore. Hathall parecia estar mostrando à sua companheira a suntuosidade do lugar onde trabalhava. A mulher era de estatura mediana, atraente, mas não extraordinariamente bonita, e tinha cabelos louros muito curtos. Howard achou que ela devia ter uns trinta anos.

– Será que era peruca? – perguntou Wexford.

– Não, mas podia ser pintado. É claro que não deu para ver a mão dela. Eles estavam conversando de um jeito que me pareceu carinhoso e logo depois se afastaram na direção de Piccadilly. E, por falar nisso, não gostei do filme. Dadas as circunstâncias, não consegui me concentrar.

– Eles não disseram adeus para nunca mais, Howard. É como eu pensei, e agora é só uma questão de tempo até a encontrarmos.

O dia seguinte era seu dia de descanso, sua folga. O trem que saía às dez e meia de Kingsmarkham deixou-o na estação Victoria um pouco antes das onze e meia, e por volta do meio-dia ele estava em Kilburn. Wexford não conseguia entender que sutileza romântica fizera com que se desse o nome da principal amante de Carlos II àquele esquálido bar vitoriano, que ficava perto de uma esquina da Edgware Road e tinha o ar de um decadente café-concerto do século XIX. Ginge Matthews estava sentado num banco junto ao balcão conversando – aparentemente indignado – com o *barman* irlandês. Quando avistou Wexford, seus olhos se arregalaram – ou melhor, um dos olhos se arregalou. O outro estava meio fechado, inchado e roxo.

– Leve sua bebida ali para o canto – disse Wexford. – Vou para lá num instante. Um copo de vinho branco seco para mim, por favor.

Ginge não se parecia com o irmão, não falava como ele e certamente não fumava como ele, mas mesmo assim os dois tinham algo em comum além da preferência por pequenos delitos. Talvez um de seus pais tivesse uma personalidade dinâmica, ou houvesse algo excepcionalmente vigoroso em sua herança genética. Fosse o que fosse, havia algo que levava Wexford a dizer que os irmãos Matthews eram exatamente como todo mundo, só que um pouco mais. Ambos eram propensos ao exagero. Monkey fumava sessenta cigarros *king-size* por dia. Ginge não fumava, mas bebia, quando tinha dinheiro, uma mistura de Pernod e cerveja Guinness.

Ginge não falava com Monkey há quinze anos e Monkey também não falava com ele. Tinham brigado por causa da grande trapalhada em que se meteram quando tentaram arrombar uma loja de peles em Kingsmarkham. Ginge foi preso e Monkey não – muito injustamente, na equilibrada opinião de Ginge –, e quando ele saiu da cadeia soube que o irmão mais novo havia se mudado para Londres e se casado com uma viúva que tinha casa própria e algum dinheiro. Ginge logo gastou o dinheiro, e ela, talvez por vingança, presenteou-o com cinco filhos. Portanto, ele não perguntou pelo irmão, a quem culpava por muitos de seus infortúnios, porém foi logo dizendo, irritado, quando Wexford sentou-se a seu lado na mesa de canto:

– Está vendo o meu olho?

– Claro que estou. Como você conseguiu isso? Deu com a cara no punho da sua mulher?

– Muito engraçado. Vou lhe contar quem fez isso. Foi aquela droga do Hathall. Ontem à noite, quando eu o estava seguindo até o ponto de ônibus.

– Meu Deus! – disse Wexford, consternado. – Quer dizer que ele já descobriu?

– Obrigado pela solidariedade. – O rosto pequeno e redondo de Ginge ficou quase tão vermelho quanto seu cabelo. – Claro que ele ia me perceber mais cedo ou mais tarde, por causa da droga do meu cabelo. Mas não tinha motivo para se virar e acertar o meu olho, tinha?

– Foi isso que ele fez?

– Estou lhe dizendo. Me acertou, sim, senhor. Que droga! A patroa disse que eu parecia o Henry Cooper. Não teve graça nenhuma, eu lhe garanto. Uma boa droga.

Cansado, Wexford disse:

– Chega de droga, Ginge.

– Droga, eu? E quem foi que disse que eu ando me metendo com droga?

– *Deus do céu.* Estou pedindo para você parar de falar "droga" a cada duas palavras que diz. Olhe aqui, Ginge, lamento pelo seu olho, mas não houve nenhuma conseqüência mais séria. É claro que você vai ter que tomar muito mais cuidado. Você podia, por exemplo, experimentar usar um chapéu...

– Não vou voltar lá de novo, sr. Wexford.

– Esqueça isso agora. Deixe eu lhe pagar mais uma dose desse negócio que você está tomando. Qual é o nome disso?

– Peça meia dose de Guinness com uma dose dupla de Pernod. – Ginge acrescentou com orgulho, e um pouco mais animado: – Não sei como os *outros* chamam isso, mas eu chamo de fogo-do-inferno.

A mistura tinha um cheiro horrível. Wexford pediu outro copo de vinho branco para si e Ginge disse:

– Com isso aí o senhor não vai aumentar muito de peso, não.

– A idéia é essa mesma. Agora me conte por onde esse ônibus 28 passa.

Ginge deu um gole em seu fogo-do-inferno e disparou: Golders Green, Child's Hill, Fortune Green, West End Lane, West Hampstead Station, Quex Road, Kilburn High Road. .

– Pelo amor de Deus! Não conheço nenhum desses lugares, nunca ouvi falar deles. Onde é o ponto final?

– Wandsworth Bridge.

Desapontado com essa revelação e no entanto feliz por poder, pelo menos uma vez na vida, demonstrar seus conhecimentos diante de tanta erudição, Wexford disse:

– Ele está só indo ver a mãe em Balham. Wandsworth Bridge fica perto de Balham.

– Por onde aquele ônibus vai, não fica, não. Olhe, sr. Wexford – disse Ginge, com condescendência –, o senhor não conhece Londres, o senhor mesmo diz. Moro aqui há quinze anos e posso lhe garantir que ninguém que esteja bom da cabeça vai para Balham por esse caminho. Qualquer um pegaria a linha do metrô que vai para West Hampstead, saltaria em Waterloo ou em Elephant e pegaria a linha que vai para o norte. É lógico.

– Então ele está saltando em algum lugar no caminho. Você faria mais uma coisa para mim, Ginge? Tem algum bar perto desse ponto de ônibus onde o viu pegar o 28?

– Bem em frente – disse Ginge, desconfiado.

– Vamos esperar uma semana. Se ele não der queixa de você em uma semana – está bem, eu sei que você acha que quem tem motivos para dar queixa é você –, mas se ele não der queixa, então é porque pensa que você é um assaltante em potencial...

– Muito obrigado.

– ... e não fez ligação entre você e eu – prosseguiu Wexford ignorando a interrupção –, ou então, a essa altura, está amedrontado demais para chamar atenção. Mas, a partir da próxima semana, quero que você se plante naquele bar a partir das seis e meia toda noite durante uma semana. É só ver quantas vezes ele pega aquele ônibus. Você faz isso? Não quero que o siga, e você não vai estar correndo risco nenhum.

– Isso é o que o senhor sempre diz – disse Ginge. – O senhor precisa se lembrar que ele já bateu num pobre coitado. Quem vai cuidar da droga da minha mulher e dos meus filhos se ele me enforcar com a droga da corrente de ouro dele?

– Quem já está cuidando deles agora – disse Wexford, irônico. – A Previdência Social.

– Mas como o senhor é maldoso. – Desta vez Ginge falou exatamente como o irmão, e, por uns instantes, pareceu-se com ele, quando um lampejo de cobiça surgiu em seu olho bom. – O que eu ganho para fazer isso?

– Uma libra por dia – disse Wexford – e tantas doses dessa... droga de fogo-do-inferno quantas você conseguir beber.

Wexford esperou apreensivo por outro chamado do chefe de polícia, mas nada aconteceu, e no fim da semana ele estava certo de que Hathall não iria dar queixa. Isso, como dissera a Ginge, talvez significasse apenas que Hathall achava que o homem que o estava seguindo tinha intenção de assaltá-lo, e ele apenas se defendera. O que era certo, no entanto, era que quaisquer que fossem as notícias que Ginge mandasse, ele não poderia usar o ruivinho novamente. E não adiantava muito descobrir quantas vezes Hathall pegava aquele ônibus se não podia mandar ninguém segui-lo no ônibus.

As coisas estavam muito calmas em Kingsmarkham. Ninguém faria objeção se ele tirasse os quinze dias de férias a que tinha direito. Quem tira férias de verão em novembro é sempre muito benquisto pelos companheiros. Tudo dependia de Ginge. Se descobrissem que afinal Hathall pegava aquele ônibus regularmente, por que ele não deveria tirar suas férias e tentar seguir aquele ônibus de carro? No tráfego de Londres, que sempre o intimidara, isso seria difícil, mas não muito difícil, fora da hora do *rush*. A probabilidade de Hathall identificá-lo era de uma em dez, de uma em cem. As pessoas que estão dentro dos ônibus não olham para os passageiros dos carros. Não dá para ver quem está dirigindo. Se ao menos ele soubesse quando Hathall ia sair da Marcus Flower e quando pretendia sair do país...

Mas tudo isso foi afastado de sua mente por um acontecimento que não poderia ter previsto. Ele tinha certeza que a arma nunca seria encontrada, que estava no fundo do Tâmisa ou jogada em algum depósito de lixo municipal. Quando a jovem professora de ciências políticas telefonou para contar-lhe que os operários que estavam escavando o quintal de Bury Cottage haviam encontrado um cordão e que o senhorio, o sr. Somerset, a tinha aconselhado a informar a polícia, seu primeiro pensamento foi que agora ele poderia vencer os escrúpulos de Griswold, que agora poderia confrontar Hathall. Foi dirigindo até Wool Lane – notando pelo caminho a placa de VENDE-SE à frente da casa de Nancy Lake – e depois andou até a área devastada, a área de mineração a céu aberto que fora o quintal de Hathall. Um carregamento de pedras formava uma montanha num canto e havia uma escavadeira mecânica perto da garagem. Será que Griswold ia dizer que ele devia ter mandado revolver o quintal? Quando se está procurando uma arma não se esburaca um quintal que mais parece um prado e que não apresenta nenhum sinal de que tenha sido cavado recentemente. Não havia nem uma minúscula irregularidade no capim abundante há um ano, em setembro. Eles tinham revolvido cada centímetro do quintal. Como, então, Hathall ou sua cúmplice haviam conseguido enterrar o cordão e colocar a terra e o capim de volta sem que isso tivesse sido detectado?

A professora, sra. Snyder, contou-lhe.

– Havia uma espécie de cavidade aqui debaixo. Uma fossa séptica, não é assim que se chama? Acho que o sr. Somerset falou alguma coisa sobre uma fossa.

– Fossa séptica – disse Wexford. – A rede de esgoto chegou a essa parte de Kingsmarkham uns vinte anos atrás, mas antes disso haveria uma fossa.

– Pelo amor de Deus! Por que não mandaram remover isso? – disse a sra. Snyder, com o espanto de quem nasceu num país mais rico e mais higiênico. – Bem, esse cordão estava dentro da tal fossa. Aquela coisa... – ela apontou para a escavadeira – ... arrebentou a fossa. Pelo menos é o que os operários disseram. Não fui olhar pessoalmente. Não quero que pense que estou criticando o seu país, capitão, mas uma coisa dessas! Uma fossa!

Achando muita graça em seu novo título, que o fazia

sentir-se como um oficial da Marinha, Wexford disse que sabia muito bem que os métodos primitivos de descarte de dejetos não eram agradáveis de se ver e perguntou onde estava o cordão.

– Lavei-o e guardei-o no armário da cozinha. Lavei com anti-séptico.

Não fazia a menor diferença agora. Não teria impressões, após o longo período de imersão, se é que já tivera. Mas a aparência do cordão surpreendeu-o. Não era, como se pensara, composto de elos. Era uma peça inteiriça de metal cinzento, da qual todo o dourado tinha desaparecido, e tinha o formato de uma serpente contorcida formando um círculo; quando fechado, a cabeça da serpente passava por uma fenda acima da cauda. Agora ele sabia a resposta para algo que o intrigava há muito. Aquilo não era uma corrente comum que poderia quebrar-se se fosse forçada, mas a arma perfeita para um estrangulador. Tudo que a cúmplice de Hathall tivera que fazer fora ficar atrás de sua vitima, segurar a cabeça da serpente e puxar...

Mas como ela fora parar na fossa abandonada? A tampa de metal, para ser usada quando a fossa fosse esvaziada, estivera enterrada sob uma camada de terra coberta com um capim tão crescido que os subordinados de Wexford não tinham nem imaginado que aquilo poderia estar ali. Ele telefonou para Mark Somerset.

– Acho que sei como foi parar lá – disse Somerset. – Quando instalaram a rede de esgoto, meu pai, por economia, só mandou conectar o esgoto sanitário na rede. O resto, quer dizer, a água da banheira, da pia do banheiro e da cozinha, continuou indo para a fossa. Bury Cottage fica numa ladeira, então ele sabia que a fossa não iria transbordar, iria só encharcar o terreno e escoar ladeira abaixo.

– Quer dizer que alguém pode ter simplesmente jogado o cordão pelo ralo da pia?

– Não vejo por que não. Se a pessoa abriu toda a torneira da pia, ele desceu pelo cano.

– Obrigado, sr. Somerset. Este esclarecimento é muito importante. Por falar nisso, gostaria de... expressar minhas condolências pela perda da sua esposa.

Era sua imaginação ou Somerset parecia, pela primeira vez, constrangido? – Bem, sim, obrigado – murmurou ele, e desligou abruptamente.

Depois que os peritos do laboratório examinaram o cordão, ele pediu para falar com o chefe de polícia. Conseguiu uma entrevista na tarde da sexta-feira seguinte e às duas horas ele estava na casa de Griswold, uma casa de fazenda reformada com extremo mau gosto, que ficava em uma vila chamada Millerton, entre Myringham e Sewingbury. Era conhecida como Solar das Árvores Altas, mas Wexford a apelidara de Millerton-Les-Deux-Eglises.

– O que faz você pensar que essa é a arma do crime? – foi a primeira coisa que Griswold disse.

– Acho que é o único tipo de cordão que poderia ter sido usado, senhor. Uma corrente teria quebrado. O pessoal do laboratório disse que o dourado que sobrou é semelhante à amostra de dourado tirada do pescoço de Angela Hathall. É claro que não têm certeza.

– Mas suponho que tem alguma coisa nele que despertou a "intuição" deles. Você tem alguma razão para acreditar que aquele cordão não estava lá há vinte anos?

Wexford sabia que não devia mencionar sua intuição novamente.

– Não, mas poderia ter, se pudesse falar com Hathall.

– Ele não estava lá quando ela foi morta – disse Griswold, sua boca arqueando-se para baixo, seus olhos adquirindo uma expressão severa.

– A namorada dele estava.

– Onde? Quando? O chefe de polícia de Mid-Sussex, onde esse assassinato foi cometido, sou eu. Por que não me contaram que descobriram a identidade de uma cúmplice?

– Não foi exatamente...

– Reg – disse Griswold, com uma voz que começara a tremer de raiva –, você tem alguma outra prova da cumplicidade de Robert Hathall nesse crime que você não tinha há quatorze meses? Você tem alguma prova concreta? Já perguntei isso antes e estou perguntando de novo. *Tem?*

Wexford hesitou. Ele não podia nem revelar que mandara seguir Hathall, quanto mais que o superintendente-chefe Howard Fortune, seu próprio sobrinho, o vira com uma mulher. O modo econômico com que Hathall vivia ou o fato de ele ter vendido seu carro seriam provas de homicídio? Ele estar morando na parte noroeste de Londres ou ter sido visto tomando ônibus revelariam alguma culpa? Tinha aquela história da América do Sul, é claro... Com tristeza, Wexford pesou o que aquilo tudo significava. Nada. Até onde ele podia provar, Hathall não recebera nenhuma oferta de emprego na América do Sul, não tinha sequer comprado um folheto sobre a América do Sul, quanto mais uma passagem de avião. Ele só tinha sido visto entrando em uma agência de viagens, e ainda por cima por um sujeito que tinha uma folha criminal.

– Não, senhor.

– Então a situação não mudou. Não mudou nada. Lembre-se disso.

14

Ginge fez o que havia prometido e na sexta-feira, 8 de novembro, Wexford recebeu um relatório onde ele dizia que ficara em seu posto de observação no bar todas as noites, e que em duas dessas noites, na segunda e na quarta-feira, Hathall aparecera no West End Green um pouco antes das sete e tomara o ônibus 28. Isso, pelo menos, já era alguma coisa. Deveria haver outro relatório na segunda-feira. Em vez disso, aconteceu o inusitado e Ginge telefonou. Estava ligando de uma cabine, tinha, como disse a Wexford, o total de doze moedas de um *pence* e sabia que um cavalheiro como o inspetor-chefe o reembolsaria.

– Me diga o número que eu ligo para você. – Pelo amor de Deus, o que mais ele teria que pagar do próprio bolso? Os contribuintes que ajudassem. Ginge atendeu antes que o telefone tocasse pela segunda vez. – Deve ser importante, Ginge, para fazer você telefonar.

– Calculo que seja importante à beça – disse Ginge pretensiosamente. – Eu vi o Hathall com uma mulher.

Nunca se atinge o mesmo clímax de exultação duas vezes. Wexford já ouvira antes aquelas palavras – ou outras do mesmo significado – e dessa vez não agradeceu a Deus por ele ter caído em suas mãos. Em vez disso, perguntou quando e onde.

– O senhor não sabe que eu estou ficando naquele bar e observando a droga do ponto de ônibus? Bem, pensei comigo mesmo que não faria mal ficar lá de novo no domingo. – Para garantir que iria receber o equivalente a sete dias em dinheiro e em doses de fogo-do-inferno, pensou Wexford. – Então eu estava lá na hora do almoço no domingo, quer dizer, ontem, quando vi o sujeito. Era uma hora mais ou menos e estava chovendo pra cacete. Ele estava de capa e guarda-chuva aberto. Não parou para pegar ônibus nenhum, continuou andando, descendo a West End Lane. Bem, nem pensei em segui-lo. Eu o vi passar e só. Mas aí fiquei pensando que era melhor ir almoçar, porque a patroa gosta do almoço na mesa à uma e meia em ponto, então lá fui eu para a estação.

– Que estação?

– West Hampstead Station – disse Ginge, imitando com perfeição o sotaque de um cobrador antilhano. – Quando cheguei lá, pus uma moeda de cinco *pence* na máquina, porque é só uma parada até Kilburn, quando vi o cara bem do lado da droga da cerca. Ele estava de costas para mim, graças a Deus, aí corri para a banca de livros e fiquei olhando as revistas de mulher nua, eles têm uma coleção e tanto delas. Bem, me lembrando do meu dever para com o senhor, sr. Wexford, vi a minha composição chegar mas não desci correndo para pegar, não. Fiquei esperando. E aí umas vinte pessoas vieram subindo. Não tive coragem de me virar. Não queria levar um murro no meu outro olho, mas quando pensei que o perigo tinha passado, virei e vi que ele não estava mais lá.

"Voltei correndo para West End Lane feito um raio e a chuva não parava de cair. Mas lá na frente, lá estava o Hathall indo para casa com a garota dele. Estavam andando juntinhos, debaixo do guarda-chuva dele, e a garota estava com uma dessas capas de plástico transparente com o capuz levantado. Não deu para ver mais nada, só que ela estava usando uma saia comprida se arrastando pelo chão. Aí, então, fui para casa e levei uma bronca da patroa por chegar tarde para o almoço."

– Quem faz o bem não pensa em recompensa, Ginge.

– Não sei disso, não – disse Ginge –, mas o senhor precisa saber quanto dá o pagamento e mais os fogos-do-inferno; a conta dá quinze libras e sessenta e três *pence*. O custo de vida está terrível, não é?

Não seria mais necessário, concluiu Wexford, depois de botar o telefone no gancho, pensar em maneiras de seguir um ônibus. Hathall só fora de ônibus até a estação de West Hampstead e só fora andando a pé nesse domingo porque estava carregando um guarda-chuva e eles são sempre um estorvo dentro do ônibus. Agora seria possível pegar Hathall junto com aquela mulher e segui-lo até a Dartmeet Avenue.

– Tenho direito a tirar quinze dias de férias – disse ele à esposa.

– Você tem direito a três meses de férias, somando as que se acumulam há anos.

– Vou tirar umas férias agora. Talvez na próxima semana.

– O que, em novembro? Então vamos ter que ir para algum lugar quente. Dizem que Malta é muito agradável em novembro.

– Chelsea também é muito agradável em novembro, e é para lá que nós vamos.

A primeira coisa a fazer no primeiro dia de suas "férias" era familiarizar-se com uma parte da geografia de Londres até então desconhecida. Na sexta-feira, 22 de novembro, fez um lindo dia de sol, com ares de junho, se bem que com temperatura de janeiro. Havia algum jeito melhor de ir para West Hampstead que não fosse no ônibus 28? Howard lhe dissera que o 28 cruzava a King's Road indo para a Wandsworth Bridge; então a caminhada da Teresa Street para o ponto de ônibus mais próximo não era longa. O ônibus subiu a Fulham e entrou em West Kensington, região de que ele lembrava da época em que ajudara Howard naquele caso, e reparou satisfeito certos pontos de referência que lhe eram familiares. Mas logo estavam em território desconhecido, um território bem variado e vasto. A imensidão de Londres sempre o surpreendia. Quando interrompera Ginge em sua enumeração das paradas de ônibus daquele trajeto, não fizera a menor idéia do quanto a lista seria comprida. Ingenuamente supusera que Ginge mencionaria só mais uns dois ou três lugares antes do ponto final, enquanto na verdade havia mais uma dúzia. À medida que o motorista anunciava Church Street, Notting Hill Gate, Pembridge Road, ele sentia-se aliviado por Hathall só ter ido até a estação de West Hampstead.

Chegou finalmente a esta estação depois de uns quarenta e cinco minutos. O ônibus continuou, passando por uma ponte sobre os trilhos do metrô e por mais duas estações do outro lado da linha, West End Lane e uma outra West Hampstead em uma outra linha suburbana. Estivera subindo desde que saíra de Kilburn e continuou subindo pela estreita e sinuosa West End Lane até chegar a West End Green. Wexford saltou. O ar aqui era fresco, não apenas em comparação com o ar de Chelsea, mas quase tão pouco poluído quanto em Kingsmarkham. Sub-repticiamente, consultou seu guia. A Dartmeet Avenue ficava a uns quatrocentos metros na direção leste e isso o deixou confuso. Hathall certamente poderia ter ido a pé até a estação de West Hampstead em cinco minutos, indo por ruas secundárias. Por que pegar um ônibus? Ainda assim, Ginge o vira pegar o ônibus. Talvez apenas não gostasse de andar.

Wexford encontrou a Dartmeet Avenue com facilidade. Era uma ladeira, como a maioria das ruas por aqui, de casas boas, altas, em sua maior parte de tijolos vermelhos, mas algumas tinham sido modernizadas e revestidas de estuque, e suas janelas de caixilho foram substituídas por vidraças. Árvores altas, agora quase sem folhas, elevavam-se acima dos telhados e dos frontões pontiagudos, e havia árvores adultas que nunca tinham sido podadas. A casa de número 62 tinha um jardim na frente que era todo moitas de arbustos e ervas daninhas. Havia três latas de lixo de plástico com o número 62 pintado a cal na entrada lateral. Wexford reparou na cabine telefônica onde Ginge ficara de vigia e determinou qual das janelas de sacada devia ser a de Hathall. Teria ele alguma coisa a lucrar se apelasse para o senhorio? Concluiu que não. O senhorio fatalmente contaria a Hathall que alguém andara fazendo perguntas a respeito dele, descreveria esse alguém e aí a coisa ficaria preta. Virou-se e voltou lentamente para West End Green, olhando ao redor para ver se via algum recanto, um nicho ou árvores que pudessem lhe servir de esconderijo se resolvesse se arriscar a seguir Hathall. Agora escurecia mais cedo, as noites eram mais longas e escuras, e dentro de um carro...

O ônibus 28 descia a Fortune Green Road quando ele chegou ao ponto. Aquela linha era boa e os ônibus passavam com freqüência. Sentando-se atrás do motorista, Wexford ficou imaginando se Robert Hathall já se sentara naquele mesmo banco e olhara pela janela para as três estações e os trilhos de trem. Esse tipo de ruminação chegava às raias da obsessão, o que ele devia evitar. Mas era impossível não se perguntar novamente por que Hathall pegara aquele ônibus só para chegar até ali. A mulher, quando ia à casa dele, ia de metrô. Talvez Hathall não gostasse do metrô, tivesse ficado cheio de ir de metrô para o trabalho; assim, quando ia à casa dela, preferia o prazer de um passeio de ônibus.

Levou uns dez minutos para chegar a Kilburn. Era tão certo encontrar-se Ginge no Countess of Castlemaine ao meio-dia quanto é certo o sol nascer pela manhã ou o som do trovão seguir-se ao raio. Ginge estava sentado, curvado sobre o balcão, acalentando uma caneca de cerveja, mas quando viu seu patrão afastou a caneca como quem larga a colher no prato de sopa pela metade assim que o bife chega. Wexford pediu um fogo-do-inferno pelo nome, sem enumerar seus ingredientes. O *barman* entendeu.

– Aquele patife não deixa o senhor descansar, hein? – Ginge foi sentar-se em uma mesa de canto. – Por qualquer coisinha o senhor vem correndo. É melhor não deixar isso tomar conta do senhor. De tanto ficar pensando nessa história o senhor pode acabar maluco da cabeça.

– Deixe de ser bobo – disse Wexford, cuja esposa dissera quase a mesma coisa naquela manhã, embora com termos mais refinados. – Não vai ser por muito mais tempo, de qualquer forma. Na semana que vem esse negócio vai estar terminado. Agora, o que quero que você faça é...

– Para mim, o negócio já está mais que terminado, sr. Wexford. – Ginge falou com uma determinação meio vacilante. – O senhor me botou nessa para flagrar ele com uma mulher e eu fiz isso. O resto é com o senhor.

– Ginge – disse Wexford –, é só ficar vigiando a estação na semana que vem enquanto eu vigio a casa.

– Não – disse Ginge.

– Você é um covarde.

– Covardia – disse Ginge – não tem nada a ver com isso. – Hesitou e disse, com o que poderia ser modéstia ou vergonha: – Arrumei um trabalho.

Wexford quase se engasgou.

– Um trabalho? – Em épocas passadas, essa palavra tinha sido empregada por Ginge e seu irmão exclusivamente para designar uma atividade criminosa. – Quer dizer que você arrumou um trabalho remunerado?

– Não fui bem eu. – Ginge olhou para seu fogo-do-inferno com certa tristeza e, levantando o copo, deu um gole com delicadeza e certa nostalgia. *Sic transit gloria mundi*, ou foi bom enquanto durou. – Foi a patroa. De garçonete. Para trabalhar de noite e na hora de almoço no domingo. – Ele parecia ligeiramente embaraçado. – Não sei o que deu nela.

– O que não entendo é por que isso o impede de trabalhar para mim.

– Até parece – disse Ginge – que o senhor nunca teve uma droga de família. Alguém tem que ficar em casa e cuidar dos guris, não tem?

Wexford conseguiu adiar seu ataque de riso até chegar à calçada. O riso fez-lhe bem, suprimindo a frustração febril que a recusa de Ginge a princípio lhe causara. Ele podia se arranjar sozinho – pensou, enquanto pegava novamente o ônibus 28 – com seu carro. De dentro do carro ele podia vigiar a estação de West Hampstead no domingo. Com sorte, Hathall se encontraria com a mulher, como fizera no domingo anterior, e, uma vez que a mulher fosse descoberta, que diferença faria se Hathall descobrisse que fora seguido? Quem o repreenderia por quebrar as regras se a desobediência desse bom resultado?

Mas Hathall não se encontrou com a mulher no domingo e, à medida que a semana passava, Wexford se admirava de como era difícil vigiar Hathall. Plantou-se na Dartmeet Avenue todas as noites, mas não viu Hathall, e só uma vez viu sinais de vida no quarto com a janela de sacada. Na segunda, na terça e na quarta chegou lá antes das seis e viu três pessoas entrarem no prédio entre as seis e as sete horas. Nem sinal de Hathall. Por algum motivo o tráfego estava particularmente pesado na quinta à noite. Passava das seis e quinze quando chegou à Dartmeet Avenue. Chovia incessantemente, a ladeira estava escura e, aqui e ali, a luz da rua se refletia no chão molhado. A rua estava deserta, exceto por um gato que se esgueirou por entre as latas de lixo e desapareceu em uma fenda no muro do jardim. Havia uma luz acesa em um quarto do andar térreo e dava para ver uma luz mais fraca pela bandeira da porta da frente. A janela de Hathall estava escura, mas quando Wexford puxou o freio de mão e desligou o motor, a janela se transformou em um brilhante cubo amarelo. Hathall estava em casa, talvez tivesse chegado um minuto antes de Wexford. Por alguns segundos a janela resplandeceu, depois as cortinas foram puxadas por uma mão invisível, até que tudo que dava para ver eram frestas estreitas de luz, como raios fosforescentes, brilhando na fachada molhada.

A excitação que esta cena despertara nele arrefeceu à medida que o tempo ia passando – uma hora, duas horas e Hathall não aparecia. Às nove e meia um velhinho saiu do prédio, tirou o gato do mato encharcado e levou-o para dentro. Quando a porta da frente fechou, a luz que margeava as cortinas de Hathall se apagou. Isso alertou Wexford e ele começou a levar o carro para um lugar mais discreto, mas a porta da frente continuou fechada, a janela continuou escura e ele se deu conta de que Hathall fora dormir mais cedo.

Como levara Dora para Londres para passar as férias, lembrou-se de seus deveres para com ela e acompanhou-a até os centros comerciais do West End durante o dia. Mas Denise era tão mais competente nisso do que ele que na sexta ele trocou sua esposa e a esposa de seu sobrinho por uma mulher menos atraente, que não era mais esposa de ninguém.

A primeira coisa que viu quando chegou à casa de Eileen Hathall foi o carro do marido dela estacionado na entrada da garagem, o carro que Ginge dissera que há muito fora vendido. Teria ele se enganado? Ele seguiu em frente até chegar a uma cabine telefônica de onde ligou para Marcus Flower. Sim, o sr. Hathall estava, disse a voz de uma Jane ou de uma Julie ou de uma Linda. Se ele aguardasse na linha... Em vez de aguardar, desligou e em cinco minutos estava na árida sala de estar de Eileen Hathall, sentado em uma cadeira sem acolchoamento sob o quadro da cigana espanhola.

– Ele deu o carro dele para Rosemary – respondeu ela. – Ela o vê às vezes na casa da avó dela e, quando contou que tinha passado no exame, ele deu o carro para ela. Ele não vai precisar dele no lugar para onde está indo, não é?

– Para onde ele está indo, sra. Hathall?

– Para o Brasil. – Ela proferiu o *r* e o *s* como se Brasil não fosse o nome de um país, mas sim o de um réptil repugnante. Wexford sentiu um calafrio, uma súbita previsão de que algo ruim estava por vir. E veio. – Ele já está com tudo acertado – disse ela – para partir dia 23 de dezembro.

Em menos de um mês...

– Ele arranjou um emprego lá? – perguntou ele com firmeza.

– Uma colocação ótima numa firma de contabilidade internacional. – Havia algo de patético no orgulho que ela sentia ao dizer aquilo. Hathall a odiava, ele a havia humilhado, provavelmente nunca mais a veria de novo e, no entanto, apesar disso tudo, ela sentia um orgulho amargo pelo que ele conseguira. – Não dá para acreditar no salário que ele está ganhando. Ele contou para Rosemary e ela me contou. Eles estão me pagando do escritório de Londres, deduzindo o que recebo antes de ele receber. Ainda sobra milhares de libras por ano para ele. E estão pagando a passagem dele, providenciando tudo, e tem uma casa esperando por ele lá. Ele não precisou fazer nada.

Devia ele contar-lhe que Hathall não iria sozinho, não moraria sozinho? Ela tinha ficado mais corpulenta após um ano; seu corpo volumoso, cheio de protuberâncias onde não deveria haver nenhuma, estava apertado dentro do vestido rosa de lã. E estava permanentemente corada, como se disputasse uma corrida sem fim. Talvez fosse isso. Uma corrida para ficar à altura da filha, para acompanhar o ritmo do ódio e deixar a monotonia da dor para trás. Enquanto ele hesitava, ela disse:

– Por que o senhor quer saber? O senhor acha que ele matou aquela mulher, não acha?

– A senhora *acha*? – disse ele audaciosamente.

Se lhe tivessem batido no rosto, sua pele não teria ficado mais vermelha. Parecia pele açoitada, prestes a romper e sangrar.

– Queria que tivesse sido ele! – disse ela com a voz entrecortada e áspera, e levantou a mão, não para cobrir os olhos como a princípio ele pensou, mas para cobrir a boca que tremia.

Voltou para Londres, para uma infrutífera vigília noturna na sexta, um sábado inútil, um domingo que poderia – apenas uma possibilidade – trazer-lhe o que desejava.

Primeiro de dezembro e chovia torrencialmente. Mas isso não era ruim. Deixaria as ruas vazias e diminuiria a probabilidade de Hathall olhar para dentro de um carro suspeito. Por volta de meio-dia e meia ele estava estacionado quase em frente à estação – não se arriscava a ficar mais próximo –, pois não era só a possibilidade de ser visto por Hathall que o preocupava, mas também o risco de obstruir aquela rua estreita. A chuva retumbava com força no teto do carro, descia pela vala entre o meio-fio e a faixa pintada de amarelo. Mas a chuva estava tão forte que, descendo pelo pára-brisa, não o impedia de ver, apenas distorcia as imagens como se houvesse um defeito no vidro. Dava para ver claramente a entrada da estação e até a uma distância de noventa metros da West End Lane, onde ela passava por cima dos trilhos. As composições passavam ruidosamente e invisíveis debaixo da rua, os ônibus 159 e 28 subiam e desciam a ladeira. Havia pouca gente na rua, e no entanto parecia que toda a população estava viajando, indo de lares desconhecidos para destinos igualmente desconhecidos na semi-escuridão pálida e molhada daquele domingo de inverno. Os ponteiros do relógio do painel do carro se arrastavam lentamente por sobre os números do mostrador, indicando que passava de meio-dia e quarenta e cinco.

A essa altura ele estava tão acostumado a esperar, resignado a ficar sentado vigiando como quem se aproxima furtivamente de algum animal desconfiado e astuto, que levou um choque, uma sensação quase de incredulidade, quando, às dez para a uma, viu a imagem de Hathall a distância. O vidro lhe pregava peças. Parecia que ele estava em uma sala de espelhos; primeiro era um gigante esquelético, depois um anão gordo, mas uma única passada do limpador de pára-brisa colocou-o em foco. Com o guarda-chuva aberto, encaminhava-se rapidamente para a estação – felizmente do outro lado da rua. Passou pelo carro sem virar a cabeça, parou no lado de fora da estação, fechou e abriu bruscamente o guarda-chuva, fechou, abriu e fechou novamente, para sacudir a água da chuva. Depois entrou na estação e desapareceu.

Wexford estava em um dilema. Estaria ele indo encontrar-se com alguém ou indo pegar o metrô? À luz do dia, mesmo com aquela chuva, não se atreveria a sair do carro. Uma composição vermelha passou correndo abaixo dele e parou. Ele prendeu a respiração. As primeiras pessoas a saltarem da composição começaram a sair para a calçada. Um homem colocou um jornal na cabeça e correu, um pequeno grupo de mulheres se agitava, lutando com os guarda-chuvas que não queriam se abrir. Três deles se abriram simultaneamente, um vermelho, um azul e um laranja, desabrochando subitamente na semi-escuridão como se fossem flores. Depois que eles foram levantados e se afastaram, o que aqueles círculos brilhantes haviam encoberto foi revelado: um casal, de costas para a rua, um bem junto do outro, mas sem se tocarem, enquanto o homem abria um guarda-chuva preto e os envolvia sob sua proteção.

Ela estava de *jeans* azul e capa branca, de capuz levantado. Wexford não conseguira ver seu rosto. Tinham começado a andar como se pretendessem ir a pé, mas um táxi aproximou-se, espirrando água para os lados, com a luzinha de LIVRE acesa, como a ponta de um cigarro. Hathall acenou para ele e o táxi os levou rumo ao norte. – Deus queira – pensou Wexford – que o táxi os levasse para casa e não para um restaurante. – Ele sabia que não tinha nenhuma chance de seguir um motorista de táxi londrino, e o carro desaparecera antes que ele tivesse dado a partida no seu.

O trajeto ladeira acima foi demorado; Wexford quase enlouqueceu. Ficou preso atrás de um ônibus 159 – que não era vermelho, mas estava todo pintado com um anúncio da Dinky Toys que o lembrou a fábrica da Kidd's de Toxborough – e levou mais de dez minutos para chegar à frente da casa na Dartmeet Avenue. O táxi tinha ido embora, mas a luz do apartamento de Hathall estava acesa. É claro que ele teria que acender a luz ao meio-dia em um dia como aquele. Pensando, mais com interesse do que com medo, se Hathall bateria nele também, aproximou-se do prédio e examinou as campainhas. Não havia placas com nomes junto a elas, só os números dos andares. Ele apertou a campainha do primeiro andar e esperou. Era possível que Hathall não descesse, que se recusasse a atender. Nesse caso, acharia outra pessoa que o deixasse entrar e bateria na porta de Hathall.

Afinal, isso não foi necessário. A janela acima de sua cabeça abriu-se e, dando um passo para trás, ele olhou para cima e viu Hathall. Por um momento nenhum dos dois falou nada. A chuva jorrava entre eles, e eles se encararam através dela enquanto pelo rosto de Hathall se passavam várias emoções, espanto, raiva, cautela, mas não, pensou Wexford, medo. E foram todas seguidas pelo que estranhamente parecia ser satisfação. Mas antes que pudesse especular o que aquilo poderia significar, Hathall disse friamente:

– Vou descer e abrir a porta para o senhor.

Levou menos de quinze segundos para fazê-lo. Fechou a porta calmamente, sem falar nada, e apontou para a escada. Wexford nunca o vira tão calmo. Parecia totalmente relaxado. Parecia mais jovem e triunfante.

– Gostaria que me apresentasse à senhora que o senhor trouxe para cá de táxi.

Hathall não objetou. Não disse nada. Enquanto subiam, Wexford pensou: será que ele a escondeu? Será que a fez entrar no banheiro ou mandou-a subir até o último andar?

A porta do quarto estava destrancada e ele a empurrou, deixando que o inspetor-chefe o precedesse. Wexford entrou. A primeira coisa que viu foi a capa da mulher, estendida sobre as costas de uma cadeira, para secar.

Não a viu logo. O quarto era muito pequeno, não media mais que três metros e meio por três, e estava mobiliado como todos os outros quartos daquele tipo. Havia um armário que parecia ter sido feito na época da batalha de Mons, uma cama estreita com uma colcha de algodão indiano, algumas cadeiras de braço de madeira e uns quadros que sem dúvida tinham sido pintados por algum parente do senhorio. A luz vinha de uma esfera de plástico coberta de pó suspensa do teto cheio de manchas.

Um biombo de lona, de cor de lona, horroroso, isolava um canto do quarto. Por trás dele devia ficar uma pia, porque, quando Hathall deu uma tossida para alertá-la, a mulher o afastou e saiu enxugando as mãos em um pano de prato Não era um rosto bonito, era apenas um rosto muito jovem, de feições pesadas, duras, e cheio de autoconfiança. Um cabelo espesso caía-lhe sobre os ombros e suas sobrancelhas eram grossas e escuras como as de um homem. Estava usando uma camiseta com uma jaqueta de malha de lã por cima. Wexford já vira aquele rosto em algum lugar e estava se perguntando onde quando Hathall disse:

– Esta é a "senhora" que o senhor queria conhecer. – Sua expressão de triunfo se transformara em um ar francamente irônico e ele estava quase rindo. – Posso lhe apresentar minha filha, Rosemary?

15

Fazia muito tempo que Wexford não experimentava tamanho anticlímax. Geralmente não tinha dificuldade em lidar com situações embaraçosas, mas o impacto do que Hathall acabara de dizer – associado à consciência de que agora sabiam de sua desobediência – deixou-o atordoado e em silêncio. A garota também não falou mais nada depois de dizer um breve alô, mas voltou para trás do biombo e ele ouviu-a enchendo uma chaleira d'água.

Hathall, que estava tão retraído e distante quando Wexford chegou, parecia estar sentindo um enorme prazer com a consternação de seu adversário.

– Qual é o propósito desta visita? – perguntou ele. – Está só visitando velhos conhecidos?

Desgraça pouca é bobagem, pensou Wexford, imitando a srta. Marcovitch.

– Soube que o senhor está indo para o Brasil – disse ele. – Vai sozinho?

– E alguém pode ir sozinho? Vai ter mais umas trezentas pessoas no avião. – Essa resposta deixou Wexford irritado, e Hathall o percebeu. – Eu esperava que Rosemary pudesse ir comigo, mas ela ainda não terminou o curso. Talvez vá ficar comigo daqui a uns anos.

Isso fez a garota sair de trás do biombo. Ela pegou a capa, dependurou-a num cabide, e disse:

– Ainda não fui nem à Europa. Não vou me enfurnar no Brasil.

Hathall deu de ombros a esse exemplo típico da falta de amabilidade de sua família e disse tão bruscamente quanto a filha:

– Satisfeito?

– Tenho que estar, não tenho, sr. Hathall?

Fora a presença de sua filha que refreara sua raiva? Ele estava quase humilde e só vestígios de sua costumeira rabugice ressentida transpareciam em sua voz quando ele disse:

– Bem, o senhor vai nos desculpar, mas Rosemary e eu temos que preparar alguma coisa para o almoço, o que não é a coisa mais fácil do mundo nesse buraco onde eu moro. Vou levá-lo até a porta.

Ele fechou a porta em vez de deixá-la destrancada. Estava escuro e quieto no patamar. Wexford esperou pela explosão de raiva mas ela não veio, e ele só percebia os olhos, de Hathall. Os dois homens tinham a mesma altura e seus olhos se encontraram no mesmo nível. Por instantes o branco dos olhos de Hathall, em torno da íris negra onde aquela centelha vermelha brilhava, encarou-o fixamente. Estavam no alto da escada íngreme, e quando Wexford virou-se para descer, percebeu um movimento atrás de si; Hathall estava levantando a mão espalmada. Ele agarrou o corrimão e desceu rapidamente uns dois degraus. Depois forçou-se a descer calma e sobriamente, Hathall não se moveu, mas quando Wexford chegou ao pé da escada e olhou para trás, viu a mão levantada ainda mais alto e os dedos fechados num gesto de adeus solene e um tanto pomposo.

– Ele ia me empurrar escada abaixo – disse Wexford a Howard. – E eu não teria como me justificar. Ele poderia dizer que entrei em sua casa à força. Deus do céu, em que trapalhada me meti! Ele pode dar queixa de novo e posso perder meu emprego.

– Não sem uma investigação detalhada, e eu não creio que ele vá querer aparecer em investigação alguma. – Howard jogou ao chão o jornal de domingo que estivera lendo e virou o rosto magro e ossudo, os olhos azuis frios e penetrantes, para seu tio. – Não era a filha dele todas as vezes, Reg.

– Não era? Eu sei que você viu a tal mulher de cabelo louro curto, mas tem certeza que era o Hathall que você viu com ela?

– Tenho.

– Você só o viu uma vez – insistiu Wexford. – Você o viu a uma distância de vinte metros por dez segundos, de dentro de um carro que *você estava dirigindo.* Se tivesse que depor em juízo e jurar que o homem que viu do lado de fora do prédio da Marcus Flower era o mesmo homem que viu no jardim de Bury Cottage, você juraria? Se a vida de um homem dependesse disso, você juraria?

– Não temos mais pena de morte na Inglaterra, Reg.

– Não, e nem você nem eu, ao contrário de muitos companheiros de profissão, gostaríamos que ela voltasse. Mas e se tivéssemos pena de morte, você juraria?

Howard hesitou. Wexford percebeu a hesitação e sentiu um cansaço insinuar-se em seu corpo como um sedativo. Até mesmo uma sombra de dúvida poderia dispersar o pouco de esperança que ainda lhe restava.

Finalmente, Howard disse categoricamente:

– Não, não juraria.

– Sei.

– Espere aí, Reg. Hoje em dia não tenho certeza se em quaisquer circunstâncias poderia jurar ter visto uma pessoa se isso pudesse levar a sua morte. Você está me pressionando demais. Mas minha certeza é bem mais que uma suspeita razoável, e ainda digo a você que sim, eu vi o Robert Hathall. Vi Hathall do lado de fora dos escritórios da Marcus Flower na Half Moon Street com uma mulher de cabelo louro.

Wexford suspirou. Que diferença fazia, afinal? Depois do passo em falso daquele dia, não tinha mais esperança de seguir Hathall.

Howard tomou seu silêncio por dúvida e disse:

– Se ele não está com ela, para onde vai todas as noites que sai? Para onde ele foi naquele ônibus?

– Ora, ainda acho que ele está com ela. A filha só vai lá às vezes, aos domingos. Mas de que me adianta isso? Não posso segui-lo no ônibus. Agora ele vai estar de sobreaviso.

– Ele vai achar que o fato de você tê-lo visto com a filha vai despistar você.

– Talvez. Talvez fique imprudente. E daí? Não posso me esconder numa porta e pular para dentro de um ônibus atrás dele. Ou o ônibus iria embora antes que eu entrasse ou então ele se viraria e me veria. Mesmo se entrasse no ônibus sem que ele me visse...

– Então outra pessoa vai ter que segui-lo – disse Howard com firmeza.

– E fácil falar. Meu chefe disse que não, e você não vai querer se desentender com o meu chefe me deixando usar um dos seus homens.

– É verdade, não vou querer.

– Então é melhor desistirmos de falar nisso. Vou voltar para Kingsmarkham e agüentar as conseqüências; Hathall que vá para os trópicos ensolarados.

Howard levantou-se e colocou a mão em seus ombros.

– Eu mesmo vou – disse ele.

A admiração há muito se fora, dando lugar ao afeto e à camaradagem. Mas aquele "eu mesmo vou", dito com tanta leveza e amabilidade, trouxe de volta todo o velho sentimento de humilhação, inveja e a consciência da superioridade do outro. Wexford sentiu um rubor sombrio e quente tingir seu rosto.

– *Você?* – disse ele rispidamente. – Você em pessoa? Você está brincando. Você é meu superior, lembra?

– Deixe de ser esnobe. Qual é o problema? Eu gostaria de fazer isso. Seria divertido. Não faço nada desse tipo há anos e anos.

– Você faria mesmo isso por mim, Howard? E o seu trabalho?

– Se eu sou o deus por quem você me toma, não acha que posso decidir o que faço nas minhas horas de trabalho? É claro que não vou poder segui-lo todas as noites. Quando acontecerem aquelas crises que surgem de vez em quando vou ter que trabalhar até mais tarde. Mas o Kenbourne Vale não vai virar o Velho Oeste só por eu dar umas escapadas para o West Hampstead de vez em quando.

Então, na noite seguinte, o superintendente-chefe Howard Fortune saiu do seu gabinete às quinze para as seis e chegou a West End Green às sete horas. Esperou até as sete e meia. Quando sua presa não apareceu, subiu a Dartmeet Avenue e notou que não havia luz na janela que seu tio lhe dissera ser a de Hathall.

– Será que ele vai encontrar-se com ela direto depois do trabalho?

– Tomara que isso não se torne um hábito. Vai ser quase impossível segui-lo na hora do *rush*. Quando ele vai largar o emprego?

– Sabe Deus quando – disse Wexford –, mas ele parte para o Brasil daqui a exatamente três semanas.

Uma das crises a que ele aludira impediu Howard de seguir Hathall na noite seguinte, mas ficou livre na quarta-feira e, mudando de tática, chegou à Half Moon Street lá pelas cinco horas. Uma hora mais tarde, na Teresa Street, contou ao tio o que acontecera.

– A primeira pessoa a sair da Marcus Flower foi um sujeito malvestido de bigode espetado. Estava acompanhado de uma moça e os dois partiram num Jaguar.

– Devem ser o Jason Marcus e a noiva – disse Wexford.

– Depois saíram mais duas moças e depois... Hathall. Eu estava mesmo certo, Reg. É o mesmo sujeito.

– Eu não devia ter duvidado de você.

Howard deu de ombros.

– Ele entrou no metrô e eu o perdi. Mas ele não estava indo para casa. Tenho certeza.

– Como você sabe?

– Se ele estivesse indo para casa teria andado a pé até a estação de Green Park, pego a linha para Piccadilly até Piccadilly Circus ou então a linha para Victoria até Oxford Circus, e pego a linha para Bakerloo. Teria andado em direção ao sul. Mas foi para o lado norte e a princípio pensei que ia para casa de ônibus. Em vez disso, foi para a estação de Bond Street. Ninguém segue para Bond Street se quer ir para a zona noroeste de Londres. Pela estação de Bond Street só passa a linha Central, até começar a funcionar a Fleet Line.

– E essa linha Central vai para onde?

– Para o leste e para o oeste. Eu o segui até a estação, mas... bem, você já viu como é na hora do *rush,* Reg. Havia umas doze pessoas atrás dele na fila do tíquete. O problema é que eu tinha que tomar muito cuidado para ele não me ver. Ele desceu a escada rolante para a plataforma das composições que vão para o lado oeste... e aí eu o perdi. – Howard se desculpou: – Havia umas quinhentas pessoas na plataforma. Fiquei entalado e não consegui me locomover. Mas isso prova uma coisa. Entende o que eu digo?

– Acho que sim. Temos que descobrir onde a linha Central que vai para o oeste cruza a rota do ônibus 28, e é aí nessa área que mora a mulher desconhecida.

– Posso lhe dizer agora mesmo onde é. O ramal oeste da linha Central passa por Bond Street, Marble Arch, Lancaster Gate, Queensway, Notting Hill Gate, Holland Park, Shepherd's Bush, etc. O ônibus 28, quando vai na direção sul, passa por Golders Green, West Hampstead, Kilburn, Kilburn Park, Great Western Road, Pembridge Road, Notting Hill Gate, Church Street, passa por Kensington e Fulham por aqui e depois vai para Wandsworth. Então tem que ser em Notting Hill. Ela, e mais a metade da população nômade de Londres, mora em algum lugar em Notting Hill. É pouca coisa, mas é melhor do que nada. E você, descobriu alguma coisa?

Wexford, sob tensão há dois dias, telefonara para Burden esperando ser informado de que Griswold estava querendo sua cabeça. Mas nada estava mais longe da verdade. O chefe de polícia havia estado, segundo Burden, "fazendo alvoroço" em Kingsmarkham, dividindo-se entre Kingsmarkham e Myringham, onde havia certa consternação por causa de uma mulher que estava desaparecida. Mas estivera em excelente estado de espírito, perguntara onde Wexford tinha ido passar as férias e, ao saber que em Londres (– Por causa dos teatros e dos museus, senhor – dissera Burden), perguntara de brincadeira por que o inspetor-chefe não lhe mandara um cartão-postal da Nova Scotland Yard.

– Então Hathall não apresentou queixa – disse Howard, pensativo.

– Parece que não. Se eu quisesse ser otimista, diria que ele acha mais seguro não chamar atenção.

Mas já era 3 de dezembro... Só lhe restavam vinte dias. Dora arrastara o marido pelas lojas, fazendo as últimas compras de Natal. Ele carregara os embrulhos, concordara que aquele era o presente certo para Sheila e que aquilo era exatamente o que o garoto mais velho de Sylvia queria, mas o tempo todo estivera pensando: vinte dias, vinte dias... Esse

Natal veria a fuga de Robert Hathall. Howard parecia estar lendo seus pensamentos. Estava comendo uma daquelas refeições monstruosas que devorava sem engordar um quilo. Servindo-se de outra porção de *charlotte russe,* disse:

– Se a gente conseguisse pegá-lo por alguma coisa...

– Como assim?

– Não sei bem. Alguma coisa sem importância pela qual pudéssemos detê-lo, que o impedisse de deixar o país. Digamos, por furto ou por viajar no metrô sem o tíquete.

– Ele parece ser um cara honesto – disse Wexford, azedo –, se é que se pode chamar um assassino de honesto.

O sobrinho arranhou a tigela da sobremesa. – E ele é mesmo honesto?

– Que eu saiba, é. O sr. Butler teria me dito se houvesse algum indício de desonestidade nele.

– Presumo que sim. Hathall estava em boa situação naquela época. Mas não estava em boa situação quando se casou com Angela, estava? E no entanto, apesar de só disporem de quinze libras por semana, passaram a viver bem. Você me contou que Somerset os viu carregados de compras e depois jantando num restaurante caro. De onde saiu aquele dinheiro, Reg?

Servindo-se de outro copo de Chablis, Wexford disse:

– Tenho pensado nisso. Mas não cheguei a conclusão alguma. Não me pareceu relevante.

– Tudo é relevante num caso de assassinato.

– É verdade. – Wexford estava grato demais a seu sobrinho para reagir com raiva a essa pequena admoestação. – Acho que pensei que se uma pessoa sempre foi honesta não fica desonesta de repente na meia-idade.

– Depende da pessoa. Esse sujeito de repente se transformou num marido infiel na meia-idade. Na verdade, embora fosse monógamo desde a puberdade, parece ter se transformado em um mulherengo e tanto na meia-idade. E se transformou em um assassino. Você não está dizendo que ele já matou alguém antes, está? – Howard afastou o prato e atacou o *gruyère.* – Tem um fator nessa história toda que eu acho que você não levou suficientemente em conta. Uma personalidade.

– Angela?

– Angela. Foi quando ele a conheceu que se transformou. Tem gente que diria que ela o corrompeu. Essa é uma possibilidade remota, uma idéia completamente estapafúrdia, mas Angela já tinha aprontado uma fraude, aquela de que você já sabe, e possivelmente outras de que não sabe. E se ela o encorajou a fazer alguma coisa desonesta?

– O que você está falando me faz lembrar uma coisa que o sr. Butler disse. Ele disse que ouviu Angela dizer ao sócio dele, Paul Craig, que estava numa ótima posição para burlar o imposto de renda.

– Pois é. Eles têm que ter tirado aquele dinheiro de algum lugar. Aquele dinheiro não deu em nenhuma árvore, como as "miragens" da sra. Lake.

– Não há nenhuma pista – disse Wexford. – Teria que ter sido na Kidd's. Aveney não deixou escapar nenhuma insinuação.

– Mas você não estava fazendo perguntas sobre dinheiro. Estava perguntando sobre mulheres. – Howard levantou-se da mesa e afastou sua cadeira. – As patroas estão esperando, vamos. Se fosse você eu daria uma passada em Toxborough amanhã.

16

A caixa branca retangular assentada no gramado verde, a fileira de árvores novas, desfolhadas e patéticas em dezembro e, do lado de dentro, o cheiro morno de celulose e as mulheres de turbante pintando bonecas ao som do tema de *Dr. Jivago.* O sr. Aveney conduziu Wexford através das oficinas até o escritório do gerente de pessoal, falando o tempo todo, demonstrando espanto e indignação.

– Adulterar os livros? Nunca aconteceu nada disso aqui.

– Não estou dizendo que aconteceu, sr. Aveney. Estou tateando no escuro – disse Wexford. – Já ouviu falar do velho conto da folha de pagamento?

– Bem, já, *já ouvi* falar. Faziam muito isso nas Forças Armadas. Ninguém conseguiria fazer isso aqui sem que descobríssemos.

– É o que veremos.

O gerente de pessoal, um jovem confuso de cabelo claro arrepiado, foi apresentado como John Oldbury. O escritório estava muito desarrumado e ele parecia um tanto perturbado, como se tivesse sido interrompido quando estava procurando por alguma coisa que sabia que nunca iria encontrar.

– O senhor quer dizer manipular os salários?

– Que tal o senhor me dizer como o senhor e o contador fazem para organizar a folha de pagamento?

Oldbury olhou espantado para Aveney e Aveney acenou com a cabeça, dando levemente de ombros. O gerente de pessoal sentou-se pesadamente e passou os dedos pelos cabelos desalinhados.

– Não sou muito bom em explicar coisas – começou ele. – Mas vou tentar. É assim: quando arranjamos uma nova operária, dou para o contador uns detalhes a respeito dela e ele calcula o salário a partir disso. Não, vou ter que ser mais explícito. Digamos que contratamos uma... bem, vamos chamá-la de Joan Smith, sra. Joan Smith. ... Oldbury, pensou Wexford, além de não saber se expressar, também não tinha imaginação.

– Eu digo para o contador o nome e o endereço dela... digamos...

Percebendo sua frustração, Wexford disse:

– 24 Gordon Road, Toxborough.

– Sim, ótimo! – O gerente de pessoal deu um sorriso que irradiava admiração. – Eu digo para ele que a sra. Joan Smith, vinte e tantos, Gordon Road, Toxborough...

– Diz para ele como? Por telefone? Por escrito?

– Bem, tanto faz. É claro que guardo um registro. Não

tenho – disse Oldbury desnecessariamente – uma memória muito boa. Digo o nome e o endereço e, quando ela vai começar, o horário de trabalho dela, e tudo o mais, e ele joga isso tudo no computador e pronto. Depois faço isso de novo toda semana para as horas extras dela... e tudo mais.

– E quando ela vai embora o senhor também comunica isso a ele?

– Sim, claro.

– Elas estão sempre indo embora. A inconstância é eterna – disse Aveney.

– Elas todas recebem em dinheiro por semana?

– Todas, não – disse Oldbury. – Algumas das senhoras não usam o salário em... bem, gastos domésticos. Os maridos são os... como é que se chama?

– Arrimo de família.

– Sim, ótimo. Arrimo de família. As senhoras... algumas delas... guardam os salários para as férias, para reformar a casa, ou só economizam.

– Sim, entendo. Mas e daí?

– Bem – disse Oldbury triunfante –, *elas* não recebem em dinheiro. Os salários são depositados em uma conta bancária, na maioria das vezes numa caderneta de poupança.

– E quando esse é o caso, o senhor comunica isso ao contador e ele bota isso no computador?

– Sim, bota. – Oldbury sorriu, encantado por ter sido tão claro. – O senhor está absolutamente correto. Pensamento rápido, se me permite o comentário.

– Que nada – disse Wexford, ligeiramente admirado com o charme simplório de Oldbury. – Então o contador podia simplesmente inventar uma mulher e botar o nome e o endereço fictícios no computador? O salário iria para uma conta bancária de onde o contador – ou melhor, a cúmplice dele – podia fazer retiradas quando quisesse?

– Isso – disse Oldbury, sério – seria fraude.

– Seria, mesmo. Mas, já que o senhor guarda os registros, podemos facilmente verificar se tal fraude já foi cometida.

– É claro que podemos. – O gerente de pessoal deu outro sorriso de satisfação e correu para um arquivo cujas gavetas abertas estavam abarrotadas de documentos amarrotados. – Nada mais fácil. Guardamos os registros por um ano inteiro depois que uma operária vai embora.

Um ano inteiro... E Hathall tinha deixado de trabalhar lá há dezoito meses. Aveney levou-o de volta através da fábrica, onde as operárias estavam sendo agora embaladas (ou estimuladas) pela voz de Tom Jones.

– John Oldbury – disse ele, na defensiva – é formado em psicologia e é ótimo em lidar com as pessoas.

– Imagino. Vocês foram muito gentis. Peço desculpas por tomar tanto do tempo de vocês.

A entrevista não havia nem provado nem refutado a teoria de Howard. Mas já que não havia registros, o que se podia fazer? Se aquela investigação não fosse clandestina, se ele tivesse policiais à sua disposição, poderia mandá-los investigar as cadernetas de poupança locais. Mas era clandestina e ele não tinha ninguém à sua disposição. No entanto, agora podia ver claramente como aquele tipo de coisa podia ter sido feito; Angela tendo a idéia; os dois arranjando uma cúmplice para personificar a mulher que Hathall inventara e para retirar o dinheiro das contas. E depois... sim, Hathall se apegando tanto a sua ajudante que Angela ficou com ciúmes. Se ele estava certo, era tudo explicável, a solidão deliberadamente planejada dos Hathall, a vida enclausurada, o dinheiro que permitia que jantassem fora e que Hathall comprasse presentes para a filha. E todos teriam estado juntos nisso – até que Angela percebeu que a mulher era mais do que uma cúmplice para seu marido, mais que uma útil arrecadadora de rendimentos... O que fizera ela? Teria acabado com o caso deles e ameaçado, caso começassem novamente, delatar os dois? Isso seria o fim da carreira de Hathall. Isso acabaria com seu emprego na Marcus Flower e com qualquer outro emprego futuro de contador. Então eles a mataram. Mataram Angela para ficarem juntos e, sabendo que a Kidd's só guardava os registros por um ano, para ficarem a salvo para sempre do risco de serem descobertos...

Wexford seguia lentamente em seu carro pela pista entre os gramados verdes e, no portão que dava para a estrada principal da zona industrial, passou por um carro que entrava. O motorista era um policial uniformizado e seu ocupante era o inspetor-chefe Jack "Texugo" Lovat, um baixinho de nariz arrebitado que usava óculos de aro dourado. O carro diminuiu a marcha e Lovat abaixou o vidro da porta.

– O que você está fazendo aqui? – perguntou Wexford.

– Trabalhando – disse Lovat, simplesmente.

Seu apelido vinha do fato de ele criar três texugos, que haviam sido salvos das garras dos caçadores antes que a caça ao texugo passasse a ser crime, no quintal dos fundos de sua casa. Wexford sabia há muito que era inútil fazer perguntas ao chefe da divisão de investigação criminal de Myringham sobre qualquer outra coisa que não aquele seu *hobby*. Sobre este assunto, ele era prolixo e entusiástico. Sobre qualquer outro – embora ele fizesse seu trabalho de modo exemplar – era quase mudo. Só se conseguia arrancar um "sim" ou "não", a menos que se estivesse preparado para falar sobre tocas de texugos e quadrúpedes plantígrados.

– Já que não há texugos por aqui – disse Wexford sarcasticamente –, a não ser possivelmente de brinquedo, vou perguntar apenas uma coisa. Essa sua visita tem alguma coisa a ver com um sujeito chamado Robert Hathall?

– Não – disse Lovat. Sorrindo parcimoniosamente, ele acenou e disse ao motorista para seguir em frente.

Não fosse por suas novas indústrias, Toxborough estaria agora reduzida a uma vila semideserta com uma população idosa. As indústrias haviam trazido vida, comércio, estradas, feiúra, um centro comunitário, uma área de esportes e um parque. Este era cruzado por uma rodovia larga chamada Maynnot Way, onde os postes de concreto da iluminação pública haviam substituído as árvores, e que havia recebido o nome da única casa antiga que ainda estava de pé, Maynnot Hall. Wexford, que não passava por aqui há dez anos, quando o concreto e os tijolos haviam começado a se espalhar pelos prados verdes de Toxborough, sabia que, em algum lugar não muito longe daqui, havia uma caderneta de poupança. No segundo entroncamento virou à esquerda e entrou na Queen Elizabeth Avenue, e lá estava ela, espremida entre uma loja de apostas e uma casa que vendia tapetes no sistema pague-e-leve.

O gerente era um sujeito inflexível e pomposo que reagiu rispidamente à pergunta de Wexford.

– Deixá-lo examinar nossos livros? Sem mandado, não.

– Tudo bem. Mas me diga uma coisa. Se o pagamento que era depositado numa conta for interrompido e a conta ficar a zero ou a quase zero vocês escrevem para o correntista e perguntam se ele quer encerrar a conta?

– Desistimos desse procedimento. Se a pessoa só tem quinze *pence* no banco, não vai querer gastar dinheiro com um selo só para dizer que quer encerrar a conta. Nem vai gastar cinco *pence* com a passagem de ônibus para retirar o que sobrou. Certo?

– O senhor verificaria para mim se tem alguma conta em nome de uma mulher que não é movimentada, ou por não haver depósitos recentes ou porque a correntista não tem feito retiradas, desde... bem, desde abril ou maio do ano passado? E se esse for o caso, o senhor poderia se comunicar com a correntista?

– Não – disse o gerente com firmeza –, a menos que isso seja oficial. Não tenho empregados em número suficiente para isso.

E nem ele, pensou Wexford quando saiu do banco. Sem empregados, sem verbas, sem incentivos; e até agora nada a não ser sua "intuição" para convencer Griswold de que valia a pena insistir nisso. A Kidd's tinha uma folha de pagamento; Hathall podia ter conseguido tirar dinheiro da fábrica valendo-se de contas mantidas por mulheres fictícias. Por falar nisso, a delegacia de Kingsmarkham tinha uma "caixinha" e ele, Wexford, podia ter tirado dinheiro dela. Havia tanto motivo para suspeita em seu caso quanto no de Hathall, e era assim que o chefe de polícia veria a coisa.

– Outro beco sem saída – disse ele ao sobrinho naquela noite. – Mas agora entendo como tudo aconteceu. Os Hathalls e a outra mulher levam adiante a fraude por uns dois anos. A divisão do dinheiro é feita em Bury Cottage. Aí Hathall arruma um novo emprego e não há mais necessidade de passarem o conto da folha de pagamento. A outra mulher devia desaparecer de cena, mas não desaparece porque Hathall se apaixonou por ela e quis continuar a vê-la. Dá para imaginar a raiva de Angela. A idéia era *dela,* tinha planejado tudo e deu nisso. Ela diz a Hathall que desista da mulher ou então vai fazer ir tudo pelos ares, mas Hathall não consegue. Ele finge que desistiu da mulher e tudo parece estar bem entre ele e Angela, a ponto de Angela convidar a sogra a ficar com eles e limpar a casa para impressioná-la. Naquela tarde Angela vai buscar a rival, talvez para botar tudo em pratos limpos de uma vez por todas. A outra mulher a estrangula como combinado, mas deixa aquela impressão palmar na banheira.

– Admirável – disse Howard. – Tenho certeza que você está certo.

– E de que me adianta isso? Não faz a menor diferença se eu for para casa amanhã. Vocês vão passar o Natal conosco?

Howard deu uns tapinhas em suas costas como fizera no dia em que prometera vigiar Hathall.

– O Natal é daqui a quinze dias. Vou continuar vigiando Hathall em todas as minhas noites livres.

Pelo menos não havia qualquer chamado de Griswold a sua espera. E não tinha acontecido nada de mais em Kingsmarkham durante sua ausência. A casa do presidente do conselho rural tinha sido assaltada. Seis aparelhos de televisão a cores haviam sido furtados da locadora da High Street. O filho de Burden fora aceito pela Universidade de

Reading, mas teria que manter uma média alta durante seu curso. E a casa de Nancy Lake fora vendida por vinte e cinco mil libras. Alguns diziam que ela estava se mudando para Londres, outros que ela estava indo para o exterior. O sargento Martin havia decorado o vestíbulo da delegacia com enfeites de papel e móbiles de anjos voando, que o chefe de polícia ordenara fossem imediatamente retirados por denegrirem a dignidade de Mid-Sussex.

– É engraçado o Hathall não ter se queixado, não?

– Sorte sua ele não ter reclamado. – À vontade agora com seus óculos novos, Burden parecia mais severo e puritano que nunca. Respirando fundo, parecendo estar exasperado, ele disse: – Você *precisa* desistir disso.

– Preciso? Meu chapinha, isso não é coisa que se diga para um inspetor-chefe. Houve um tempo em que você me chamava de "senhor".

– E foi você que me pediu para parar. Lembra?

Wexford riu:

– Vamos até o Carousel comer alguma coisa que eu lhe conto tudo.

Antônio ficou encantado ao vê-lo de volta e sugeriu a especialidade do dia: *moussaka.*

– Pensei que isso fosse comida grega.

– Os gregos – disse Antônio – copiaram de nós.

– Uma inversão do processo normal. Muito interessante. É melhor aceitar a sua sugestão, Antônio. E torta de carne, que você copiou de nós, para o sr. Burden. Fiquei mais magro, Mike?

– Você está definhando.

– Com a perseguição ao Hathall, não como uma refeição decente há duas semanas. – Wexford contou-lhe tudo enquanto comiam. – Agora você acredita?

– Não sei, não. Não tem nada de concreto nisso tudo, não é? Minha filha estava me contando outro dia uma coisa que ela aprendeu na escola. Era sobre o Galileu. Fizeram o Galileu renegar o que ele tinha dito a respeito da Terra se mover em torno do Sol, mas ele não queria entregar os pontos e, quando estava morrendo, suas últimas palavras foram: "Mas ela se move".

– Já ouvi essa história antes. Mas o que você está tentando provar? Ele estava certo. A Terra se move mesmo em torno do Sol. E quando eu estiver morrendo vou dizer: "Mas ele a matou". – Wexford suspirou. Era inútil, era melhor mudar de assunto... – Vi o velho "Texugo" na semana passada. Ele estava mais reservado que nunca. Ele encontrou a desaparecida que estava procurando?

– Está escavando a cidade velha de Myringham procurando por ela.

– Ela está tão desaparecida assim, é?

Burden lançou um olhar desconfiado para a *moussaka* de Wexford, cheirou-a desconfiado e atacou a torta de carne.

– Ele está convicto de que ela está morta e prendeu o marido.

– O que, por assassinato?

– Não, não acharam o corpo. O sujeito tem folha criminal e ele o está detendo sob a acusação de arrombamento.

– Jesus Cristo! – explodiu Wexford. – Tem gente que tem sorte mesmo.

Seus olhos encontraram os de Burden e o inspetor olhou para ele do jeito que encaramos nossos amigos quando começamos a duvidar do equilíbrio mental deles. E Wexford não disse mais nada, só quebrando o silêncio para perguntar pelos êxitos e perspectivas do jovem John Burden. Mas depois de se levantarem para ir embora e cumprimentarem Antônio pela comida, Wexford disse:

– Quando me aposentar ou morrer, Antônio, você bota o meu nome em um dos pratos da casa?

O italiano fez o sinal-da-cruz.

– Isso não é coisa que se diga, mas sim, claro que boto. *Lasagne Wexford.*

– *Lasagne Galileo.* – Wexford riu da perplexidade do outro. – Soa mais como latim – disse ele.

As lojas da High Street estavam com as vitrines cheias

de purpurina e o grande cedro do lado de fora do bar Dragon tinha os galhos cobertos de lâmpadas laranjas, verdes, vermelhas e azuis. Na vitrine da loja de brinquedos um papai noel de *papier-machê* e algodão acenava com a cabeça e sorria para a platéia de crianças pequenas amassando os narizes contra o vidro.

– Ainda temos doze dias de compras até o Natal – disse Burden.

– Ora, cale a boca – disse Wexford, ríspido.

17

Um nevoeiro cinza pairava sobre o rio, encobrindo a margem oposta, envolvendo os salgueiros em véus de névoa, descolorindo os morros e as árvores desfolhadas de tal forma que tudo parecia uma paisagem fora de foco em uma fotografia monocromática. Neste lado do rio, as casas da cidade velha dormiam na cerração gelada, todas as janelas fechadas e as árvores dos jardins totalmente imóveis. O único movimento era o das gotas d'água caindo suave e lentamente dos galhos magros. Fazia um frio de amargar. Enquanto Wexford descia a rua, passando pela Igreja de São Lucas, parecia-lhe assombroso que lá em cima, além daquelas camadas de nuvens, de quilômetros de neblina gelada, houvesse, ainda que distante, um sol brilhando. Faltavam poucos dias para o dia mais curto do ano, a noite mais longa. Poucos dias para o solstício, quando o sol teria se movido até seu limite máximo de afastamento desta parte do planeta. Ou, pensou ele, como ele devia dizer, recordando a amostra de cultura popular de Burden do dia anterior, quando o chão onde ele pisava teria se movido até seu limite máximo de afastamento do sol...

Ele viu os carros e os camburões da polícia na River Lane antes de avistar os policiais que haviam chegado neles e perceber qualquer sinal do que estariam fazendo por lá. Estavam todos estacionados ao longo da rua, em frente a uma fileira de casas quase em ruínas, cujos proprietários as tinham abandonado e as deixado para serem habitadas intermitentemente pelos desesperados sem lar. Aqui e ali, onde o vidro ou a esquadria de uma janela havia quebrado e caído, o buraco estava remendado com chapas de plástico. Em outras janelas havia colchas, panos de saco, trapos, papel marrom rasgado e encharcado. Mas agora não havia posseiros aqui. O inverno e a umidade que se elevava do rio os havia levado a procurar outros lugares, e as velhas casas, incomensuravelmente mais bonitas, mesmo agora, que qualquer construção moderna, esperavam no frio cortante por novos ocupantes ou novos compradores. Eram velhas, mas eram também quase imortais. Ninguém as poderia destruir. Tudo o que podia lhes acontecer era uma lenta desintegração até a ruína total.

Um beco entre os muros de tijolos decrépitos levava aos quintais de trás das casas, quintais que haviam se transformado em depósito de lixo, infestados de ratos, e que iam em declive até a margem do rio. Wexford dirigiu-se pelo beco até o ponto onde o muro havia desmoronado, deixando uma abertura. Um jovem sargento, no lado de dentro da abertura com uma pá na mão, barrou-lhe a passagem e disse:

– Lamento, senhor. Ninguém pode entrar aqui.

– Você não está me reconhecendo, Hutton?

O sargento olhou novamente e, surpreso, disse: – É o sr. Wexford, não é? Desculpe, senhor.

Wexford disse que estava tudo bem e perguntou onde poderia encontrar o inspetor Lovat.

– Lá embaixo onde estão cavando, senhor. No lado direito, na parte mais baixa.

– Estão procurando o corpo da tal mulher?

– Sra. Morag Grey. Ela e o marido viveram aqui parte do penúltimo verão. O sr. Lovat acha que o marido pode ter enterrado a mulher nesse quintal.

– Eles moraram *aqui*? – Wexford levantou os olhos para o frontão que estava despencando, escorado por uma viga de madeira. A argamassa rachada havia caído em algumas partes, mostrando o feixe de ripas usado na construção da casa quatrocentos anos antes. Uma porta aberta revelava paredes internas que, encharcadas e cobertas de limo, pareciam as de uma caverna que o mar invade diariamente.

– Não é tão ruim assim no verão – disse Hutton, à guisa de desculpa –, e só ficaram aqui uns dois meses.

Um grande emaranhado de arbustos salpicados de lama, sob o qual havia latas vazias e jornais encharcados, bloqueava os fundos do quintal. Wexford forçou a passagem por ali e chegou a uma área abandonada. Quatro policiais estavam cavando, muito mais fundo do que os jardineiros costumavam cavar. Havia uma montanha de terra, misturada com lascas de calcário, empilhada contra o muro junto ao rio. Lovat estava sentado no muro, o colarinho levantado, um cigarro úmido grudado no lábio inferior, observando os policiais com um ar inescrutável.

– O que faz você pensar que o corpo dela está aqui?

– Tem que estar em algum lugar. – Lovat não se mostrou surpreso com a sua chegada, mas estendeu outra folha de jornal no muro para que ele se sentasse. – Que dia horrível – disse ele.

– Você acha que o marido a matou? – Wexford sabia que era inútil fazer perguntas. Ele tinha que fazer afirmações e esperar que Lovat concordasse ou discordasse delas. – Você o prendeu sob a acusação de arrombamento. Mas não tem o corpo, só uma mulher desaparecida. Alguém deve ter feito você levar isso a sério e não foi Grey.

– A mãe dela – disse Lovat.

– Entendo. Todo mundo pensou que ela tinha ido visitar a mãe e esta pensou que ela estava em algum outro lugar, mas ela não respondeu as cartas da mãe. Grey tem folha criminal, talvez estivesse vivendo com outra mulher. Contou um monte de mentiras. Estou certo?

– Está.

Wexford achou que tinha cumprido seu dever. Era pena que soubesse tão pouco a respeito de texugos, que estivesse ainda menos interessado neles do que no caso Grey. O nevoeiro gelado estava atravessando suas roupas e indo até a espinha, gelando todo o seu corpo.

– Texugo – disse ele –, você me faz um favor?

A maioria das pessoas responde a essa pergunta dizendo que depende do favor. Mas Lovat tinha virtudes que compensavam sua taciturnidade. Tirou outro cigarro amassado do maço úmido e amarrotado.

– Sim – disse ele, simplesmente.

– Sabe aquele sujeito, o Hathall, do qual estou sempre falando? Acho que ele passou o conto da folha de pagamento enquanto trabalhava na Kidd's, em Toxborough. É por isso que eu estava lá quando nos encontramos outro dia. Mas não tenho autorização para agir. Tenho quase certeza que foi assim... – Wexford contou-lhe o que tinha quase certeza que havia acontecido. – Você mandaria alguém investigar aquelas cadernetas de poupança para ver se descobre indícios de contas falsas? E rápido, Texugo, porque só tenho mais dez dias.

Lovat não perguntou por que ele só tinha mais dez dias. Limpou os óculos que o nevoeiro havia embaçado e reajustou-os sobre seu nariz arrebitado. Sem olhar para Wexford nem mostrar o menor interesse, fixou os olhos nos policiais e disse: – De um jeito ou de outro, já me vi muitas vezes metido com escavações.

Wexford não replicou. Naquele momento não conseguiria manifestar muito entusiasmo por uma homilia da Liga Contra os Esportes Violentos. E nem repetiu o pedido, o que só teria aborrecido Lovat; apenas ficou em silêncio, no frio úmido, ouvindo o som que as pás faziam quando encontravam o calcário, e o som suave da terra sendo levantada e jogada pesadamente a distância. Latas, caixas de papelão cheias d'água eram arremessadas nos montes de terra, seguidas por roseiras arrancadas por inteiro, com raízes que lembravam escorpiões emaranhados na terra molhada. Haveria um corpo ali? A qualquer momento uma pá poderia revelar não um torrão de argamassa velha ou outro emaranhado de raízes marrons, mas uma mão humana, branca, em decomposição.

O nevoeiro estava se espessando sobre a água quase estagnada. Lovat jogou a ponta do cigarro numa poça cheia de óleo.

– Chega – disse ele.

Foi um alívio afastar-se do rio e seu miasma – emanações que antigamente eram consideradas fontes de doenças – e voltar para a parte mais chique da cidade velha, onde estacionara seu carro. Estava limpando o pára-brisa embaçado quando avistou Nancy Lake, e não teria entendido o que ela estaria fazendo ali se ela não tivesse, naquele momento, entrado numa pequena padaria, famosa por seus pães e bolos caseiros. Fazia mais de ano que ele não a via e tinha quase se esquecido da sensação que sentira então, a respiração suspensa, o leve estremecimento no coração. Sentia a mesma coisa agora quando viu a porta de vidro fechar-se e o aconchegante brilho alaranjado da padaria a acolhê-la.

Embora estivesse tremendo de frio, seu hálito transformando-se em fumaça na cerração fria, esperou por ela no meio-fio. E quando ela saiu, premiou-o com um de seus sorrisos generosos e amáveis. – Sr. Wexford! Há policiais para todos os lados aqui, mas não esperava encontrá-lo.

– Também sou um policial. Posso lhe dar uma carona de volta para Kingsmarkham?

– Obrigada, mas não vou voltar agora. – Ela estava usando um casaco de chinchila, cheio de gotículas d'água que brilhavam. O frio que enfeava outros rostos coloria o dela e iluminava seus olhos. – Mas vou me sentar no seu carro com o senhor por cinco minutos, posso?

Alguém, pensou ele, devia inventar uma maneira de aquecer o carro com o motor desligado. Mas ela não parecia estar sentindo frio. Inclinou-se na direção dele com a avidez e a vitalidade de uma jovem.

– Vamos dividir uma torta de creme?

Ele disse que não com a cabeça.

– Não é bom para a minha forma física, infelizmente.

– Mas o senhor está em ótima forma!

Sabendo que não devia, que isso era o mesmo que um convite ao restabelecimento do flerte, olhou direto naqueles olhos brilhantes e disse:

– A senhora está sempre me dizendo coisas que mulher nenhuma me diz há muito tempo.

Ela riu:

– Sempre, não. Como pode ser sempre, se nunca o vejo? – Ela começou a comer a torta. Era o tipo de torta que ninguém deve tentar comer sem prato, garfo e guardanapo. Ela conseguiu comê-la sem nada disso, a pequena língua vermelha recolhendo pedaços do creme dos lábios. – Vendi minha casa – disse ela. – Vou me mudar um dia antes da véspera do Natal.

Um dia antes da véspera do Natal...

– Dizem que a senhora vai para o exterior.

– Dizem, é? Há vinte anos que dizem coisas a meu respeito por aqui, e a maior parte das coisas é uma deturpação da verdade. Dizem que meu sonho finalmente se realizou? – Ela terminou de comer a torta, lambeu os dedos delicadamente. – Agora tenho que ir. Uma vez... nossa, parece que foi há anos... convidei-o para tomar chá comigo.

– Convidou, sim – disse ele.

– O senhor vai? Digamos... sexta-feira? – quando ele concordou, ela disse: – E comeremos a última geléia de miragem.

– Gostaria que a senhora me contasse por que a chama assim.

– Eu vou, eu vou... – Ele abriu a porta do carro para ela e ela segurou a mão que ele lhe estendeu. – Vou lhe contar a história da minha vida. Tudo será esclarecido. Até sexta, então.

– Até sexta. – Aquela excitação que ele estava sentindo era absurda. Você está velho, disse ele a si mesmo com severidade. Ela quer lhe servir geléia de ameixa e contar a história da vida dela, e agora é só para isso que você serve. E ele observou-a afastar-se até que seu casaco de pele cinzenta houvesse se dissolvido na neblina do rio e desaparecido.

– Não dá para segui-lo no metrô, Reg. Tentei três vezes, mas a multidão fica cada vez maior com a proximidade do Natal.

– Dá para imaginar – disse Wexford, que achava que não iria querer ouvir a palavra "Natal" nunca mais. Estava mais consciente da festiva confusão daquela época do ano do que jamais estivera. Estaria esse Natal mais natalino que o de costume? Ou seria apenas que estava encarando cada cartão colocado em sua porta, cada indício da festividade que se aproximava, como uma ameaça de fracasso? Havia uma profunda ironia no fato de que esse ano sua casa ficaria mais cheia de gente do que nunca, com suas duas filhas, seu genro, seus dois netos, Howard e Denise, Burden e os filhos. E Dora já havia começado a enfeitar a casa. Ele tinha que se encolher em sua cadeira, o telefone sobre os joelhos, para não espetar o rosto no feixe de ramos de azevinho pendurado acima de sua escrivaninha. – Então não tem jeito, não é? – disse ele. – Desista, pare. Pode ser que surja alguma coisa da história da folha de pagamento. É minha última esperança.

Howard parecia estar indignado.

– Não quis dizer que quero desistir. Só quis dizer que não dá para segui-lo desse jeito.

– E de que outro jeito?

– Por que eu não posso tentar segui-lo do outro lado?

– Que outro lado?

– Ontem à noite, depois que me perdi dele no metrô, fui para a Dartmeet Avenue. Veja, eu tinha calculado que ele pode ficar a noite toda com ela de vez em quando, mas ele não fica lá sempre. Se ficasse, não haveria motivo para ter um apartamento só para ele. E ontem ele não passou a noite toda com ela, Reg. Voltou para casa no último ônibus 28. Então, pensei, por que eu também não pego aquele último ônibus?

– Devo estar ficando estúpido com a velhice – disse Wexford –, mas não vejo como isso pode adiantar.

– Da seguinte maneira. Ele vai pegar o ônibus no ponto mais próximo da casa dela, não vai? E uma vez que eu descubra onde é esse ponto, posso ficar esperando lá na noite seguinte a partir das cinco e meia. Se ele for de ônibus posso segui-lo, se for de metrô vai ser mais difícil, mas ainda há uma boa chance.

Kiburn Park, Great Western Road, Pembridge Road, Church Street... Wexford suspirou.

– Existem dezenas de pontos de ônibus – disse Wexford.

– Em Notting Hill, não. E lembre-se que tem que ser em Notting Hill. O último 28 passa por Notting Hill Gate às dez para as onze. Amanhã à noite vou estar esperando pelo ônibus em Church Street. Tenho mais seis dias úteis, Reg, mais seis noites para ficar vigiando até o Natal.

– O peito do peru vai ser seu – disse-lhe o tio – e a moeda de cinqüenta *pence* do pudim também.

Assim que desligou o telefone, a campainha da porta soou e ele ouviu as vozes estridentes das crianças entoando cânticos de Natal.

18

A segunda-feira da semana anterior ao Natal se foi, veio a terça-feira e nada de notícias de Lovat. Ele provavelmente estava ocupado demais com o caso Morag Grey para se empenhar muito. O corpo da mulher não havia sido encontrado e o marido, mantido sob custódia por uma semana, estava para ir a julgamento novamente, unicamente por arrombamento. Wexford telefonou para a delegacia de Myringham terça à tarde. O sargento Hutton disse-lhe que era o dia de folga do sr. Lovat e que ele não poderia ser encontrado em casa porque tinha ido a uma convenção de uma tal de Sociedade dos Amigos do Texugo Inglês.

Howard não deu notícias. Não foi o respeito que impediu Wexford de telefonar para ele. Não devemos importunar quem está nos fazendo o enorme favor de abrir mão de todo o seu tempo livre para satisfazer nossa obsessão, correr atrás de nossa quimera. Deixamos esse alguém em paz e esperamos. *Quimera*: monstro fabuloso, fantasia, produto da imaginação. É assim que o dicionário define quimera, como descobriu Wexford procurando a definição da palavra na solidão de seu gabinete. Produto da imaginação... Hathall era de carne e osso, mas e a mulher? Só Howard já a tinha visto, e Howard não estava preparado a jurar que vira Hathall – o monstro, a fantasia – em companhia dela. Mas não desanime – disse Wexford a si mesmo. – Alguém havia deixado aquela impressão palmar, alguém havia deixado aqueles fios de cabelo escuro no chão do quarto de Angela.

E mesmo se suas chances de pôr as mãos nela eram agora remotas, ficando mais remotas a cada dia que passava, ele ainda iria querer saber como tudo havia acontecido, preencher os claros que ainda havia em sua mente. Ele iria querer saber onde Hathall a conhecera. Na rua, em um bar, como Howard uma vez sugerira? Ou teria ela sido uma das amigas de Angela da época em que esta morava em Londres antes que Hathall fosse apresentado a sua segunda esposa naquela festa em Finchley? Ela certamente deve ter morado nas vizinhanças de Toxborough ou de Myringham, se era dela a tarefa de retirar dinheiro daquelas contas bancárias. Ou teria tal tarefa sido dividida entre ela e Angela? Hathall só trabalhara meio expediente na Kidd's. Em seus dias de folga, Angela poderia ter usado o carro para fazer a coleta.

E, além disso, havia o livro de línguas célticas, outra "prova material" esquisita no caso, que ele ainda não tinha nem começado a explicar. As línguas célticas tinham alguma relação, não muito remota, com arqueologia, mas Angela não demonstrara qualquer interesse por elas quando trabalhava na biblioteca da Liga Nacional dos Arqueólogos. Se o livro era irrelevante, então por que Hathall ficara tão perturbado ao vê-lo nas mãos de Wexford?

Mas o que quer que ele viesse a deduzir, após examinar repetidamente esses fatos, após enumerar cuidadosamente informações aparentemente desconexas e tentar estabelecer uma ligação entre elas, o que era realmente importante, a prisão de Hathall antes que deixasse o país, dependia agora de que encontrassem provas daquela fraude. Juntar as peças daquele quebra-cabeças, formar um quadro daquela quimera era uma coisa que podia esperar, para depois que fosse tarde demais e Hathall tivesse fugido. Isso, pensou ele com amargura, seria uma tarefa para as longas noites do Ano-Novo. E quando, na quarta-feira de manhã, ainda não tinha tido notícias de Lovat, foi até Myringham para pegá-lo em seu gabinete, lá chegando pouco antes das dez horas. Disseram-lhe que o sr. Lovat estava no tribunal e não era esperado antes da hora do almoço.

Wexford atravessou com dificuldade a multidão que estava no centro comercial de Myringham, subindo escadarias de concreto, subindo e descendo escadas rolantes – todo o centro comercial enfeitado com luzes brilhantes, formando margaridas amarelas e vermelhas –, e encaminhou-se para a sala do tribunal. A galeria estava quase deserta. Sentou-se discretamente, olhou ao redor e localizou Lovat sentado bem à frente.

Um homem pálido e desengonçado de uns trinta anos estava sentado no banco dos réus – de acordo com o advogado que o representava, um tal de Richard George Grey, sem residência fixa. Ah, o marido de Morag. Não admirava que Lovat parecesse tão ansioso. Mas não demorou muito para Wexford concluir que a acusação de arrombamento contra Grey se baseava em provas muito frágeis. A polícia, obviamente, queria uma condenação que parecia que não ia conseguir. O advogado de Grey, jovem, urbano e refinado, estava fazendo o melhor possível por seu cliente, um esforço que fez os cantos da boca de Wexford se voltarem para baixo. Com uma crueldade que lhe era incomum, Wexford viu-se desejando que Grey se livrasse daquela. Por que teria ele que ser o sortudo, capaz de prender um homem até ter conseguido provas suficientes contra ele para acusá-lo do assassinato da esposa?

– E assim o Meritíssimo vai levar em conta que meu cliente sofreu uma série de graves infortúnios. Embora ele não seja obrigado a divulgar ao Meritíssimo quaisquer condenações anteriores, ele deseja fazê-lo, sabedor, sem dúvida, do quão insignificante o Meritíssimo considerará sua única condenação. E do que consistiu essa única condenação? Em ser colocado em livramento condicional, Meritíssimo, por ter invadido propriedade privada na tenra idade de dezessete anos.

Wexford mudou de cadeira para dar lugar a duas senhoras idosas que estavam carregando sacolas de compras. A expressão em seus rostos era de avidez e pareciam estar à vontade. Esse entretenimento, pensou ele, era de graça, matutino, e era de um realismo absoluto, três vantagens em relação ao cinema. Saboreando a frustração de Lovat, continuou a ouvir o advogado.

– Afora isso, de que consiste sua *propalada propensão* ao crime? Sim, é verdade que, quando viu-se pobre e sem ter onde morar, foi levado a refugiar-se em uma casa abandonada para a qual seu proprietário não encontrara utilidade e que estava classificada como *imprópria para habitação humana.* Mas isso, como o Meritíssimo está ciente, não é crime. Não é, como dispõe a lei há seiscentos anos, nem delito. Também é verdade que foi demitido por seu último empregador – e ele o admite francamente, embora nenhuma queixa tenha sido apresentada – por ter se apossado da soma insignificante de duas libras e meia pertencentes a seu empregador. Em conseqüência disso, foi obrigado a sair do apartamento, que pertencia a seu empregador, em Maynnot Hall, Toxborough, e, conseqüência ainda mais séria, foi abandonado pela esposa, que alegou recusar-se a viver com um homem cuja honestidade não estava acima de qualquer suspeita. Essa senhora, cujo paradeiro não é conhecido, e que ao abandonar o lar causou em meu cliente profunda aflição, parece ter uma coisa em comum com a polícia de Myringham, qual seja, o hábito de agredir quem já está por baixo...

Houve muito mais no mesmo estilo. Wexford teria achado menos enfadonho, pensou ele, se tivesse ouvido mais sobre as provas concretas e menos daquelas alegações fantasiosas. Mas as provas deviam ser fracas e a identificação de Grey duvidosa, pois os juízes voltaram em três minutos e encerraram o caso. Lovat levantou-se desgostoso e Wexford levantou-se para segui-lo. As senhoras idosas tiraram suas sacolas do caminho sob protesto; havia uma multidão do lado de fora do tribunal – um exame de testemunhas de um caso de lesões corporais –, e quando ele conseguiu passar por todos, Lovat já havia partido de carro, e não na direção da delegacia.

Bem, ele estava vinte e quatro quilômetros ao norte de Kingsmarkham, vinte e quatro quilômetros mais perto de Londres. Por que desperdiçar todos aqueles quilômetros? Por que não ir mais ao norte para uma última conversa com Eileen Hathall? As coisas dificilmente poderiam ficar piores do que já estavam. Só havia lugar agora para melhoras. E como se sentiria ele se ela lhe dissesse que a partida de Hathall fora adiada, que ele ficaria mais uma semana, quinze dias, em Londres?

Quando estava passando por Toxborough, pela Maynnot Way, percebeu que havia algo importante no fundo de sua memória. Richard e Morag Grey já tinham morado aqui em certa ocasião, e era possível que tivessem trabalhado em Maynnot Hall – mas não era isso. No entanto, tinha alguma coisa a ver com o que o jovem advogado havia dito. Concentrando-se, reviu o caso, que ele havia passado a encarar como o caso Hathall. Tantos lugares e tantas personagens... De todas as pessoas que ele tinha encontrado ou de quem tinha ouvido falar, a uma delas aquele advogado havia feito uma alusão em seu discurso dramático à corte. Mas nenhum nome havia sido mencionado exceto o de Grey... Sim, a mulher dele. A mulher desaparecida, era isso. "Abandonado pela esposa, que alegou recusar-se a viver com um homem cuja honestidade não estava acima de qualquer suspeita." Mas o que isso lhe lembrava? Em relação ao caso Hathall, talvez há um ano, ou há meses, ou semanas, alguém, em algum lugar, havia lhe falado de uma mulher que tinha um apreço especial pela honestidade. O problema era que ele não tinha a menor lembrança de quem era esse alguém.

Não foi necessário qualquer esforço de memória para identificar a convidada de Eileen Hathall para o almoço. Wexford não via a velha sra. Hathall há quinze meses e ficou um tanto aborrecido de encontrá-la ali. A ex-esposa não falaria ao ex-marido de sua visita, mas a mãe provavelmente o faria. Não tinha importância. Não importava mais. Hathall ia sair do país em cinco dias. Quem está partindo de seu país natal para sempre não tem tempo para vinganças mesquinhas e precauções desnecessárias.

E parecia que a sra. Hathall, que estava bebendo uma xícara de chá digestivo, havia formado uma opinião afortunadamente equivocada quanto ao motivo de sua presença ali. Esse policial irritante já aparecera anteriormente em uma casa onde ela se encontrava; agora estava chegando à casa onde ela se encontrava novamente. Em cada uma das ocasiões anteriores ele estava procurando por seu filho, portanto:

– O senhor não vai encontrá-lo aqui – disse ela com aquela voz áspera com sotaque do norte. – Ele está se preparando para ir para o exterior.

Eileen respondeu a seu olhar inquiridor.

– Ele veio aqui ontem à noite se despedir – disse ela. Sua voz parecia calma, quase complacente. E, olhando de uma mulher para a outra, Wexford compreendeu o que havia acontecido com elas. Hathall, enquanto morava em Londres, tinha sido para cada uma delas uma fonte de amargura crônica, alimentando em sua mãe uma necessidade perene de aborrecer e importunar, e na ex-esposa ressentimento e humilhação. Depois que fosse embora, ficando tão longe que não faria diferença se estivesse morto, Hathall as deixaria em paz. Eileen teria quase o *status* de viúva, e a velha teria uma explicação banal e respeitável – os estudos de sua neta – para a separação de seu filho e sua nora.

– Ele vai viajar na segunda? – perguntou ele.

A velha sra. Hathall assentiu com certa presunção.

– Acho que não o veremos mais. – Terminou o chá, levantou-se e começou a limpar a mesa. Assim que se termina uma refeição, tira-se a mesa. A regra era essa. Wexford viu-a levantar a tampa do bule de chá e observar com irritação seu conteúdo como se lamentasse o grave desperdício de um quarto de litro de chá. E fez sinal a Eileen com uma pequena pantomima para mostrar que se ela quisesse mais, ainda havia. Eileen balançou a cabeça negativamente e a sra. Hathall levou o bule embora. Que Wexford poderia bebê-lo, que ela pudesse ao menos ter lhe dado a oportunidade de recusar, não pareceu passar pelas cabeças das duas. Eileen esperou que a sogra saísse da sala.

– Estou livre dele – disse ela. – Não foi convidado a vir aqui, lhe garanto. Passei cinco anos sem ele e posso passar sem ele o resto da minha vida. No que me diz respeito, já vai tarde.

Era como ele imaginara. Agora ela podia fingir para si mesma que o tinha mandado embora, que, agora que Angela estava morta, ela poderia acompanhá-lo ao Brasil se assim o quisesse.

– Mamãe e eu – disse ela, passando os olhos pela sala sem enfeites, sem sequer um feixe de ramos de azevinho ou uma fita de papel –, mamãe e eu passaremos o Natal juntas tranqüilamente. Rosemary vai para a casa da correspondente francesa dela amanhã e só vai voltar quando as aulas começarem. Vamos ficar só nós duas, na maior tranqüilidade.

Ele quase estremeceu. A afinidade entre as duas mulheres o assustava. Teria Eileen se casado com Hathall porque ele lhe daria a mãe que ela queria? Teria a sra. Hathall escolhido Eileen para ele por essa ser a filha de quem ela precisava?

– A mamãe está pensando em vir morar aqui comigo – disse ela, quando a velha voltava andando pesadamente. – Quer dizer, quando Rosemary for para a universidade. Não faz sentido manter duas casas, faz?

Uma mulher mais calorosa, mais afetuosa, teria reagido sorrindo para mostrar sua satisfação ou dando o braço a essa nora perfeita. Os olhinhos frios da sra. Hathall percorreram a sala árida com satisfação, repousando por uns instantes no rosto gordo e no cabelo frisado de Eileen, enquanto sua boca, rígida e voltada para baixo, demonstrava algo parecido com desapontamento por não ter do que reclamar.

– Vamos, Eileen – disse ela. – Temos pratos a lavar.

Foram para a cozinha e Wexford dirigiu-se para a porta sozinho. Assim que passou por sob o baldaquino que o fazia lembrar-se das estações ferroviárias do interior, o carro que fora de Hathall entrou na entrada da garagem, com Rosemary ao volante. O rosto, que era uma versão inteligente do rosto da avó, expressou reconhecimento, mas não exprimiu nenhuma saudação educada nem sorriu.

– Ouvi dizer que você vai passar o Natal na França.

Ela desligou o motor, mas não fez qualquer outro movimento.

– Lembro-me de você ter dito uma vez que nunca tinha saído da Inglaterra.

– É verdade.

– Nem mesmo numa excursão à França com a escola, srta. Hathall?

– Ah, aquilo – disse ela com frieza. – Isso foi no dia em que Angela foi estrangulada. – Num gesto ríspido e desagradável, ela passou o dedo pela garganta. – Eu disse para minha mãe que ia viajar com a escola. Não fui. Em vez disso, saí com um rapaz. Satisfeito?

– Ainda não. Você sabe dirigir, faz dezoito meses que aprendeu a dirigir. Você não gostava de Angela e parece gostar de seu pai...

Ela o interrompeu bruscamente.

– Gostar *dele*? Não suporto nenhum deles. Minha mãe é um legume e a velha é uma vaca. O senhor não sabe, ninguém sabe, o que eles me fizeram passar, me empurrando de um lado para o outro. – As palavras eram veementes, mas o tom de voz não se alterou. – Vou cair fora esse ano e nenhum deles vai me ver mais de novo por dinheiro nenhum. Essas duas podem morar juntas que um dia elas vão morrer e ninguém vai ficar sabendo por muito tempo. – Sua mão levantou-se para afastar uma mecha de cabelo preto do rosto, e ele viu a ponta do dedo dela, rosada e sem nenhuma cicatriz. – Satisfeito? – disse ela novamente.

– Agora, estou.

– Eu, matar Angela? – Ela deu uma risada gutural. – Tem outras pessoas que eu mataria primeiro, eu lhe garanto. O senhor pensou mesmo que eu tinha matado Angela?

– Na verdade, não – disse Wexford –, mas tenho certeza que você poderia tê-la matado se quisesse.

Ele ficou bastante satisfeito com essa tirada de despedida e pensou em outros *esprits d'escalier* enquanto se afastava. Só uma vez antes lhe coubera desconcertar um Hathall. Ele poderia, é claro, ter-lhe perguntado se conhecia uma mulher que tinha uma cicatriz na ponta do dedo, mas não era do seu feitio pedir a uma filha que delatasse o próprio pai, mesmo tal filha e tal pai. Ele não era um inquisidor medieval nem agente de um Estado fascista.

Uma vez de volta na delegacia, telefonou para Lovat, que, naturalmente, não estava e não era esperado até o dia seguinte. Howard não iria telefonar. Se ficara de vigília a noite passada, fora em vão, porque Hathall fora despedir-se em Croydon.

Dora estava confeitando o bolo de Natal, colocando no centro da circunferência de glacê branco um papai noel de gesso pintado e cercando-o com tordos de gesso, enfeites que eram tirados todos os anos do papel laminado em que eram embrulhados e que haviam sido comprados quando sua filha mais velha ainda era bebê.

– Pronto! Não ficou bonito?

– Lindo – disse Wexford lugubremente.

Dora disse com insensibilidade estudada: – Vou ficar satisfeita quando aquele sujeito for embora para onde está indo e você voltar ao normal. – Ela cobriu o bolo e lavou as mãos. – Por falar nisso, você se lembra que uma vez me perguntou se eu conhecia uma mulher chamada Lake? A que você disse que lhe lembrava o Jorge II?

– Não foi isso o que eu disse – disse Wexford, constrangido.

– Alguma coisa do gênero. Bem, achei que você podia estar interessado em saber que ela vai se casar. Com um sujeito chamado Somerset. A mulher dele morreu há uns dois meses. Imagino que tinha alguma coisa entre eles há anos, mas mantiveram tudo em segredo. Um mistério e tanto. Ele não pode ter feito qualquer promessa, quando ela estava morrendo, de só ter amantes, pode? Puxa, querido, eu queria que às vezes você mostrasse um pouco de interesse nas coisas e não parecesse estar tão cheio de tudo.

19

Terça-feira era a sua folga. Não que ele fosse tirar folga, já que tencionava caçar Lovat até encurralá-lo – uma metáfora muito apropriada, pensou ele, para usar-se em relação a um defensor dos animais selvagens –, mas não havia motivo para acordar cedo. Ele fora dormir pensando em como era um velho idiota por ter imaginado que Nancy Lake se interessava por ele quando ela ia casar-se com Somerset, e quando amanheceu estava sonhando com Hathall. Desta vez era um sonho totalmente absurdo, Hathall e a mulher embarcando em um ônibus voador, e o som do telefone tocando junto à cama arrancou-o do sonho às oito horas.

– Resolvi falar com você antes de sair para o trabalho – disse Howard. – Descobri o ponto de ônibus, Reg.

Aquilo o despertou mais do que a campainha do telefone.

– Diga – disse ele.

– Vi o Hathall saindo da Marcus Flower às cinco e meia, e quando ele se dirigiu para a estação de Bond Street, vi logo que ia para a casa dela. Tinha que voltar para o meu gabinete por umas duas horas, mas cheguei à New King's Road um pouco antes das dez e meia. Puxa, foi fácil. A coisa toda funcionou melhor do que eu esperava. Fiquei sentado em um dos bancos da frente, da parte de baixo junto à janela do lado da calçada. Ele não estava na parada de ônibus no alto da Church Street nem na seguinte, logo depois da estação de Notting Hill Gate. Sabia que se ele ia pegar o ônibus, ele teria que estar nas próximas paradas, e aí, ora veja só, lá estava ele completamente sozinho numa parada de ônibus no meio da Pembridge Road. Ele ficou na parte de cima do ônibus. Fiquei no ônibus e o vi saltar no West End Green, e aí – terminou Howard, triunfante – segui até Golders Green e vim para casa de táxi.

– Howard, você é meu único aliado.

– Bem, você sabe o que o Chesterton disse a respeito disso. Vou ficar naquele ponto de ônibus a partir das cinco e meia hoje e aí vamos ver.

Wexford vestiu o robe e desceu para descobrir o que Chesterton havia dito. "Não há palavras que exprimam o abismo que há entre estar isolado e ter um aliado. Podemos concordar com os matemáticos que quatro é o dobro de dois. Mas dois não é o dobro de um; dois é mil vezes um...!" Ele podia não ter uma força policial a seu dispor, mas tinha Howard, o determinado, o infinitamente confiável, o invencível, e juntos eles eram dois mil. Dois mil e um, com Lovat. Tinha que tomar banho, vestir-se e ir a Myringham imediatamente.

O chefe da divisão de investigação criminal de Myringham estava lá, e com ele o sargento Hutton.

– O dia não está mau – disse Lovat, olhando com atenção através de seus óculos esquisitos para o céu de um branco uniforme, nublado e sem sol.

Wexford achou melhor não dizer nada a respeito de Richard Grey.

– Você chegou a trabalhar naquela história da folha de pagamento?

Lovat fez que sim com a cabeça, movendo-a lenta e profundamente, mas foi o sargento que foi indicado como porta-voz.

– Achamos uma ou duas contas que pareciam suspeitas, senhor. Três, para ser mais exato. Uma na Caderneta de Poupança de Toxborough, outra em Passingham St. John e a outra aqui. Em todas elas a Kidd's depositava pagamentos regularmente, e em todas elas os pagamentos e as retiradas cessaram em março ou abril do ano passado. A conta em Myringham estava no nome de uma mulher cujo endereço nós descobrimos ser uma espécie de pensão. O pessoal de lá não se lembra dela e não conseguimos descobrir seu paradeiro. A de Passingham, descobrimos que era válida, tudo às claras. A mulher trabalhou na Kidd's, saiu de lá em março e apenas não se deu ao trabalho de retirar os últimos trocados da conta.

– E a conta de Toxborough?

– Essa é o problema, senhor. Está no nome de uma sra. Mary Lewis cujo endereço é em Toxborough, mas a casa está fechada e os moradores estão evidentemente fora. Os vizinhos disseram que eles se chamam Kingsbury e não Lewis, mas que alugam quartos há anos, e uma das inquilinas poderia ser a tal de Lewis. Vamos ter que esperar até que os Kingsburys voltem.

– Esses vizinhos sabem quando eles vão voltar?

– Não – disse Lovat.

Será que alguém vai para fora na semana anterior ao Natal e volta antes do Natal? Wexford achou improvável. Seu dia de folga se estendia inutilmente a sua frente. Fazia um ano que ele resolvera ter paciência, mas agora estava contando as horas em vez dos dias para a partida de Hathall. Quatro dias. Noventa e seis horas. E este, pensou ele, deve ser o único caso em que um número grande parece deploravelmente menor que um número pequeno. Noventa e seis horas. Cinco mil setecentos e sessenta minutos. Nada. Passaria num piscar de olhos...

E o frustrante era que ele tinha que desperdiçar aquelas horas, aqueles milhares de minutos, já que não restava mais nada que pudesse fazer pessoalmente. O jeito era ir para casa e ajudar Dora a dependurar mais correntes de papel, arrumar mais feixes de erva-de-passarinho, montar a árvore de Natal no vaso, decidir, junto com ela, se o peru era suficientemente pequeno para caber na prateleira do forno ou se, ao contrário, era grande o suficiente para ser dependurado do teto do forno por barbantes. E na sexta-feira, quando só restavam setenta e duas horas (quatro mil, trezentos e vinte minutos), ele foi com Burden para a cantina da delegacia para a ceia especial de Natal. Até colocou um chapéu de papel e puxou uma bala de estalo com Polly Davis, uma policial.

Ainda tinha pela frente o chá com Nancy Lake. Quase telefonou para ela para cancelar o encontro, mas não o fez dizendo para si mesmo que ainda havia uma ou duas questões que ela podia esclarecer para ele e que esse era um modo tão bom quanto qualquer outro de passar aqueles quatro mil e poucos minutos. Um pouco antes das quatro ele estava em Wool Lane. Não estava pensando nela, absolutamente; estava lembrando como, oito meses antes, ele havia andado por lá com Howard, cheio de esperanças, energia e determinação.

– Somos amantes há dezenove anos – disse ela. – Eu estava casada há cinco anos e tinha vindo morar aqui com meu marido, e um dia, quando estava andando pela rua, conheci Mark. Ele estava no jardim da casa do pai dele, colhendo ameixas. Nós sabíamos o nome correto, mas a chamamos de miragens porque para nós foi como uma miragem.

– A geléia – disse Wexford – é muito boa.

– Coma um pouco mais. – Ela sorriu para ele do outro lado da mesa. A sala onde estavam sentados era tão vazia quanto a de Eileen Hathall, e não havia enfeites de Natal. Mas não era árida, nem estéril, nem fria. Ele podia ver sinais de que quadros, um espelho, um enfeite haviam sido removidos, e olhando para ela, ouvindo-a, ele podia imaginar a beleza e a qualidade daqueles móveis que estavam agora empacotados, prontos para serem levados para a nova casa. As cortinas de veludo azul-escuro ainda estavam na janela de batente e ela as havia fechado para barrar o anoitecer prematuro de inverno. As cortinas formavam um fundo sombrio como o céu noturno, que contrastava com a luz que ela irradiava, seu rosto um pouco ruborizado, o velho anel de brilhante no dedo, o novo anel de brilhante ao lado, faiscando como o arco-íris à luz da lâmpada que estava acesa a seu lado. – O senhor sabe – disse ela – o que é estar apaixonado e não ter aonde ir para fazer amor?

– Sei... de ouvir falar.

– Nos arranjamos da melhor maneira possível. Meu marido descobriu e aí Mark não pôde mais vir a Wool Lane. Tínhamos tentado não nos ver e ocasionalmente ficávamos sem nos ver por meses, mas acabava não dando certo.

– Por que vocês não se casaram? Nenhum dos dois tinha filhos.

Ela pegou a xícara vazia de Wexford e encheu-a novamente. Ao passar-lhe a xícara, seus dedos roçaram os dele e ele sentiu-se ficar quente de algo que parecia ser raiva. Era só o que faltava – pensou ele –, ela bonita daquele jeito estar falando sobre sexo ainda por cima.

– Meu marido morreu – disse ela. – Nós íamos nos casar. Aí a mulher do Mark ficou doente e ele não podia deixá-la. Era impossível.

Ele não conseguiu evitar o tom de zombaria em sua voz.

– Então vocês se mantiveram fiéis um ao outro e viveram de esperanças?

– Não, houve outros... para mim. – Ela olhou para ele com firmeza e ele descobriu-se incapaz de devolver o olhar. – Mark sabia, e se fazia objeção, nunca me censurou. E como poderia? Eu lhe contei uma vez, me sentia como uma distração, como uma coisa para... para distraí-lo quando ele conseguia ser dispensado de fazer companhia à mulher dele.

– Era a ela que você estava se referindo quando me perguntou se era errado desejar a morte de alguém?

– Claro. E quem mais poderia ser? O senhor pensou... pensou que eu estava falando da *Angela*? – Sua seriedade desapareceu e ela estava sorrindo novamente. – Puxa vida...! Posso lhe contar outra coisa? Dois anos atrás, quando estava muito entediada e sozinha porque a Gwen Somerset tinha saído do hospital e voltado para casa e não deixava o Mark sair das vistas dela, eu... eu passei uma cantada no Robert Hathall. Isso é que é confissão! E ele não me quis. Ele me rejeitou. Não estou acostumada – disse ela com uma pomposidade fingida – a ser rejeitada.

– Imagino que não. Você está pensando que eu sou cego – disse ele, meio agressivo – ou um idiota completo?

– Só inacessível. Se já terminou, podemos passar para a outra sala? É mais confortável lá. Ainda não tirei todas as minhas coisas de lá.

Suas dúvidas estavam esclarecidas e agora não havia mais necessidade de perguntar onde ela estava quando Angela morreu nem onde Somerset estava, nem de investigar quaisquer daqueles mistérios a respeito dela e Somerset, já que não eram mais mistérios. Ele bem podia despedir-se e ir embora, pensou, enquanto atravessava o corredor e seguia-a até uma sala mais acolhedora, de texturas macias e cores vivas e fortes, onde não parecia haver superfícies duras, só seda, veludo e brocado. Antes que ela pudesse fechar a porta, ele estendeu-lhe a mão, com a intenção de fazer um pequeno discurso de agradecimento e despedida. Mas ela segurou sua mão entre as dela.

– Não vou mais estar aqui na segunda-feira – disse ela, levantando os olhos até seu rosto. – Os novos moradores vão se mudar para cá. Não nos veremos novamente. Se você quiser, eu prometo.

Até então ele tivera dúvidas quanto às intenções dela em relação a ele. Não havia mais lugar para dúvidas agora.

– Por que você acha que iria querer ser a última aventura de uma mulher que está voltando para seu primeiro amor?

– Isso não é um elogio?

Ele disse:

– Estou velho, e um velho que se deixa enganar por elogios é patético.

Ela ruborizou-se levemente.

– Em breve serei uma velha. Podíamos ser patéticos juntos. – Uma risada tristonha fez tremer sua voz. – Não vá ainda. Podemos... conversar. Nunca conversamos realmente.

– Só fizemos conversar – disse Wexford, mas não foi embora. Ele deixou que ela o levasse até o sofá, sentasse a seu lado e falasse sobre Somerset, sobre a mulher de Somerset e sobre os dezenove anos de segredos e fingimentos. Sua mão repousou sobre a dele e quando ele relaxou e ficou a ouvi-la, lembrou-se da primeira vez em que segurara a mão dela e do que ela dissera quando a segurara por mais um instante que o necessário. Finalmente ela levantou-se. Ele também levantou-se e levou aquela mão aos lábios. – Desejo que você seja feliz – disse ele. – Espero que você seja muito feliz.

– Estou com um pouco de medo, sabe, de como vai ser depois de tanto tempo. Entende o que quero dizer?

– Claro. – Ele falou com delicadeza; toda a violência tinha desaparecido; e quando ela pediu que bebesse com ela, ele disse:

– Vou beber à senhora e à sua felicidade.

Ela passou os braços em torno do pescoço dele e beijou-o. Foi um beijo impulsivo, leve, que estava terminado antes que ele pudesse corresponder ou resistir a ela. Ela já estava fora da sala há alguns minutos, mais do que o necessário para buscar a bebida e os copos. Ele ouviu os passos dela lá em cima e imaginou como estaria quando voltasse. Então ele teve que resolver o que devia fazer, se ir ou ficar. Aproveitar aquela oportunidade, enquanto ainda podia? Ou ser um velho, sonhando alto e ficando atento a suas obrigações conjugais?

Toda a sua vida recente lhe parecia uma longa série de fracassos, covardias e precauções. E no entanto toda a sua vida recente fora dirigida à realização do que ele acreditava ser certo e justo. Talvez, no fim, desse tudo no mesmo.

Finalmente foi até o corredor. Chamou-a pelo nome:

– Nancy – usando aquele nome pela primeira e única vez, e quando chegou ao pé da escada e olhou para cima, lá estava ela. A luz no alto da escada era suave e agradável, desnecessariamente agradável, e ela estava do jeito que ele sabia que estaria, como ele a tinha visto em suas fantasias – só que melhor, melhor do que esperava.

Ele ficou olhando para ela embevecido, olhou por longo tempo em silêncio. Mas aí ele já havia se decidido.

Só os tolos relembram o passado com arrependimento pelas oportunidades perdidas ou com saudade dos prazeres vividos. Ele não se arrependia de nada, pois só fizera o que qualquer pessoa sensata faria em seu lugar. Sua decisão fora tomada durante aqueles momentos em que ela estivera fora da sala e ele se ativera àquela decisão, seguro de que estava agindo de acordo com seus próprios critérios e com o que era melhor para ele. Mas quando entrou em casa às oito horas, ficou surpreso de ver que já era tão tarde. E ao ser lembrado da passagem do tempo, voltou a contar os minutos, a calcular que só faltavam cerca de três mil e quinhentos minutos. O rosto de Nancy dissipou-se, o ardor dela desapareceu. Ele entrou na cozinha onde Dora estava fazendo outra leva de tortas com recheio de carne e frutas picadas e disse, meio abruptamente:

– Howard telefonou?

Ela levantou os olhos. Ele se esquecera, como vivia se esquecendo, do quanto ela era astuta.

– Ele não telefonaria a essa hora, telefonaria? Para ele, telefonar é a última coisa a fazer à noite ou a primeira pela manhã.

– É, eu sei. Mas estou nervoso com essa história.

– É, está mesmo. Você se esqueceu de me dar um beijo.

Ele a beijou, e o passado recente se apagou. Sem arrependimentos, lembrou ele a si mesmo, sem saudades, sem introspecção. E pegou uma das tortas e enfiou os dentes na crosta tostada e quente.

– Você vai ficar gordo, balofo e repulsivo.

– Talvez – disse Wexford, pensativo – isto não seja tão ruim assim... sem exageros, é claro.

20

Sheila Wexford, atriz, filha do inspetor-chefe, chegou no sábado de manhã. Era bom vê-la em carne e osso, disse-lhe o pai, em vez de ver sua imagem a duas dimensões nas novelas de televisão. Ela andou pela casa fazendo alarde, arrumando os cartões mais artisticamente e cantando que estava sonhando com um Natal todo branco. Parecia, no entanto, que ia ser um Natal nevoento. O serviço de meteorologia dissera que a previsão a longo prazo era de um Natal nevoento, e agora o próprio tempo cumpria essa previsão, já que a neblina, que surgira pela manhã e encobrira o sol ao meio-dia, à noite estava densa e amarelada.

O dia mais curto do ano. O solstício de inverno. O clima estava como o das regiões árticas, tanto em termos de luz quanto de temperatura; a neblina extinguiu a luz do dia às três horas da tarde, anunciando dezessete horas de escuridão. Ao longo das ruas, as árvores de Natal iluminadas eram visíveis apenas como manchas amareladas nas janelas. Dezessete horas de escuridão, trinta e seis horas até a partida de Hathall.

Howard prometera telefonar e o fez às dez horas. Hathall estava sozinho em casa na Dartmeet Avenue desde as três horas. Howard estava na cabine telefônica em frente, mas agora ia embora. Suas seis noites de vigília até o Natal haviam se esgotado – hoje fora uma vigília adicional porque não suportava ser derrotado – e ele ia para casa.

– Vou vigiá-lo amanhã, Reg, pela última vez.

– Para quê?

– Para me convencer de que cumpri esta tarefa do modo mais completo possível.

Hathall ficara sozinho a maior parte do dia. Teria ele mandado a mulher na frente? Wexford foi para a cama cedo e ficou acordado pensando no Natal, imaginando a si mesmo e Howard já aposentados, em algum lugar sossegado, discutindo pela última vez o que teria acontecido e o que poderiam ter feito, se no dia 2 de outubro do ano anterior Griswold não tivesse bloqueado a investigação.

No domingo pela manhã, o nevoeiro começou a dissipar-se. A pouca esperança que Wexford alimentara de que o nevoeiro pudesse forçar Hathall a adiar a partida desapareceu gradualmente, à medida que o sol surgia forte e brilhante por volta do meio-dia. Ouviu o noticiário do rádio, mas os aeroportos não estavam fechados e nenhum vôo fora cancelado. E como a noite começou com um pôr-do-sol luminoso e um céu claro, como se o inverno já estivesse morrendo com a passagem do solstício – ele compreendeu que tinha que se resignar com a fuga de Hathall. Estava tudo terminado.

Mas, embora pudesse forçar-se a evitar a introspecção no que dizia respeito a Nancy Lake, não conseguia deixar de remoer com pesar e amargura o longo período durante o qual ele e Hathall foram adversários. As coisas poderiam ter sido muito diferentes se ao menos ele tivesse atinado com aquela fraude na folha de pagamento – se realmente houvera fraude – antes. Ele também devia ter sabido que um paranóico irritado que tinha muita coisa em jogo não reagiria passivamente a sua investigação inábil com implicações tão sérias. Mas estava tudo acabado agora e ele nunca saberia quem era aquela mulher. Com tristeza, pensou nas outras perguntas que teriam que ficar sem resposta. Qual era a razão da presença do livro de línguas célticas em Bury Cottage?

Por que Hathall, que na meia-idade começara a apreciar a promiscuidade, repelira uma mulher como Nancy Lake? Por que sua cúmplice, tão meticulosa e cuidadosa, deixara sua impressão palmar logo na borda da banheira? E por que Angela, tão ansiosa por agradar a sogra, desesperada por uma reconciliação, usava no dia da visita da sra. Hathall exatamente as mesmas roupas que contribuíram para colocar a sogra contra ela?

Não passou por sua mente que, neste último estágio, Howard fosse conseguir alguma coisa. Hathall tinha o hábito de ficar em casa aos domingos, recebendo a mãe ou a filha. E mesmo embora ele já houvesse se despedido delas, não parecia haver qualquer motivo para supor que mudaria seus hábitos ao ponto de ir para Notting Hill para ver a mulher – uma vez que iriam partir juntos no dia seguinte. Assim, quando atendeu o telefone às onze horas da noite naquele domingo e ouviu a voz que lhe era familiar, agora um pouco cansada e irascível, a princípio pensou que Howard só estava ligando para dizer a que horas ele e Denise chegariam na noite de Natal. E quando compreendeu o verdadeiro motivo daquele telefonema, que, finalmente, quando era tarde demais, Howard estava prestes a concluir com êxito sua tarefa, sentiu o desespero doentio de quem não quer que a esperança apareça e ameace sua resignação.

– Você a viu? – perguntou ele desanimado. – Você a viu mesmo?

– Eu sei como você está se sentindo, Reg, mas tenho que lhe contar. Não consigo guardar isso comigo. Vi o Hathall. Vi a mulher. Eu os vi juntos. E os perdi.

– Deus do céu. Puxa vida, assim não dá para agüentar.

– Não mate o mensageiro, Reg – disse Howard, em voz baixa. – Não dê uma de Cleópatra comigo. Eu só estou dando a notícia.

– Não estou aborrecido com você. Como poderia estar depois de tudo o que você fez? Estou aborrecido com... o destino, suponho. Conte-me o que aconteceu.

– Comecei a vigiar a casa da Dartmeet Avenue depois do almoço. Eu não sabia se Hathall estava ou não em casa até vê-lo sair e botar um grande saco de lixo num daqueles latões. Ele estava fazendo uma limpeza, fazendo as malas, acho, e jogando fora o que não queria mais. Fiquei sentado no carro e quase fui para casa, quando vi a luz do apartamento ser acesa às quatro e meia.

"Talvez tivesse sido melhor se eu tivesse ido para casa. Pelo menos não teria reacendido suas esperanças. Ele saiu de casa às seis, Reg, e desceu a rua até o West End Green. Eu o segui no carro e estacionei na Mill Lane – que é a rua transversal à Fortune Green Road, que vai em direção ao oeste. Nós dois ficamos esperando por uns cinco minutos. O ônibus 28 não veio e ele pegou um táxi.

– Você o seguiu? – disse Wexford, a admiração suplantando por instantes sua amargura.

– É mais fácil seguir um táxi que um ônibus. Os ônibus param a toda hora. Seguir um táxi em Londres num domingo à noite é muito diferente de tentar fazê-lo de dia na hora do *rush.* De qualquer forma, o motorista foi mais ou menos pelo mesmo trajeto do ônibus. Hathall saltou em frente a um bar em Pembridge Road.

– Perto daquele ponto de ônibus onde você o viu pegar o ônibus da outra vez?

– Sim, bem perto. Eu estive naquele ponto e nas ruas próximas todas as noites dessa semana, Reg. Mas ele deve ter pego uma rua secundária para ir para a casa dela quando saiu da estação de Notting Hill Gate. Não o vi nem uma vez.

– Você entrou no bar atrás dele?

– O bar se chama Rosy Cross e estava muito cheio. Ele pagou duas bebidas, gim para ele e Pernod para ela, embora ela ainda não tivesse chegado. Conseguiu arranjar dois lugares num canto e colocou o casaco dele numa das cadeiras para reservar o lugar. Na maior parte do tempo a multidão me impedia de vê-lo, mas dava para ver o copo amarelo de Pernod sobre a mesa esperando por ela.

"Ou o Hathall chegou cedo ou ela estava dez minutos atrasada. Só soube que ela tinha chegado quando vi uma mão segurar aquele copo e levantá-lo. Aí saí do lugar e fui me metendo no meio das pessoas para ter uma visão melhor. Era a mesma mulher que vi com ele no lado de fora da Marcus Flower, uma mulher bonita de uns trinta e poucos anos, de cabelo curto pintado de louro. Não, não me pergunte. Não vi a mão dela. Já estava perto demais. Não era seguro. Acho que Hathall me reconheceu. Puxa, ele teria que ser cego para não me reconhecer a esta altura, mesmo com todo o cuidado que eu tenho tomado.

"Eles beberam meio depressa e foram embora. Ela deve morar bem perto dali, mas não sei dizer onde. De qualquer forma, agora não importa mais. Eu os vi se afastando e quando saí, ia segui-los a pé. Passou um táxi e eles o pegaram. Hathall não esperou nem para dizer ao motorista para onde queria ir. Simplesmente entrou e deve ter dado as instruções mais tarde. Ele não ia correr o risco de ser seguido, e eu não consegui segui-los. O táxi subiu pela Pembridge Road e os perdi. E aí fui para casa.

"Chega de Robert Hathall, Reg. Foi bom enquanto durou. Eu realmente achei... bem, deixa para lá. Você estava certo o tempo todo, Reg, e esse vai ser o seu consolo."

Wexford desejou boa noite ao sobrinho e disse que o veria na noite de Natal. Ele ouviu um avião passando acima da casa, vindo de Gatwick. Foi até a janela do quarto e ficou observando as luzes brancas e vermelhas, que pareciam meteoros cruzando o céu limpo, pontilhado de estrelas. Só umas poucas horas a mais e Hathall estaria em um avião como aquele. De manhã cedo? À tarde? Ou iriam viajar à noite? Ele descobriu que não sabia muita coisa sobre extradição. Não era da sua área. E as coisas tinham ficado tão estranhas ultimamente que o outro país provavelmente iria fazer exigências, pedir concessões, para deixar um estrangeiro ser extraditado. Além disso, embora fosse possível conseguir-se um pedido de extradição caso se tivesse uma prova irrefutável de assassinato, certamente não se conseguiria nada com uma acusação de fraude. Defraudação, é o que seria a acusação, pensou ele, defraudação segundo a seção 15 da Lei de Roubo de 1968. De repente parecia fantástico querer colocar toda aquela engrenagem política em movimento para trazer um homem do Brasil só por ele ter se apropriado do capital de uma fábrica de bonecas de plástico.

Lembrou-se de Crippen, preso no meio do oceano Atlântico por meio de uma mensagem de rádio, de assaltantes de trem presos após longos períodos de liberdade no sul distante, de filmes que vira em que algum criminoso, à vontade e acreditando-se seguro, sentia a mão da lei pousar em seu ombro enquanto bebia um copo de vinho num ensolarado bar ao ar livre. Esse não era o seu mundo. Não conseguia ver-se, mesmo que em um papel secundário, fazendo parte de um drama exótico. Em vez disso, viu Hathall fugindo de avião para a liberdade, para a vida que planejara e que matara para conseguir, enquanto, talvez em uma ou duas semanas, Lovat era obrigado a admitir sua derrota por não ter descoberto fraude nem roubo nem defraudação, mas só indícios vagos de alguma coisa ilícita que Hathall poderia ser chamado para explicar – se Hathall estivesse lá para explicar.

O tal dia chegara.

Tendo acordado cedo, Wexford imaginou Hathall acordando cedo também. Ele havia visto Howard na noite anterior, suspeitara estar sendo seguido, então não teria ousado passar a noite com a mulher nem tê-la deixado passar a noite com ele. Agora estava lavando o rosto na pia naquele quartinho detestável, pegando um terno no guarda-roupa do tempo da Primeira Guerra Mundial, fazendo a barba antes de guardar o barbeador na maleta de mão que carregaria consigo no avião. Wexford podia ver o rosto de granito vermelho, mais ruborizado ainda por causa do contato com o fio da lâmina, o cabelo preto que estava ficando ralo, alisado para trás com um pente molhado. Agora Hathall estaria dando uma última olhada na cela de três por três e meio que fora seu lar por nove meses e pensando com alegre expectativa na casa que seria sua; agora, indo para a cabine telefônica no outro lado da rua, naquele amanhecer de inverno, para checar seu vôo com o aeroporto e passar um sermão na moça que o atendeu por não ser suficientemente rápida, eficiente e atenciosa; agora, finalmente, telefonando para *ela,* onde estivesse, no labirinto de Notting Hill. Não, talvez mais um telefonema. Para o ponto de táxi ou para a locadora para alugar o carro que o levaria embora para sempre...

Pare com isso, disse ele a si mesmo com severidade. Deixe isso para lá. Chega disso. Esse é o caminho para a loucura – ou pelo menos para uma neurose obsessiva. O Natal está chegando, vá trabalhar, esqueça-o. Levou uma xícara de chá para Dora e foi trabalhar.

Em seu gabinete, examinou a correspondência e separou alguns cartões de Natal. Havia um cartão de Nancy Lake, para o qual ele olhou pensativamente por um instante antes de o colocar na gaveta. Havia nada menos que cinco calendários, inclusive um com modelos nus, oferta de uma garagem local. Esse lembrou-lhe Ginge na estação de West Hampstead, os escritórios da Marcus Flower... Será que estava ficando doido? O que estaria acontecendo com ele, deixando que uma gravura erótica evocasse uma caçada a um criminoso? Pare com isso. Escolheu um dos calendários de sua coletânea, bonito e tremendamente insosso, doze fotos coloridas de paisagens de Sussex, e pendurou-o na parede junto ao mapa do distrito. O presente da garagem ele colocou em um envelope, designou-o "Confidencial" e mandou entregá-lo no gabinete de Burden. Isso faria o puritano do inspetor invectivar contra os padrões morais vigentes e faria Wexford esquecer por alguns instantes aquele maldito, execrável, triunfante escroque e fugitivo Robert Hathall.

Então voltou sua atenção para os assuntos que no momento preocupavam a polícia de Kingsmarkham. Cinco mulheres da cidade e duas de lugarejos adjacentes haviam se queixado de telefonemas obscenos. A única coisa fora do comum era que quem telefonara também era mulher. Wexford sorriu um pouco ao observar até onde o movimento feminista havia se infiltrado. Sorriu com mais severidade e irritação da tentativa do sargento Martin de criar caso com as atividades de quatro garotinhos, que haviam esticado um barbante entre o poste de iluminação e o muro de um jardim na tentativa e fazer os transeuntes tropeçarem. Por que eles desperdiçavam o tempo dele com essas bobagens? No entanto, às vezes é melhor perder tempo do que ficar desejando uma coisa que não iria conseguir ..

Seu telefone interno estava tocando. Ele atendeu, esperando ouvir a voz indignada de Burden.

– O inspetor-chefe Lovat quer vê-lo, senhor. Devo mandá-lo subir?

21

Lovat entrou devagar e com ele seu intérprete inevitável, seu *fidus Achates,* o sargento Hutton.

– Lindo dia.

– O dia que vá para o inferno – disse Wexford com a voz rouca, porque seu coração e sua pressão estavam se comportando de um modo muito estranho. – Deixe o dia para lá. Eu queria mais que estivesse nevando, eu queria...

Hutton disse calmamente:

– Podemos nos sentar um pouco, senhor? O sr. Lovat tem algo a dizer-lhe, algo que ele acha que vai interessar muito ao senhor. E como foi o senhor que o colocou nisso, pareceu-nos ser uma questão de cortesia...

– Sentem-se, façam o que quiserem, peguem um calendário, um para cada um. Eu sei por que vocês vieram. Mas me digam só uma coisa. Vocês podem conseguir a extradição de uma pessoa com o que vocês descobriram?

Porque se não podem, esqueçam. Hathall vai partir para o Brasil hoje, e o mais provável é que já tenha ido.

– Puxa vida – disse Lovat placidamente.

Wexford quase chegou a botar a cabeça entre as mãos.
– E aí, podem? – gritou ele.

– É melhor eu lhe contar o que o sr. Lovat *descobriu,* senhor. Fomos até a casa do sr. e da sra. Kingsbury de novo ontem à noite. Eles tinham acabado de chegar. Tinham ido visitar a filha casada que estava para ter bebê. Nenhuma Mary Lewis jamais alugou quarto na casa deles e eles nunca tiveram qualquer ligação com a Kidd's. Além disso, ao fazer mais perguntas na pensão que o sr. Lovat mencionou ao senhor, ele não conseguiu descobrir qualquer prova da existência da outra correntista.

– Então vocês mandaram expedir um mandado de prisão contra Hathall?

– O sr. Lovat gostaria de falar com Robert Hathall, senhor – disse Hutton cautelosamente. – Estou certo de que o senhor concorda que precisamos de mais alguma coisa para prosseguirmos. Além de... de ser uma questão de cortesia, nós estamos aqui para sabermos o endereço atual de Hathall.

– O endereço atual dele – falou Wexford bruscamente – provavelmente é a uns oito quilômetros acima da ilha da Madeira ou por onde quer que aquele maldito avião esteja passando.

– Infelizmente – disse Lovat, balançando a cabeça.

– Talvez ele ainda não tenha partido, senhor. Poderíamos telefonar para ele?

– Acredito que poderiam se ele tivesse telefone e se ele ainda não partiu. – Wexford olhou meio desesperado para o relógio. Eram dez e meia. – Francamente, não sei o que fazer. A única coisa que posso sugerir é irmos todos para Millerton-Les-Deux... o Solar das Árvores Altas, e submetermos tudo isso à consideração do chefe de polícia.

– Boa idéia – disse Lovat. – Já passei muitas noites observando tocas de texugos por lá.

Wexford teve vontade de chutá-lo.

Ele nunca descobriu o que o fez fazer aquela pergunta. Não foi um sexto sentido. Talvez só quisesse ter os fatos relacionados àquela fraude tão claros em sua mente quanto eles estavam na mente de Hutton. Mas ele fez mesmo a pergunta e mais tarde agradeceu a Deus por tê-la feito a caminho de Millerton.

– Os endereços das correntistas, senhor? Uma das contas estava em nome da sra. Dorothy Carter de Ascot House, Myringham – essa é a pensão –, e a outra, da sra. Mary Lewis, de 19 Maynnot Way, Toxborough.

– Você disse Maynnot Way? – perguntou Wexford com uma voz que parecia vir de muito longe, muito diferente da sua.

– Correto. Vai da zona industrial...

– Eu sei onde fica, sargento. Também sei quem morava em Maynnot Hall, no meio da Maynnot Way. – Ele sentiu um aperto na garganta. – Texugo – disse ele –, o que você estava fazendo na Kidd's naquele dia que nos encontramos no portão?

Lovat olhou para Hutton e Hutton respondeu:

– O sr. Lovat estava dando andamento à investigação relativa ao desaparecimento de Morag Grey, senhor. Morag Grey trabalhou como faxineira na Kidd's por algum tempo quando o marido dela era jardineiro em Maynnot Hall. Naturalmente investigamos todas as possibilidades.

– Vocês não investigaram Maynnot Way suficientemente. – Wexford quase engasgou com a enormidade de sua descoberta. Sua quimera, pensou ele, o produto de sua imaginação. – A sua Morag Grey não está enterrada no quintal de ninguém. Ela é a mulher de Robert Hathall, ela está indo para o Brasil com ele. Meu Deus, está tudo tão claro...! – Se ao menos Howard estivesse ali para ele explicar-lhe tudo ao invés do fleumático Lovat e seu sargento falador. – Prestem atenção – disse ele. – Essa sra. Grey foi cúmplice de Hathall na fraude. Ele a conheceu quando ambos trabalhavam na Kidd's, e ela e a mulher dele retiravam o dinheiro daquelas contas. Sem dúvida, ela inventou o nome e o endereço de uma sra. Mary Lewis porque conhecia Maynnot Way e sabia que os Kingsbury alugavam quartos. Hathall se apaixonou por ela e ela matou a mulher de Hathall. Ela não está morta, Texugo, está vivendo em Londres como amante de Hathall desde... Quando foi que ela desapareceu?

– Que eu saiba, em agosto ou setembro do ano passado, senhor – disse o sargento, e parou o carro no cascalho em frente ao Solar das Árvores Altas.

A bem da reputação de Mid-Sussex, seria muita desgraça se Hathall escapasse. Essa, para surpresa de Wexford, era a opinião de Charles Griswold. E ele viu um leve rubor de embaraço colorir aquele rosto de estadista quando o chefe de polícia foi forçado a admitir que a teoria era razoável.

– Acho que isso é um pouco mais do que "intuição", Reg – disse ele, e foi ele pessoalmente quem telefonou para o aeroporto de Londres.

Wexford, Lovat e Hutton tiveram que esperar muito tempo até que ele voltasse. E quando voltou foi para dizer que Robert Hathall e uma mulher viajando sob o nome de sra. Hathall estavam na lista de passageiros de um avião que partiria meio-dia e meia para o Rio de Janeiro. A polícia do aeroporto seria instruída a detê-los sob a acusação de defraudação nos termos da Lei de Roubo, e era melhor expedir um mandado imediatamente.

– Ela deve estar indo viajar com o passaporte dele.

– Ou com o de Angela – disse Wexford. – Ele ainda está com ele. Eu me lembro de ter dado uma olhada, mas deixaram que ficasse com Hathall em Bury Cottage.

– Não precisa ser desagradável, Reg. Antes tarde do que nunca.

– Acontece, senhor – disse Wexford, educadamente, mas com aspereza na voz –, que são vinte para meio-dia agora. Só espero que dê tempo.

– Ah, agora ele não vai escapar – disse Griswold, animado.

– Eles vão barrá-lo no aeroporto, para onde vocês podem ir imediatamente. Imediatamente, Reg. E amanhã de manhã pode aparecer aqui para um brinde ao Natal e você me contar tudo.

Eles voltaram até Kingsmarkham para pegar Burden. O inspetor estava no saguão olhando com atenção para o envelope que estava brandindo e perguntando, colérico, a um sargento perplexo quem tivera a audácia de enviar-lhe pornografia.

– Hathall? – disse ele quando Wexford explicou. – Não, você está brincando.

– Entre no carro, Mike, que eu lhe conto pelo caminho. Não, o sargento Hutton vai nos contar pelo caminho. O que é isso que você tem aí? Esboços artísticos? Agora estou entendendo por que você precisava de óculos.

Burden bufou de raiva e estava prestes a dar início a uma longa explicação de sua inocência, mas Wexford interrompeu-o. Ele não precisava de distrações agora. Estava esperando por esse dia, por esse momento, há quinze meses, e poderia ter gritado seu triunfo para o ar, para o sol quase primaveril. Partiram em dois carros. No primeiro iam Lovat, o motorista e Polly Davis; e no segundo, Wexford, Burden e o sargento Hutton com o motorista deles.

– Quero saber tudo que você puder me contar sobre Morag Grey.

– Ela era... bem, é escocesa, senhor. Do noroeste da Escócia, Ullapool. Mas não há muitas oportunidades de trabalho por lá e então veio para o sul e começou a trabalhar como doméstica. Ela conheceu Grey há sete ou oito anos, casou-se com ele e eles arrumaram aquele emprego em Maynnot Hall.

– Qual, ele cuidava do jardim e ela limpava a casa?

– Correto. Não sei muito bem por que, já que ela parecia ser capaz de arranjar coisa melhor. De acordo com a mãe dela, e, o que é mais pertinente, de acordo com o patrão dela na mansão, tinha tido uma educação razoável e era bastante inteligente. A mãe disse que aquele casamento foi um desastre para ela.

– Quantos anos ela tem e qual é a aparência dela?

– Deve ter uns trinta e dois anos, senhor. Magra, cabelo preto, nada de especial. Fazia parte do trabalho doméstico na mansão e trabalhava fora como faxineira também. Um dos lugares onde ela fez faxina foi na Kidd's em março do ano passado, mas só trabalhou lá duas ou três semanas. Aí Grey foi despedido por tirar uns trocados da bolsa da mulher do patrão dele. Tiveram que sair do apartamento e ir morar na cidade velha de Myringham. Mas logo depois disso Morag botou-o para fora de casa. Grey disse que ela descobriu por que eles tinham sido postos para fora do apartamento e não quis continuar vivendo com um ladrão. Uma história plausível, tenho certeza que o senhor concorda, senhor. Mas ele insistiu nela, apesar de ter imediatamente arrumado outra mulher que mora em um quarto a dois quilômetros de lá no outro lado de Myringham.

– Não parece ser uma história plausível sob essas circunstâncias – disse Wexford pensativamente.

– Ele disse que gastou o dinheiro que afanou em um presente para ela, um cordão dourado em forma de serpente...

– Ah.

– O que pode ser verdade mas não prova muita coisa.

– Eu não penso assim, sargento. O que aconteceu quando ela ficou sozinha?

– Não sabemos muita coisa a esse respeito. Os posseiros não têm vizinhos, estão sempre em trânsito. Ela teve vários empregos como faxineira até agosto e aí ficou vivendo do dinheiro do seguro-desemprego. Tudo o que sabemos é que Morag contou para uma mulher que morava numa daquelas casas que tinha um emprego à vista e que iria se mudar. Qual era esse emprego e para onde ela ia, nunca descobrimos. Ninguém a viu mais depois de meados de setembro. Grey voltou perto do Natal e levou embora as coisas que ela tinha deixado lá.

– Você não disse que foi a mãe quem deu o alarme?

– Morag escrevia sempre, e quando a mãe não recebeu mais resposta às cartas que mandava, escreveu para Grey. Ele encontrou as cartas quando voltou lá perto do Natal e finalmente escreveu contando uma história para boi dormir, dizendo que achava que a mulher tinha ido para a Escócia. A mãe nunca tinha confiado no Richard Grey e então foi à polícia. Ela veio para cá e tivemos que arrumar um intérprete porque, por incrível que pareça, ela só fala gaélico.

Wexford, que naquele instante achou que poderia, como a Rainha Branca das aventuras de Alice, acreditar em seis coisas impossíveis antes do café-da-manhã, disse:

– A Morag também fala... fala gaélico?

– Fala, senhor. Ela é bilíngüe.

Com um suspiro Wexford afundou no encosto do carro. Ainda havia alguns detalhes a serem esclarecidos, mas afora isso... Ele fechou os olhos. O carro estava indo muito devagar. Ficou imaginando, mas sem olhar, se estavam pegando tráfego pesado à medida que se aproximavam de Londres. Não tinha importância. Hathall já teria sido detido a essa altura, preso em alguma dependência do aeroporto. Mesmo se não lhe tivessem dito por que não lhe era permitido viajar, ele saberia. Saberia que estava tudo acabado. O carro estava quase parando. Wexford abriu os olhos e agarrou o braço de Burden. Abriu a janela.

– Veja – disse ele, apontando para o chão que passava por eles a passo de tartaruga. – Aquilo se move. E aquilo... – seu braço levantou-se em direção ao céu – ... aquilo não.

– O que não se move? – perguntou Burden. – Não há nada para se ver. Veja você mesmo. Estamos presos no nevoeiro.

22

Eram quase quatro horas quando chegaram ao aeroporto. Nenhum avião tinha levantado vôo e os passageiros lotavam os saguões e faziam filas nos balcões de informação. O nevoeiro envolvia tudo, fofo como neve, densas nuvens junto ao chão, um gás branco que fazia as pessoas tossir e cobrir o rosto.

Hathall não estava lá.

O nevoeiro havia começado a baixar sobre o aeroporto de Heathrow às onze e meia, mas afetara outras áreas de Londres antes disso. Teria sido ele uma das centenas de pessoas que haviam ligado para o aeroporto de subúrbios distantes envoltos na neblina para saber se seus vôos partiriam? Não havia como saber. Wexford percorreu atento todas as dependências do aeroporto, o bar, o restaurante, até os terraços panorâmicos, olhando para os rostos cansados, indignados, entediados. Hathall não estava lá.

– De acordo com a previsão do tempo – disse Burden –, o nevoeiro vai se dissipar pelo anoitecer.

– E, de acordo com a previsão, a longo prazo teremos um Natal branco, branco de névoa. Você e Polly ficam aqui, Mike. Fale com o chefe de polícia e providencie para que todas as saídas estejam vigiadas, não apenas Heathrow.

Então Burden e Polly ficaram lá enquanto Wexford, Lovat e Hutton iniciaram a longa viagem até Hampstead. Iam muito devagar. Filas de carros, indo para a estrada principal M1, obstruíam as estradas do noroeste à medida que o nevoeiro, amarelecido pelas luzes dos postes, deitava um manto ofuscante sobre a cidade. Os pontos de referência que encontraram pelo caminho, que a essa altura já lhes eram familiares, haviam perdido a nitidez e ficado amorfos. As colinas de Hampstead estavam sob um manto esfumaçado e as árvores eram como nuvens negras prestes a serem engolidas por uma névoa mais pálida. Entraram devagar na Dartmeet Avenue às dez para as sete e estacionaram em frente ao número 62. A casa estava às escuras, todas as janelas fechadas e negras. Os latões de lixo estavam molhados onde a cerração se condensara sobre eles. As tampas estavam espalhadas e um gato saiu correndo de sob uma delas com um osso de galinha na boca. Quando

Wexford saltou do carro, o nevoeiro irritou-lhe a garganta Lembrou-se de outro dia nebuloso na cidade velha de Myringham, de dois policiais cavando em vão tentando encontrar um corpo que nunca estivera lá. Lembrou-se de como toda a sua perseguição a Hathall fora tumultuada pela dúvida, por confusão e dificuldades, e então foi até a porta da frente e tocou a campainha do apartamento do senhorio.

Tocou mais duas vezes e então apareceu uma luz atrás da vidraça acima do *lintel*. Finalmente a porta foi aberta pelo mesmo velhinho que Wexford vira sair anteriormente para pegar seu gato. Estava fumando uma cigarrilha e não pareceu surpreso nem interessado quando o inspetor-chefe disse quem era e mostrou o mandado.

– O sr. Hathall foi embora ontem à noite – disse ele.

– Ontem à noite?

– Isso mesmo. Para falar a verdade, não esperava que ele fosse antes de hoje de manhã. Ele já tinha pago o aluguel até hoje à noite. Mas estava apressado ontem à noite quando falou comigo que tinha resolvido ir embora, então não era para discutir, não é?

O saguão estava gelado, apesar do aquecedor a óleo ao pé da escada, e o lugar cheirava a óleo queimado e fumaça de charuto. Lovat esfregou as mãos, depois aproximou-as das chamas azuis e amarelas.

– O sr. Hathall chegou por volta das oito da noite, de táxi – disse o senhorio. – Eu estava no jardim, chamando o meu gato. Ele veio e disse que queria desocupar o quarto imediatamente.

– Como parecia estar? – perguntou Wexford, tenso. – Preocupado? Transtornado?

– Nada fora do comum. Ele nunca foi lá muito agradável. Sempre reclamando de alguma coisa. Subimos até o quarto dele para fazer o inventário. Eu sempre faço questão disso antes de devolver o depósito de garantia. O senhor quer subir agora? Não tem nada para ser visto, mas se o senhor quiser, pode subir.

Wexford assentiu e eles subiram a escada. O saguão e o patamar eram iluminados por aquele tipo de luz que se apaga automaticamente após dois minutos e a luz se apagou antes que chegassem à porta do quarto de Hathall. O senhorio praguejou na escuridão, tentando achar as chaves e o interruptor de luz. E Wexford, os nervos tensos de novo, gritou de susto quando alguma coisa serpenteou pelo corrimão e pulou no ombro do senhorio. Era, naturalmente, o gato. A luz se acendeu, a chave foi encontrada e a porta aberta.

O quarto estava abafado e cheirando a mofo, além de frio. Wexford viu Hutton torcer os lábios enquanto passava os olhos pelo guarda-roupa do tempo da Primeira Guerra Mundial, as cadeiras e os quadros feios; certamente pensava em ter que fazer um inventário daquele lixo. Os cobertores leves estavam mal dobrados sobre o colchão ao lado de um feixe de garfos e facas niquelados presos com um elástico, uma chaleira com a asa amarrada com barbante e um vaso de gesso que ainda trazia no fundo a etiqueta que mostrava que custara trinta e cinco *pence.*

O gato andou pelo consolo da lareira e pulou para o biombo.

– Eu sabia que tinha alguma coisa de errado com ele – disse o senhorio.

– Como? O que lhe deu essa idéia?

Ele contemplou Wexford com um sorriso de desdém.

– Em primeiro lugar, já vi o senhor antes. Reconheço um tira a dois quilômetros de distância. E sempre tinha uns caras vigiando ele. Não perco quase nada, embora também não fale quase nada. Percebi o sujeitinho de cabelo vermelho – achei muito engraçado quando ele veio aqui e disse que era da prefeitura – e o magro alto que estava sempre dentro do carro.

– Então o senhor deve saber – disse Wexford, engolindo a humilhação – por que ele estava sendo vigiado.

– Eu, não. Ele nunca fez nada, só fazia trazer a mãe para tomar chá e reclamar do aluguel.

– Ele nunca trouxe uma mulher aqui? Uma mulher de cabelo louro curto?

– Não. Só a mãe e a filha. É o que ele disse que elas eram, e acreditei, mesmo porque dava para ver que eram a cara dele. Vem cá, gatinho, vamos voltar para onde está quente.

Aborrecido, de pé no mesmo lugar onde Hathall estivera a ponto de empurrá-lo escada abaixo, Wexford disse:

– O senhor devolveu o depósito e ele foi embora. A que horas foi isso?

– Eram umas nove horas. – A luz do patamar se apagou novamente, e novamente o senhorio apertou o interruptor, resmungando enquanto o gato ronronava em seu ombro. – Ele disse que estava indo para algum lugar no exterior. Tinha muitas etiquetas nas malas dele, mas não olhei de perto. Gosto de ver o que eles estão fazendo, entende, ficar de olho até saírem daqui. Ele atravessou a rua e deu um telefonema, aí chegou um táxi e o levou embora.

Desceram para o saguão. A luz se apagou e desta vez o senhorio não a acendeu de novo. Fechou a porta rapidamente assim que eles saíram, para impedir que o nevoeiro entrasse.

– Ele pode ter ido ontem à noite – disse Wexford a Lovat.

– Pode ter ido até Paris, Bruxelas ou Amsterdam e pego um avião lá.

– Mas por que ele faria isso? – objetou Hutton. – Por que ele iria achar que estávamos atrás dele depois de todo esse tempo?

Wexford não queria contar a eles, a essa altura, do envolvimento de Howard nem do encontro de Howard com Hathall na noite anterior. Mas isso passara por sua cabeça naquele quarto frio e abandonado. Hathall vira Howard por volta das sete horas, reconhecera aquele homem que o estava seguindo, logo depois conseguira enganar Howard e escapara. O táxi que pegara tinha deixado a mulher em casa e o levado de volta à Dartmeet Avenue, onde ele havia liquidado a conta com o senhorio, pegado sua bagagem e partido. Para onde? Primeiro de volta para a casa dela, e depois...? Wexford deu de ombros com tristeza, atravessou a rua e foi até a cabine telefônica.

A voz de Burden lhe disse que o aeroporto ainda estava sem teto.

Havia lá uma multidão de passageiros desapontados e atrapalhados, e, a essa altura, policiais aflitos. Hathall não aparecera. Se telefonara, como centenas de outras pessoas, não dera o nome.

– Mas ele sabe que estamos atrás dele – disse Burden.

– O que você quer dizer?

– Você se lembra de um cara chamado Aveney? Gerente da Kidd's?

– Claro que me lembro. O que tem isso?

– Ele recebeu um telefonema de Hathall na casa dele ontem à noite, às nove horas. Hathall queria saber – perguntou fazendo rodeios, veja bem – se nós tínhamos feito perguntas a respeito dele. E o idiota do Aveney disse que não era a respeito da esposa dele, que isso estava encerrado, mas que estávamos só examinando os livros para ver se tinha alguma coisa errada com a folha de pagamentos.

– Como ficamos sabendo disso? – perguntou Wexford, desanimado

– O Aveney pensou, ficou imaginando se devia mesmo ter contado a ele, embora soubesse que nossa investigação não dera em nada. Aparentemente ele tentou falar com você hoje de manhã, e como não conseguiu finalmente entrou em contato com o Griswold.

Esse, então, fora o telefonema que Hathall dera da cabine da Dartmeet Avenue, a mesma cabine onde ele estava, depois de falar com o senhorio e antes de entrar naquele táxi. Isso, e mais o fato de ele ter reconhecido Howard, teria sido o suficiente para deixá-lo apavorado. Wexford atravessou a rua novamente e voltou para o carro, onde Lovat estava fumando um de seus detestáveis cigarrinhos úmidos.

– Acho que o nevoeiro está se dissipando, senhor – disse Hutton.

– Talvez. Que horas são?

– Dez para as oito. O que fazemos agora? Voltamos para o aeroporto ou tentamos achar a casa de Morag Grey?

Com um sarcasmo paciente, Wexford disse:

– Estou tentando achar a casa dela há nove meses, sargento, o período normal de gestação, e não dei à luz coisa nenhuma. Talvez você ache que possa ter mais sucesso em duas horas.

– Podíamos ao menos voltar por Notting Hill, senhor, em vez de pegar o caminho mais rápido pela North Circular.

– Ora, faça o que quiser – disse Wexford, ríspido, e encolheu-se no carro o mais longe possível de Lovat e seu cigarro, que cheirava tão mal quanto a cigarrilha do senhorio. Texugos! Tiras caipiras, pensou ele injustamente. Idiotas que não conseguiam prender um sujeito com uma acusação de roubo. O que Hutton pensava que Notting Hill era? Um vilarejo como Passingham St. John, onde todo mundo conhece todo mundo e estaria em polvorosa e cheio de fofocas porque um vizinho viajara para o exterior?

Eles seguiam o trajeto do ônibus 28. West End Lane, Quex Road, Kilburn High Road, Kilburn Park... O nevoeiro estava diminuindo, movendo-se, adensando-se em alguns lugares, diluindo-se e formando raias em outros. E as cores do Natal começavam a surgir através dele, vistosas bandeiras de papel nas janelas, luzinhas brilhantes como estrelas que piscavam. Shirland Road, Great Western Road, Pembridge Villas, Pembridge Road...

Um desses, pensou Wexford, aprumando-se, deve ser o ponto de ônibus onde Howard vira Hathall pegar o ônibus 28. Existiam muitas ruas transversais, ruas que levavam a outras ruas, a praças, a uma vasta região habitada por todo tipo de gente. Hutton que se virasse para...

– Pare o carro, por favor – disse ele prontamente.

Uma luz rosa que vinha das portas envidraçadas de um botequim cruzava a pista. Wexford já tinha visto aquele cartaz e o reconheceu. O Rosy Cross. Se os dois eram fregueses assíduos, se tinham o hábito de se encontrarem lá regularmente, podia ser que o proprietário ou o *barman* se lembrassem deles. Talvez tivessem se encontrado lá na noite da véspera antes de partirem, ou houvessem voltado lá só para se despedirem. Pelo menos ele ficaria sabendo. Desse jeito poderia ter certeza.

O interior era um inferno de luzes, barulho e fumaça. O número de pessoas que lá se encontravam e a sociabilidade que mostravam eram do tipo que só se encontra geralmente muito mais tarde, mas era antevéspera de Natal. Não apenas todas as mesas e todos os bancos e cada lugar junto ao balcão estavam ocupados, como também cada metro quadrado de chão, onde as pessoas se espremiam, apertadas umas contra as outras, os cigarros lançando espirais de fumaça que iam misturar-se à nuvem azul que pairava entre enfeites de papel que oscilavam suavemente e os olhos apertados e irritados. Wexford aproximou-se com dificuldade do balcão. Dois homens e uma moça estavam atendendo, servindo bebidas febrilmente, limpando o balcão, jogando os copos sujos numa pia fumegante.

– O próximo? – gritou o *barman* mais velho, talvez o proprietário. Seu rosto estava vermelho, a testa brilhava de suor e o cabelo empapado estava grudado na testa. – O que vai ser, senhor?

Wexford disse:

– Polícia. Estou procurando um homem alto de cabelo preto, de uns quarenta e cinco anos, e uma mulher loura mais nova. – Deram um esbarrão em seu braço e ele sentiu um filete de cerveja escorrer-lhe pelo punho. – Eles estavam aqui ontem à noite. O nome dele é...

– Eles não dizem o nome. Tinha umas quinhentas pessoas aqui ontem à noite.

– Tenho motivos para acreditar que eles vinham aqui regularmente.

O *barman* deu de ombros.

– Tenho que atender os fregueses. Dá para esperar dez minutos?

Mas Wexford achou que já tinha esperado demais. Que outros cuidassem do caso; ele não podia fazer mais nada. Lutando com dificuldade para atravessar a multidão, dirigiu-se para a porta, atordoado com as cores, as luzes, a fumaça e o cheiro intoxicante de bebida. Parecia haver formas coloridas em toda parte, os círculos vermelhos e roxos dos balões, os cones brilhantes e translúcidos das garrafas de licor, os quadrados das vidraças coloridas. Com a cabeça girando, deu-se conta de que não comera nada o dia todo. Círculos vermelhos e roxos, esferas de papel laranja e azul, aqui um quadrado de vidro verde, ali um brilhante retângulo amarelo...

Um brilhante retângulo amarelo. Sua mente desanuviou-se. Parou e equilibrou-se. Apertado entre um homem de casaco de couro e uma moça de casaco de pele, olhou por uma abertura estreita que não estava atulhada de saias, pernas, pés de cadeiras e bolsas, olhou através da corrosiva fumaça azulada para aquele retângulo amarelo que era na verdade um líquido em um copo alto e viu uma mão levantá-lo e tirá-lo de seu campo de visão.

Pernod. Não é uma bebida popular na Inglaterra. Ginge bebia Pernod com cerveja Guinness, o que ele chamava de fogo-do-inferno. E outra pessoa, aquela que ele procurava, sua quimera, o produto de sua imaginação, bebia Pernod diluído em água, o que o tornava amarelado. Moveu-se lentamente, aproximando-se com dificuldade da mesa de canto onde ela estava, mas só conseguiu chegar até três metros dela. Havia gente demais. Mas agora havia espaço suficientemente desobstruído ao nível de seus olhos para que ele a visse, e ele olhou longamente, fitando-a fixa e avidamente como um homem apaixonado olha para a mulher cuja vinda ele espera há meses.

Seu rosto era bonito e estava cansado e abatido. Seus olhos estavam irritados por causa da fumaça e o cabelo louro revelava um centímetro de um tom mais escuro perto da raiz. Estava só, mas na cadeira a seu lado havia um casaco dobrado, um casaco de homem, e, encostadas na parede atrás dela, empilhadas a seus pés, cercando-a por todos os lados, havia meia dúzia de malas. Ela levantou o copo novamente e bebeu, não olhando para ele, mas lançando olhares rápidos e nervosos na direção de uma pesada porta de mogno onde estava escrito *Telefone e Toaletes*. Mas Wexford deixou-se ficar, olhando para sua quimera em carne e osso, até que chapéus, cabelos e rostos convergiram e obstruíram sua visão.

Ele abriu a porta de mogno e entrou furtivamente em um corredor. Mais duas portas davam para o corredor e lá no fundo havia uma cabine de vidro. Hathall estava curvado sobre o telefone dentro da cabine, de costas para Wexford. Telefonando para o aeroporto, pensou Wexford, para saber se seu vôo vai partir agora que o nevoeiro está se dissipando. Entrou no banheiro dos homens, fechou a porta e ficou esperando até ouvir os passos de Hathall no corredor.

A porta de mogno abriu-se e fechou-se com um estalo. Wexford esperou um minuto e depois também ele voltou para o bar. As malas não estavam mais lá, o copo amarelo estava vazio. Empurrando as pessoas, ignorando as reclamações, chegou até a porta da rua e abriu-a. Hathall e a mulher estavam no meio-fio, cercados de malas, esperando um táxi.

Wexford lançou um olhar rápido para o carro, encontrou os olhos de Hutton e levantou o braço num aceno brusco, chamando-o. Três das portas do carro abriram-se simultaneamente e os três policiais pularam para o chão molhado como se tivessem molas nos pés. E aí Hathall compreendeu. Virou-se para encará-los passando o braço em torno da mulher, um abraço protetor, mas inútil. A cor fugiu de seu rosto e, à luz das lâmpadas amarelas embaçadas, o queixo saliente, o nariz afilado e a testa alta estavam verdes de pavor; era o malogro final de suas esperanças. Wexford aproximou-se dele.

A mulher disse:

– Devíamos ter ido ontem à noite, Bob. – E quando ele ouviu seu sotaque, acentuado pelo medo, ele teve certeza. Mas não conseguiu dizer nada; em silêncio, deixou que Lovat se aproximasse dela e começasse a informá-la sobre seus direitos e lhe desse voz de prisão.

– Morag Grey...

Ela levou a mão aos lábios trêmulos e Wexford viu a pequena cicatriz em forma de L em seu dedo indicador, tal como a vira em seus sonhos.

23

Noite de Natal.

Todos haviam chegado e a casa de Wexford estava repleta. Na parte de cima, seus dois netinhos dormiam. Na cozinha, Dora estava novamente examinando o peru, desta vez consultando Denise a respeito do importante problema: se deviam dependurar o peru ou colocá-lo na prateleira do forno. Na sala, Sheila e a irmã estavam enfeitando a árvore enquanto os filhos adolescentes de Burden submetiam o toca-discos, que tinha que estar em boas condições no dia seguinte, a um manuseio bastante inábil. Burden levara o genro de Wexford para beber no Dragon.

– A sala de jantar é nossa – disse Wexford ao sobrinho. A mesa já estava posta para a ceia, enfeitada com um bonito centro de mesa. A lareira também já estava preparada, tão intacta quanto a mesa, mas Wexford acendeu o fogo. – Vou me meter em confusão por causa disso – disse ele –, mas não ligo. Não ligo para mais nada agora que eu a encontrei, agora que você – acrescentou, generosamente – e eu a encontramos.

– Eu não fiz quase nada – disse Howard. – Não descobri nem onde ela estava morando. Você descobriu, não é?

– Na própria Pembridge Road – disse Wexford. – Ele morava naquele quarto miserável, mas pagava o aluguel de um apartamento inteiro para ela. Sem dúvida que ele a ama, embora a última coisa que eu quero seja ficar com pena dele. – Ele pegou uma nova garrafa de uísque no guarda-louça, serviu um copo a Howard e, depois, outro a si mesmo. – Quer que eu conte tudo?

– Ainda sobrou muita coisa para contar? Mike Burden já me disse tudo a respeito da tal mulher, a Morag Grey. Tentei fazer com que ele parasse de falar. Sabia que você ia querer me contar.

– Mike Burden – disse-lhe o tio quando o fogo começou a crepitar – tirou folga hoje. Não o vejo desde que o deixei no aeroporto de Londres ontem à tarde. Ele não contou tudo, ele não sabe de tudo, a menos que... deu nos vespertinos?

– Não tinha nada nas primeiras edições.

– Então ainda há muito o que contar. – Wexford fechou as cortinas por causa do nevoeiro, que voltara à tarde. – O que o Mike disse?

– Que foi mais ou menos do jeito que você imaginou, eles três metidos na fraude da folha de pagamento. Não foi assim?

– A minha teoria – disse Wexford – não explicava muita coisa. – Puxou a cadeira mais para perto do fogo. – É bom relaxar, não é? Você não está feliz por não ter que se preparar para seguir alguém e ir para o West End Green?

– Vou repetir: não fiz quase nada. Mas pelo menos não mereço ser deixado em suspense.

– É verdade, e não vou mantê-lo em suspense. Houve mesmo uma fraude na folha de pagamento. Hathall abriu pelo menos duas contas fictícias, talvez mais, logo depois que foi trabalhar na Kidd's. Ele estava tirando no mínimo trinta libras extras por semana, durante dois anos. Mas Morag Grey não estava participando disso. Ela não teria ajudado ninguém a roubar uma firma. Era honesta. Era tão honesta que não ficou nem com uma nota de uma libra que achou no chão de um escritório, tão direita que não quis ficar casada com um homem que havia roubado duas libras e meia. Ela não poderia ter participado disso e nem poderia ter tirado dinheiro da conta de Mary Lewis, porque Hathall só a conheceu em março. Ela só trabalhou na Kidd's umas duas semanas e isso foi três meses antes de Hathall sair de lá.

– Mas Hathall estava apaixonado por ela, não? Você mesmo disse isso. E que outro motivo...?

– Hathall estava apaixonado pela esposa. É, sei que chegamos à conclusão que ele havia se tornado mulherengo, mas que prova concreta tínhamos disto? – Com uma leve inibição, camuflada bem demais para Howard descobrir, Wexford disse: – Se ele era tão suscetível, por que rejeitou as investidas de uma certa vizinha atraente? Por que dava a todos que o conheciam a impressão de ser um marido obsessivamente dedicado?

– Vamos lá, diga logo. – Howard sorriu. – Daqui a pouco você vai me dizer que Morag Grey não matou Angela Hathall.

– É isso mesmo. Ela não matou. Angela Hathall é que matou Morag Grey.

O toca-discos emitiu um grito de dor na sala ao lado. Ouviram-se pezinhos correndo no andar de cima e alguma coisa quebrou-se com estardalhaço na cozinha. O barulho abafou o que Howard exclamara em voz baixa.

– Até eu fiquei muito surpreso – continuou Wexford calmamente. – Fiz uma idéia disso ontem quando fiquei sabendo que Morag Grey era muito honesta e só trabalhara na Kidd's por muito pouco tempo. Aí, quando nós os prendemos e ouvi o sotaque australiano dela, tive certeza.

Howard balançou lentamente a cabeça, um gesto de admiração e assombro.

– Mas e a identificação, Reg? Como é que ele esperava conseguir enganar todo mundo?

– Mas ele conseguiu enganar todo mundo por quinze meses. Veja bem, a vida isolada e discreta que eles levavam para fazer dar certo o golpe da folha de pagamento funcionou a favor deles quando planejaram o assassinato. Se muita gente conhecesse Angela, ela não poderia se fazer passar pela sra. Lewis nem pela sra. Carter quando fosse retirar o dinheiro daquelas contas. E quase ninguém a conhecia, mesmo de vista. A sra. Lake a conhecia, é claro, assim como o primo dela, Mark Somerset, mas quem iria chamá-los para identificar o corpo? A escolha natural seria o marido dela. E só para garantir, caso houvesse qualquer dúvida, ele levou a mãe dele junto, tomando a precaução de fazê-la ser a primeira a encontrar o corpo. Angela tinha vestido Morag com as próprias roupas, as mesmas roupas que ela estava usando na única ocasião anterior em que a sogra se encontrara com ela. Essa foi uma jogada primorosa de psicologia, Howard, imaginada, tenho certeza, por Angela, que foi quem planejou todos os detalhes desse negócio. Foi a velha sra. Hathall quem eliminou qualquer suspeita ao nos contar que a nora havia sido encontrada morta em Bury Cottage.

"Angela começou a limpar a casa semanas antes para retirar suas próprias impressões digitais. Não admira que ela tivesse luvas de borracha e luvas de limpeza. Não foi uma tarefa muito difícil, já que ficou sozinha a semana toda sem Hathall por lá para deixar suas próprias impressões. E se nós questionássemos tamanho excesso de limpeza, haveria razão melhor do que ela estar deixando o chalé em perfeitas condições para a visita da velha sra. Hathall?"

– Então a impressão palmar e a cicatriz eram dela?

– É claro. – Wexford bebeu lentamente seu uísque, fazendo-o durar bastante. – As impressões que nós pensamos ser dela eram de Morag. Ela deve ter penteado o cabelo da morta – que horror! Os cabelos pretos mais grossos eram de Angela. Ela não precisou limpar o carro na garagem nem em Wood Green. Pôde limpá-lo a qualquer hora na semana anterior.

– Mas por que ela deixou aquela impressão?

– Acho que faço uma idéia. No dia que Morag morreu, Angela começou a limpar tudo de manhã bem cedo. Ela já tinha limpado o banheiro, talvez já tivesse tirado as luvas e estivesse botando as outras para lustrar o assoalho, quando o telefone tocou. A sra. Lake ligou para perguntar se podia ir colher as ameixas. E Angela, nervosa, naturalmente, se equilibrou botando a mão na borda da banheira quando se levantou para atender o telefone.

"Morag Grey falava e certamente lia gaélico. Hathall devia saber disso. Então Angela descobriu o endereço dela – já deviam estar de olho nela – e escreveu, ou mais provavelmente foi visitá-la, para perguntar se ela poderia ajudar na pesquisa que estava fazendo sobre as línguas célticas. Morag, empregada doméstica, só pode ter ficado envaidecida. E além disso era pobre, precisava de dinheiro. Acho que esse era o emprego bom do qual ela falou para a vizinha, e ela abandonou o emprego de faxineira nessa época e ficou vivendo com o dinheiro do seguro-desemprego até que Angela estivesse pronta para começar a trabalhar com ela."

– Mas ela não conhecia Angela?

– Não, ora; por quê? Angela deve ter dado um nome falso, e não vejo por que ela conheceria o endereço de Hathall. No dia 19 de setembro Angela foi até Myringham, pegou-a e levou-a para Bury Cottage para conversar a respeito do trabalho. Ela levou Morag até o andar de cima para lavar as mãos, ir ao banheiro ou pentear o cabelo. E lá a estrangulou, Howard, com o próprio colar dela.

"Depois disso foi fácil. Vestiu a camisa vermelha e *os jeans* em Morag, colocou as impressões digitais dela em alguns objetos, penteou seu cabelo. Calçou as luvas, passou por aquele túnel de árvores e foi para Londres. Ficou uma ou duas noites num hotel até encontrar um apartamento e esperou o tempo passar até Hathall poder se juntar a ela."

– Mas por que, Reg? Por que matar Morag?

– Ela era honesta e descobriu o que Hathall estava aprontando. Não era nenhuma idiota, Howard, pelo contrário, era uma dessas pessoas que têm potencial mas não têm iniciativa. Tanto o ex-patrão quanto a mãe disseram que ela podia arranjar trabalho melhor. O marido irresponsável a arrastou para baixo. Quem sabe? Talvez ela tivesse capacidade para orientar um etimólogo de verdade que estivesse estudando gaélico, e talvez tenha achado que aquela era a oportunidade dela, agora que estava livre do Grey, de melhorar de vida. Angela Hathall, pensando bem, é uma ótima psicóloga.

– Isso tudo está claro – disse Howard –, mas como Morag descobriu a fraude na folha de pagamento?

– Isso – disse Wexford, com franqueza – eu não sei... ainda. Imagino que Hathall ficou até mais tarde uma noite em que ela estava trabalhando lá, e acho que ela o ouviu conversando com Angela pelo telefone. Talvez Angela tivesse sugerido um endereço falso para ele e ele estivesse telefonando para verificar se tinha entendido direito o endereço antes de botá-lo no computador. Não esqueça que Angela foi a principal responsável por tudo. Você acertou em cheio quando disse que ela o havia influenciado e corrompido. Hathall é o tipo de homem que acha que uma faxineira não passa de uma peça de mobília. Mas mesmo se ele tivesse falado com cautela, aquele nome, sra. Mary Lewis, e aquele endereço, 19 Maynnot Way, teriam despertado a atenção de Morag. O endereço era na mesma rua onde ela e o marido moravam e ela sabia que não havia nenhuma Mary Lewis morando lá. E se depois do telefonema Hathall começou imediatamente a botar os dados no computador...

– Ela fez chantagem?

– Duvido. Ela era honesta. Mas teria feito perguntas, talvez na mesma hora. Talvez tenha apenas dito que ouvira o que ele dissera e que não havia uma Mary Lewis naquele endereço, e se ele ficou alvoroçado – puxa, você precisava ver como ele fica quando está agitado –, ela pode ter começado a fazer perguntas, até ter uma vaga idéia do que estava realmente acontecendo.

– E eles a mataram por causa *disso*?

Wexford assentiu. – Para você e para mim, isso parece um motivo desprezível. Mas e para eles? Eles ficariam para sempre em pânico, porque se a falcatrua de Hathall fosse descoberta ele perderia o emprego, perderia seu novo emprego na Marcus Flower e nunca conseguiria outro emprego para trabalhar na única atividade na qual tinha formação. Você não pode esquecer que eles são muito paranóicos. Eles viviam achando que eram perseguidos e caçados, suspeitavam até que os inocentes e inofensivos tramavam alguma coisa contra eles.

– Você não era inocente e inofensivo, Reg – disse Howard serenamente.

– Não, e talvez seja a única pessoa que jamais realmente perseguiu Robert Hathall. – Wexford levantou seu copo quase vazio. – Feliz Natal – disse ele. – Não vou deixar que a perda da liberdade de Hathall perturbe o meu Natal. Se alguém merece perder a liberdade, esse alguém é ele. Vamos nos juntar aos outros? Acho que ouvi Mike entrar com meu genro.

A árvore já estava enfeitada. Sheila estava dançando com John Burden ao som palpitante e cacofônico que vinha do toca-discos. Depois de botar um garotinho sonolento na cama pela terceira vez, Sylvia estava embrulhando os últimos presentes, um brinquedo da Kidd's, um estojo de tintas, um globo terrestre, um livro de gravuras, um carrinho de brinquedo. Wexford passou um braço em torno da esposa, o outro em torno de Pat Burden e beijou-as. Rindo, ele esticou o braço até o globo terrestre e girou-o. Por três vezes o globo girou em torno de seu eixo antes que Burden entendesse, e então ele disse:

– Ela se move. Você tinha razão. Ele a matou.

– Bem, você também tinha razão – disse Wexford. – Ele não matou a esposa. – Vendo o olhar de incredulidade no rosto de Burden, acrescentou: – E agora acho que vou ter que contar a história toda de novo.

Coleção **L&PM** POCKET (LANÇAMENTOS MAIS RECENTES)

398.**O anatomista** – Federico Andahazi
399.**As viagens de Gulliver** – Jonathan Swift
400.**Dom Quixote – v.1** – Miguel de Cervantes
401.**Dom Quixote – v.2** – Miguel de Cervantes
402.**Sozinho no Pólo Norte** – Thomaz Brandolin
403.**Matadouro Cinco** – Kurt Vonnegut
404.**Delta de Vênus** – Anaïs Nin
405.**O melhor de Hagar 2** – Dik Browne
406.**É grave Doutor?** – Nani
407.**Orai pornô** – Nani
408(11).**Maigret em Nova York** – Simenon
409(12).**O assassino sem rosto** – Simenon
410(13).**O mistério das jóias roubadas** – Simenon
411.**A irmãzinha** – Raymond Chandler
412.**Três contos** – Gustave Flaubert
413.**De ratos e homens** – John Steinbeck
414.**Lazarilho de Tormes** – Anônimo do séc. XVI
415.**Triângulo das águas** – Caio Fernando Abreu
416.**100 receitas de carnes** – Sílvio Lancellotti
417.**Histórias de robôs: vol.1** – org. Isaac Asimov
418.**Histórias de robôs: vol.2** – org. Isaac Asimov
419.**Histórias de robôs: vol.3** – org. Isaac Asimov
420.**O país dos centauros** – Tabajara Ruas
421.**A república de Anita** – Tabajara Ruas
422.**A carga dos lanceiros** – Tabajara Ruas
423.**Um amigo de Kafka** – Isaac Singer
424.**As alegres matronas de Windsor** – Shakespeare
425.**Amor e exílio** – Isaac Bashevis Singer
426.**Use & abuse do seu signo** – Marília Fiorillo e Marylou Simonsen
427.**Pigmaleão** – Bernard Shaw
428.**As fenícias** – Eurípides
429.**Everest** – Thomaz Brandolin
430.**A arte de furtar** – Anônimo do séc. XVI
431.**Billy Bud** – Herman Melville
432.**A rosa separada** – Pablo Neruda
433.**Elegia** – Pablo Neruda
434.**A garota de Cassidy** – David Goodis
435.**Como fazer a guerra: máximas de Napoleão** – Balzac
436.**Poemas de Emily Dickinson**
437.**Gracias por el fuego** – Mario Benedetti
438.**O sofá** – Crébillon Fils
439.**O "Martín Fierro"** – Jorge Luis Borges
440.**Trabalhos de amor perdidos** – W. Shakespeare
441.**O melhor de Hagar 3** – Dik Browne
442.**Os Maias (volume1)** – Eça de Queiroz
443.**Os Maias (volume2)** – Eça de Queiroz
444.**Anti-Justine** – Restif de La Bretonne
445.**Juventude** – Joseph Conrad
446.**Contos** – Eça de Queiroz
447.**Janela para a morte** – Raymond Chandler
448.**Um amor de Swann** – Marcel Proust
449.**À paz perpétua** – Immanuel Kant
450.**A conquista do México** – Hernan Cortez
451.**Defeitos escolhidos e 2000** – Pablo Neruda
452.**O casamento do céu e do inferno** – William Blake
453.**A primeira viagem ao redor do mundo** – Antonio Pigafetta
454(14).**Uma sombra na janela** – Simenon
455(15).**A noite da encruzilhada** – Simenon
456(16).**A velha senhora** – Simenon
457.**Sartre** – Annie Cohen-Solal
458.**Discurso do método** – René Descartes
459.**Garfield em grande forma** – Jim Davis
460.**Garfield está de dieta** – Jim Davis
461.**O livro das feras** – Patricia Highsmith
462.**Viajante solitário** – Jack Kerouac
463.**Auto da barca do inferno** – Gil Vicente
464.**O livro vermelho dos pensamentos de Millôr** – Millôr Fernandes
465.**O livro dos abraços** – Eduardo Galeano
466.**Voltaremos!** – José Antonio Pinheiro Machado
467.**Rango** – Edgar Vasques
468.**Dieta mediterrânea** – Dr. Fernando Lucchese e José Antonio Pinheiro Machado
469.**Radicci 5** – Iotti
470.**Pequenos pássaros** – Anaïs Nin
471.**Guia prático do Português correto – vol.3** – Cláudio Moreno
472.**Atire no pianista** – David Goodis
473.**Antologia Poética** – García Lorca
474.**Alexandre e César** – Plutarco
475.**Uma espiã na casa do amor** – Anaïs Nin
476.**A gorda do Tiki Bar** – Dalton Trevisan
477.**Garfield um gato de peso** – Jim Davis
478.**Canibais** – David Coimbra
479.**A arte de escrever** – Arthur Schopenhauer
480.**Pinóquio** – Carlo Collodi
481.**Misto-quente** – Charles Bukowski
482.**A lua na sarjeta** – David Goodis
483.**Recruta Zero** – Mort Walker
484.**Aline 2: TPM – tensão pré-monstrual** – Adão Iturrusgarai
485.**Sermões do Padre Antonio Vieira**
486.**Garfield numa boa** – Jim Davis
487.**Mensagem** – Fernando Pessoa
488.**Vendeta** *seguido de* **A paz conjugal** – Balzac
489.**Poemas de Alberto Caeiro** – Fernando Pessoa
490.**Ferragus** – Honoré de Balzac
491.**A duquesa de Langeais** – Honoré de Balzac
492.**A menina dos olhos de ouro** – Honoré de Balzac
493.**O lírio do vale** – Honoré de Balzac
494(17).**A barcaça da morte** – Simenon
495(18).**As testemunhas rebeldes** – Simenon
496(19).**Um engano de Maigret** – Simenon
497.**A noite das bruxas** – Agatha Christie
498.**Um passe de mágica** – Agatha Christie
499.**Nêmesis** – Agatha Christie
500.**Esboço para uma teoria das emoções** – Jean-Paul Sartre
501.**Renda básica de cidadania** – Eduardo Suplicy
502(1).**Pílulas para viver melhor** – Dr. Lucchese
503(2).**Pílulas para prolongar a juventude** – Dr. Lucchese
504(3).**Desembarcando o Diabetes** – Dr. Lucchese
505(4).**Desembarcando o Sedentarismo** – Dr. Fernando Lucchese e Cláudio Castro

506(5).**Desembarcando a Hipertensão** – Dr. Lucchese
507(6).**Desembarcando o Colesterol** – Dr. Fernando Lucchese e Fernanda Lucchese
508.**Estudos de mulher** – Balzac
509.**O terceiro tira** – Flann O'Brien
510.**100 receitas de aves e ovos** – José Antonio Pinheiro Machado
511.**Garfield em toneladas de diversão** – Jim Davis
512.**Trem-bala** – Martha Medeiros
513.**Os cães ladram** – Truman Capote
514.**O Kama Sutra de Vatsyayana**
515.**O crime do Padre Amaro** – Eça de Queiroz
516.**Odes de Ricardo Reis** – Fernando Pessoa
517.**O inverno da nossa desesperança** – John Steinbeck
518.**Piratas do Tietê** – Laerte
519.**Rê Bordosa: do começo ao fim** – Angeli
520.**O Harlem é escuro** – Chester Himes
521.**Café-da-manhã dos campeões** – Kurt Vonnegut
522.**Eugénie Grandet** – Balzac
523.**O último magnata** – F. Scott Fitzgerald
524.**Carol** – Patricia Highsmith
525.**100 receitas de patisseria** – Sílvio Lancellotti
526.**O fator humano** – Graham Greene
527.**Tristessa** – Jack Kerouac
528.**O diamante do tamanho do Ritz** – S. Fitzgerald
529.**As melhores histórias de Sherlock Holmes** – Arthur Conan Doyle
530.**Cartas a um jovem poeta** – Rilke
531(20).**Memórias de Maigret** – Simenon
532.**O misterioso sr. Quin** – Agatha Christie
533.**Os analectos** – Confúcio
534(21).**Maigret e os homens de bem** – Simenon
535(22).**O medo de Maigret** – Simenon
536.**Ascensão e queda de César Birotteau** – Balzac
537.**Sexta-feira negra** – David Goodis
538.**Ora bolas – O humor cotidiano de Mario Quintana** – Juarez Fonseca
539.**Longe daqui aqui mesmo** – Antonio Bivar
540(5).**É fácil matar** – Agatha Christie
541.**O pai Goriot** – Balzac
542.**Brasil, um país do futuro** – Stefan Zweig
543.**O processo** – Kafka
544. **O melhor de Hagar 4** – Dik Browne
545(6).**Por que não pediram a Evans?** – Agatha Christie
546.**Fanny Hill** – John Cleland
547.**O gato por dentro** – William S. Burroughs
548.**Sobre a brevidade da vida** – Sêneca
549.**Geraldão 1** – Glauco
550.**Piratas do Tietê 2** – Laerte
551.**Pagando o pato** – Ciça
552.**Garfield de bom humor** – Jim Davis
553.**Conhece o Mário?** – Santiago
554.**Radicci 6** – Iotti
555.**Os subterrâneos** – Jack Kerouac
556(1).**Balzac** – François Taillandier
557(2).**Modigliani** – Christian Parisot
558(3).**Kafka** – Gérard-Georges Lemaire
559(4).**Júlio César** – Joël Schmidt
560.**Receitas da família** – J. A. Pinheiro Machado
561.**Boas maneiras à mesa** – Celia Ribeiro
562(9).**Filhos sadios, pais felizes** – R. Pagnoncelli
563(10).**Fatos & mitos** – Dr. Fernando Lucchese
564.**Ménage à trois** – Paula Taitelbaum
565.**Mulheres!** – David Coimbra
566.**Poemas de Álvaro de Campos** – Fernando Pessoa
567.**Medo e outras histórias** – Stefan Zweig
568.**Snoopy e sua turma (1)** – Schulz
569.**Piadas para sempre (livro 1)** – Visconde da Casa Verde
570.**O alvo móvel** – Ross MacDonald
571.**O melhor do Recruta Zero (2)** – Mort Walker
572.**Um sonho americano** – Norman Mailer
573.**Os broncos também amam** – Angeli
574.**Crônica de um amor louco** – Bukowski
575(5).**Freud** – René Major e Chantal Talagrand
576(6).**Picasso** – Gilles Plazy
577(7).**Gandhi** – Christine Jordis
578.**A tumba** – H. P. Lovecraft
579.**O príncipe e o mendigo** – Mark Twain
580.**Garfield, um charme de gato** – Jim Davis
581.**Ilusões perdidas** – Balzac
582.**Esplendores e misérias das cortesãs** – Balzac
583.**Walter Ego** – Angeli
584.**Striptiras (1)** – Laerte
585.**Fagundes: um puxa-saco de mão cheia** – Laerte
586.**Depois do último trem** – Josué Guimarães
587.**Ricardo III** – Shakespeare
588.**Dona Anja** – Josué Guimarães
589.**24 horas na vida de uma mulher** – Stefan Zweig
590.**O terceiro homem** – Graham Greene
591.**Mulher no escuro** – Dashiell Hammett
592.**No que acredito** – Bertrand Russell
593.**Odisséia** (1): Telemaquia – Homero
594.**O cavalo cego** – Josué Guimarães
595.**Henrique V** – Shakespeare
596.**Fabulário geral do delírio cotidiano** – Bukowski
597.**Tiros na noite 1: A mulher do bandido** – Dashiell Hammett
598.**Snoopy em Feliz Dia dos Namorados (2)** – Schulz
599.**Mas não se matam cavalos?** – Horace McCoy
600.**Crime e castigo** – Dostoiévski
601.**Mistério no Caribe** – Agatha Christie
602.**Odisséia (2): Regresso** – Homero
603.**Piadas para sempre (2)** – Visconde da Casa Verde
604.**À sombra do vulcão** – Malcolm Lowry
605(8).**Kerouac** – Yves Buin
606.**E agora são cinzas** – Angeli
607.**As mil e uma noites** – Paulo Caruso
608.**Um assassino entre nós** – Ruth Rendell
609.**Crack-up** – F. Scott Fitzgerald
610.**Do amor** – Stendhal
611.**Cartas do Yage** – William Burroughs e Allen Ginsberg
612.**Striptiras 2** – Laerte
613.**Henry&June** – Anaïs Nin
614.**A piscina mortal** – Ross Macdonald
615.**Geraldão 2** – Glauco
616.**Tempo de delicadeza** – A. R. de Sant'Anna
617.**Tiros na noite 2: Medo de tiro** – Dashiell Hammett
618.**Snoopy em Assim é a vida, Charlie Brown! (3)** – Schulz

GRÁFICA EDITORA
Pallotti
IMAGEM DE QUALIDADE

Santa Maria - RS - Fone/Fax: (55) 3220.4500
www.pallotti.com.br